海客谈瀛洲

论想象与文学创作

封文慧 著

广州文学艺术创作研究院
优创计划资助

SPM 南方传媒 | 广东人民出版社
·广州·

图书在版编目（CIP）数据

海客谈瀛洲：论想象与文学创作 / 封文慧著. —广州：广东人民出版社，2023.12

ISBN 978-7-218-17052-7

Ⅰ.①海…　Ⅱ.①封…　Ⅲ.①文学创作研究　Ⅳ.①I04

中国国家版本馆CIP数据核字（2023）第206372号

HAIKE TAN YINGZHOU：LUN XIANGXIANG YU WENXUE CHUANGZUO

海客谈瀛洲：论想象与文学创作

封文慧　著

出 版 人：肖风华

责任编辑：赵瑞艳
责任技编：吴彦斌

出版发行：广东人民出版社
地　　址：广州市越秀区大沙头四马路 10 号（邮政编码：510199）
电　　话：（020）85716809（总编室）
传　　真：（020）83289585
网　　址：http://www.gdpph.com
印　　刷：广州市豪威彩色印务有限公司
开　　本：787 毫米 ×1092 毫米　1/16
印　　张：15.75　　　字　　数：210 千
版　　次：2023 年 12 月第 1 版
印　　次：2023 年 12 月第 1 次印刷
定　　价：88.00 元

如发现印装质量问题，影响阅读，请与出版社（020-87712513）联系调换。
售书热线：（020）87717307

序

艺术是以假定性为前提的，从某种意义上说，没有想象就无所谓文学艺术。想象与文学创作之间究竟存在怎样的相互关系，是一个非常有意思的话题，这一话题体量十分庞大，涵盖了想象和文学创作的方方面面。在进行文学研究时，为了更好地将设想付诸实践，通常的思路是在想象与文学创作的种种关系中寻找一个或几个侧面，进行深入论述；或者是结合某些作品或文学思潮，从对具体的例子的分析入手，展现想象和文学创作之间的关系，总之，把论题缩小，能让论述内容更扎实、更易把握。但在写作本书的过程中，作者选择了一种较为特别的方法，直接从宏观层面考察想象与文学创作之间的关系，试图建立起博大恢宏的“想象诗学”，这种论述视角很具有挑战性，体现了她对本论题的研究的极大热情。

在本书中，为了更好地说明问题，作者厘清了“想象”的历史沿革，并将所有的想象概括为“敬畏现实”“直面现实”和“创造现实”三个维度。并且，本书创新性地将文学作品中的想象加以量化，深入探究了想象与文学创作的关联度，从而得出人类在文学作品中使用“想象”的规律：“轮回”与“超越”。即史前时期，人类认知能力低下，想象力得到高扬；文明社会中，随着理性认知和科学的发展，人们逐渐对现实有了客观清醒的认识，想象力逐渐被弱化；而随着高科技文明发展日新月异，当下，想象力再度腾飞。本书以世界文学中能够突出体现原作者想象力的经典作品为例，吸纳了古今中外文艺理论对想象的思辨结论，旁征博引，展现了作者对于这一问题的全面思考。

此外，作者非常重视文稿的逻辑性，特别看重对各个分论点的分析思路的呈现，这可能得益于她长期以来学习自然科学时所锻炼出来的实证思维。这种论述方式有效弥补了本书在基础资料和理论知识方面的不足，增强了本书的可读性和趣味性。特别难得的是，本书在文学创作方面提出了很多较为切实可行的建议，并且十分关注当下文学的创作生态，展望了未来文学发展的种种可能性。

作者一直把更多精力集中在小说写作上，关于想象和文学创作的关系的讨论，更像是她对于自己创作理念的一次反思和总结。在本书中，她尝试把文学创作当成一种具体的行为来讨论，对其步骤进行拆解和分析，并试图寻找可以学习这一行为的具体方法，这些努力本身也体现出她作为文学创作者的探索精神，也许可以在文学创作方面带给读者启发。作为作者的硕士研究生导师，我对本书的出版表示祝贺，也希望她将来能在自己所坚持的道路上有所成就。

北京师范大学文学院教授　张国龙

前言

文学作品由作者的写作活动而产生，对于这种写作活动的性质，人们的认识有一个循序渐进的过程。古希腊时期，写作被认为是一种模仿活动，它的根本目的是模仿世界万物并试图还原其形态，几乎可以等同于打造工具、种植粮食作物等生产性活动。到了中世纪，宗教在思想文化领域占据统治地位，创造能力成为神的专利，创作者是在神的指引和感召下才有了写作的可能，文学作品也因此在很大程度上成为一种阐释和传播神的思想的载体。直至文艺复兴时期，受当时盛行的人文主义思潮的影响，文学写作才开始被视为是一种创造性的活动，一种创作者表达个人思想的方式。“创作”由此开始被用于描述文学写作的过程，并被广泛认可。①

毋庸置疑的是，文学创作由人类复杂的精神活动所主导，我们尚且无法从自然科学的角度解释这种精神活动的全过程，当然也就不可能完全客观、精确地去描述它。因此，对文学创作的定义往往只能停留在对经验的概括总结的层面，其大致的发展阶段是能够确定的，但具体过程

① 狄其骢，王汶成，凌晨光．文艺学通论［M］．北京：高等教育出版社，2009：200.

中的细节却是不确定的。比如说，我们可以指出，文学创作是创作主体从各自积累的客观材料和主观材料出发，运用形象思维，生产出具有独创性的文学作品的一种创造性活动。但具体怎样选择材料，从什么角度对材料进行创造和重组，怎样把思维转化成作品，以及文字和语句应该如何合理编排等问题，在不同的创作者那里，答案是不同的。除非能从普遍意义上破译文学创作背后的精神活动，否则我们一次只能描述一种具体的情况，而不可能从根本上把握千变万化的文学创作本身，也无法据此来直接指导创作。这种变化产生的不确定性，恰恰是文学创作的魅力所在，如何在现有自然科学和人文科学知识的基础上对其进行有效的研究，也就成了一个非常有意思的论题。

我们不由产生疑问，既然相关研究无论如何都显得片面，那么得出的结论还有价值吗？要解答这个问题，需要从文学创作与文学研究的共通性说起。从本质上讲，文学研究也是一种创造性的活动。它同样需要从客观世界里获取足够的信息和材料，同样需要研究者经过思考和加工，得出具有创造性的结论，只不过其论述主题一开始便被明确划定在“文学”这个范围内罢了。正如具体的文学创作过程各不相同一样，具体的文学研究过程也各不相同，后者的不确定性正好与前者的不确定性相呼应，也许正因如此，后者才能够很好地对前者进行阐释和说明。单就文学研究的某一种具体过程来看，得出的结论难免不够完整，但是，在传统思路的不断深入和新思路的不断涌现的过程中，丰富多彩的结论相互叠加，最终会构成一个不断更新、不断趋近于完整的理论体系，或者说另一种形式的文学作品。其中每一个元素都有其不可替代的重要价值。

由此可见，文学创作和文学研究都离不开“创造”二字，它既是创作得以完成的关键，也是研究得以发展的前提。创造性的冲动在人类的多种思维活动的共同作用下产生，又通过思维活动转化并产生新的思想认识，进而指导人们进行各种创造性的生产活动。在这些思维活动中，最重要的一种便是想象。可以说，想象既是创造力产生的源泉，也是创造力永葆生机的动力。要解读文学创作活动的创造性本质，就必须明确想象在文学创作中起到的作用。在这种目的的驱使下，本书试图通过对想象的含义、想象与文学创作的关系，以及这种关系背后是否存在一定的作用规律等诸多问题的探讨来探索想象的奥秘。希望这些讨论能够帮助我们抓住稍纵即逝的想象力的光辉，更好地阐释想象的“创造性”在文学创作活动中所起到的作用，从而进一步加深对文学创作活动的认识。

想象作为一种思维方式，虚无缥缈但又无处不在。如何有效地定义想象、如何切实可行地分析想象与文学创作的关系，是我们讨论该论题时必须要解决的问题。首先，想象是一个在心理学、美学、哲学、文学乃至神经科学等多学科领域均有讨论价值的概念，在不同的学科领域，想象有着不同的功能，因而也有着从不同角度总结的含义。多学科的视角能帮助我们更加全面地认识想象，但要想从中归纳出一个包含各个方面、适用于所有情况的想象的定义，又显然是项不可能完成的任务。由于本书讨论的核心目的是分析想象与文学创作的关系，故在文学和哲学两个领域内梳理、归纳想象的含义，显得更为恰当。其次，想象在文学创作活动中发挥作用的过程是肉眼不可见的，这致使我们很难通过客观现象判断想象在文学创作活动中起到的作用，因此所得出的结论难免带有较强的主观色彩。那么，是否能够以文学作品为基础，从作品中寻找证据，建立起一种客观的评价标准，使其能够有效地反映出想象于文学创作活动中究竟在多大程度上发挥了作用呢？针对这一设想，本书试图从量化分析的角度设计评分体系，形成评价标准，并将其运用到具体的文本分析中，从而有效地分析想象与文学创作的关系。这种做法的科学性和可行性虽有值得商榷之处，但也为问题的解决提供了一种新的思路。

根据评分体系，我们可以局部地判断某一部作品在多大程度上与创作者的想象有关，也可以从整体上简单地比较不同文学思潮或流派的作品中想象作用的强弱。如果把研究范围放大到整个文学史的发展进程之中，就可以发现，想象与文学创作的关系的紧密程度在不同时期有不同的表现。文学作品有时极具想象而远离现实，有时贴近现实而远离想象。这种变化既受到当时的社会环境和自然环境的影响，也是创作者逐渐掌握更多知识、思想逐渐成熟共同作用的结果。想象力的高度发达，为人们认识现实提供了更多可能的思路，现实中科学技术和人文思想的不断发展，又反过来挤压了想象力发挥的空间，迫使想象力在寻找自我存在价值的过程中突破旧的界限，开拓新的天地。这种此消彼长的关系反映在文学创作中，致使在不同历史时期、不同创作背景之下，文学创作主体在运用想象时表现出不同的态度，产生的作品也就随之表现出不同的想象浓度。这种变化是否存在一定趋势？如果存在，那么不同的变化趋势背后的原因是什么？对当时及其后的文学作品产生了怎样的影响？这些问题都值得我们去思考。

此外，如果把文学创作看作一种行为，那么在当今高速发展的科学技术的催化下，文学创作这种行为本身的发生动机和实现方式也会发生变化，这种变化又直接导致文学写作的方式和文学作品的形态发生变化，进而对读者的阅读方式和习惯产生影响。要完成文学创作这一行为，语言是前提，文字是途径，书写用品和载体是工具，而作品的复制方法和传播路径，则决定了作品如何到达读者手中。笔墨、纸张、印刷技术的发展，均为文学创作行为的实现带来巨大的革新；计算机技术的成熟和计算机使用方法的普及，大大提高了文学创作的效率，也使读者能够更加便捷地获取和阅读文学作品；日益突飞猛进的人工智能技术，则试图将原本不可直接传授的文学创作行为变成可以轻松复制的“文字套路”，对文学创作行为本身的价值发起了挑战。我们应当看到，文学创作的行为逻辑和文学作品的内容虽可以被模仿，但至少到目前为止，支撑创作行为的人类的想象本身是不可能被人工智能再现和替代的。比起以精确的逻辑为基础的人工智能，想象所创造的也许正是思维表盘上那一点变幻莫测的微小偏差，也正是这一点偏差让每个作家的文学创作行为拥有了属于自己的、充满了不确定性的写作风格。不过尽管如此，题材内容的空前多元化、单篇作品类型元素的复杂化、不同文学艺术门类的相互融合依然是大势所趋，种种新变正在向文学存在的价值与意义发起挑战，将文学创作引向前途未卜的未来。

需要强调的是，不论关于想象还是文学创作，问题的答案都远不止一种。通过艺术想象，不同的文学创作主体在作品中建立了不同的新世界，它们来源于现实，又改造和超越了现实。以分析这些新世界为基础而形成的评价标准，不仅是为了给相关研究提供一种不同的思路，也是为了收集和总结更多在文学作品世界中由想象创造的新事物，从而在想象的运用上给予创作者一些有益的启发。一方面，文学作品中由想象创造出来的某些元素可能在广泛传播的过程中演变为约定俗成的固有形象，在后来的创作者那里得到不断的应用和衍生；另一方面，他人作品中的世界向创作者展示了各种不同的可能性，这些可能性大大激发了后来者的创作灵感，为其在创作中更充分地发挥艺术想象提供了丰富多样的发展路径；这种模仿和创造并存共生，为我们从技术层面上拆解和模仿文学创作行为提供了思路和可能，但却无法真正复制文学想象的过程，无法对文学创作行为进行彻底的重现。总而言之，尝试寻找和解读想象赋予文学创作活动的多样性和创造性，并通过这些思考来帮助和促进文学创作，抵御当下关于文学创作以及文学本身的“危机论”，才是本书最大意义所在。

目 录

第一章

想象概念的流变

人类对客观世界的认识有一个循序渐进的过程。先民诞生之初，面对的是全然陌生的世界。当某种客观事物进入人类视野时，人类通过运用视觉、听觉、嗅觉、触觉、味觉等多种感官，收集和积累有关这种事物的信息，这些原始信息只有在得到分析、总结之后才能被记忆和应用，而任何形式的分析、总结都需要想象的帮助。举例来说，当一头牛出现在我们面前时，我们可以看到牛的形象、听到牛的叫声、摸到牛的皮毛，但要把这些信息转化为我们头脑中的“牛”，就需要我们运用想象，把世上所有在场或者不在场的牛都归结在“牛”的概念下，从而得出“在我面前的是一头牛”的结论。同样，要把已经获得的结论通过某种方式表达出来，也需要一些有效的转码方式，其中最重要的就是语言。构成语言的语音、语义、字形、语法等基本要素，都是由人类在对客观世界的信息的收集和加工处理的基础上，通过创造性的思维活动发明出来的，其中少不了想象的作用。反过来说，当我们看到“牛”这个字时，就会唤起头脑中关于“牛”形象的想象，这种形象在不同的人那里也会有所不同，有的人想到的是黄牛，有的人想到的是黑牛，但它们最终都指向生物学概念意义上的“牛”。显然，完成从文字到认识的转换过程同样需要想象。[①] 综上所述，基于想象在整体思维过程中占据的这种重要的基础性地位，可以毫不夸张地说，它在人类所有世界观和人生观的形成和发展过程中，都发挥着不可替代的作用。

既然想象涉及的范围如此之广，“什么是想象”就成了一个看似简单而实际却不容易回答的问题。当我们在不同的学科领域对其进行讨论

① 骑桶人．存在于虚构之中［EB/OL］．（2015-03-02）［2017-03-15］．http://weibo.com/p/1001603815924993022574.

时，得到的结论就会不同。

自然科学范畴内的想象，是一种客观存在的思维方式，它关心的是想象从产生至消逝的自然过程，而不注重研究想象对人类行为和思想产生的作用。例如，从神经生物学的角度来看，想象作为一种思维活动，其物质基础是生物体的生理系统之一：神经系统。人类通过神经系统对接收到的信息进行处理分析，作出判断，并将控制信息发送到其他系统，产生反应和行为。神经系统作为生物体的信息处理中心，其基本单元是神经元（神经细胞）。神经元在结构上由细胞体和神经突触（树突和轴突）两大部分组成。当人受到外界刺激时，突触前神经元向突触后神经元释放化学信号（神经递质），促使突触后神经元产生突触电位，当突触电位达到一定阈值后，就会引发动作电位，动作电位沿着轴突向下传递至轴突末端，引发神经递质的释放，将信息传递给突触后神经元，于是就完成了神经信号在神经元之间的传递。[①] 从认知神经科学的角度来看，想象可以被细分为自我参照加工、心理场景构建、主观时间感知和情绪加工等几种具体的思维指令的综合，这些具体的思维指令的形成有其不同的脑机制，分别由分布在人类大脑中不同区域的神经元主导。综合来看，当前我们对于作为思维活动的想象在人类神经系统内的产生和作用过程的研究仍处在初级阶段，对微观领域内的神经细胞如何运作，以及各个大脑分区如何相互配合产生想象思维等问题，还缺乏更加有效的研究路径，因此尚不能得出确切的结论。

与之相比，社会科学范畴内的想象则恰恰相反。它不关注想象产生背后的客观的、物质的作用机理，而关注想象在认知和实践过程中发挥的作用，最终试图从想象作用的结果出发，反过来推导其产生和发展过程，并以经验总结的方式得出结论。如果说自然科学所指的想象是客

---

① 于龙川．神经生物学［M］．北京：北京大学出版社，2012：3-11.

观唯一的，那么社会科学所指的想象便是主观多样的。即使是在同一个学科范畴内，不同的人通过不同的研究思路所得到的结论也不同。如果再考虑从头脑中的观念到语言表述过程中产生的细微差异，言之成理的观点就更是无穷无尽的了。举例来说，哲学领域内，想象是实现把在场的东西和不在场的东西、显现的东西和隐蔽的东西结合在一起的超越路径，回答的是有关“人—世界”的哲学追问。从古至今，哲学意义上对于想象的认识经历了漫长的发展阶段，受当时科学技术和社会环境的限制，各历史时期的哲学家们对想象进行了不同的阐释。[①] 这些看法各自有所偏重，但也各有其重要价值，把它们集合在一起，就勾勒出了一幅完整的关于想象的哲学脉络图。

另外，对于一些交叉学科而言，想象也是其中重要的一环。相比纯粹的自然科学或者社会科学，交叉学科对于想象的关注显得更加全面。在交叉学科里，作为思维活动的想象既是物质的也是精神的，既是客观唯一的也是主观多样的。但相对而言，交叉学科所给出的想象的定义，有其特殊的针对性，在适用范围上往往较为狭窄，讨论不再服务于广义的普遍性思考，而是致力于解决某些边界明确的问题。其中，心理学的相关研究便是最典型的例子。心理学意义上的想象，指的是在知觉材料的基础上，对记忆表象进行分析、解构与组合创造新形象的心理过程，是一种特殊的思维形式。[②] 心理学通过运用观察、实验、个案研究、调查等方法，讨论想象对个人行为的影响；也通过内省式的思考，分析想象在不同的精神活动中所起的作用。与社会科学相同，多角度的研究方向必然带来多角度的分析理论，心理学包括精神分析学派、行为主义学派、人本主义学派、认知学派等多个主要流派，每个流派对于想象的解

---

① 张世英．哲学导论［M］．北京：北京大学出版社，2002：31，47.

② 李歆．想象思维的心理学描述［J］．美术大观，2009（7）：240-241.

释均有所不同。[①]

从上述分析中可以发现，想象的概念不仅涉及多个学科，而且其在每个学科内的定义也都尚在发展和完善中。要想从现有条件出发全方位地总结出想象的含义，几乎是项不可能完成的任务。好在从“想象与文学创作”这个论题出发，我们只需挑选一些相关的领域进行研究就足够了。因此，本章主要讨论的是在文学和哲学领域内想象的概念，试图通过梳理西方和中国关于想象的论述，厘清想象的概念流变，据此分析想象的三个不同层次，并论述各层次的想象在文学创作中的不同表现。综上，在开始讨论之前，我们之所以不厌其烦地罗列出想象研究在各领域内的基本特点，一方面是为了说明选取研究角度的过程和理由，另一方面是为了在展开具体讨论之前，建立一种全局意识，明确想象的概念远比现有研究讨论涉及的范围要宏大得多，并且这一概念永远保持着一种不断发展的蓬勃生命力。

① 孙时进，王金丽.心理学概论［M］.上海：复旦大学出版社，2012：7-11，15-22.

第一节

想象之义

——西方哲学及文论概说

在西方文学、哲学史中，想象这一概念出现得较早，各时期具有代表性的文学家、哲学家，几乎都针对想象进行过研究。这些研究受到当时社会历史条件的限制，在不同的时期表现出不同的特点，它们相互承继、彼此影响，形成一条完整的发展脉络。通过全面考查和梳理想象这一概念在西方历史中的流变，可以发现，学界的主流观点大致存在一个从贬低想象到承认想象，再到肯定想象的地位、推崇想象的价值的发展过程。在这个过程中，想象的概念由最初单一、朴素、形而上学的古典阐释，逐渐扩充为复杂、多元、辩证的当代解释，在各种领域发挥着越来越重要的作用。

古希腊时期，人类文明尚处于萌芽阶段，迫切需要认识自然和征服自然。为了满足这种需求，传统哲学采用“主体—客体”的追问方式，试图把感性中的东西升华为理性中的东西，奉理性和思维至上，以从多样的感性材料中抽取出同一性作为最高任务。这种追求显然与想象超越在场、超越理性的特点并不一致，因此这一时期的哲学家和文学家对想象基本持较为轻视的态度，认为想象较大程度上诉诸精神直觉和心理幻觉，属于理性层面之下的感性活动。这种基本观点从以柏拉图为代表的学者开始，至笛卡儿有所松动，一直到康德哲学思想体系的提出，才真正开始转变。

整个古希腊时期，模仿说被学者们广泛接受，认为艺术起源于人类对自然和现实的模仿。作为其中的代表人物，柏拉图把认知分为四个阶段，即想象—信念—理智—理性。其中想象位于认知过程中的最低阶段，它把直观感性中在场的外在对象作为原本，在认识中对原本进行模仿，获得的影像便是想象的东西。前者看得见、摸得着，后者却只能作为影子存在于意识之中，因此后者远不如前者接近真实。基于这种看法，柏拉图提出了“原本—影像”这一想象的公式。这里柏拉图提出的认知的四个阶段，可以看作是由想象的不在场的影像，到感性在场的实际事物，再到总结规律性的客观概念，最后到永恒在场的理性的纯粹概念的发展过程。越是低级的阶段，影像性和不在场性越多，越是高级的阶段，越具有在场性而越缺少影像性，而最高的“理念”则是永恒的、原本的在场，它是纯粹的在场，完全没有影像性。① 这样一来，柏拉图实际上贬低了想象、贬低了飞离在场的意识，因此不难理解，为何他会在自己的“理想国”中拒绝热衷于想象的诗人和画家。亚里士多德在对柏拉图观点的批判过程中，系统地阐释了模仿说，他认为感性世界是第一实体，艺术是对感性世界的模仿，这种模仿虽然限于感性世界的外形，但能揭示感性世界的普遍本质和必然规律，因此艺术比现实更具有价值。在亚里士多德看来，想象是一种有独特地位的灵魂能力，想象使某种模仿现实事物的影像在我们心中出现，我们凭借这种影像做出判断。根据生命载体的不同，想象可以分为三种样式：仅有触觉的、“不完善”的动物的想象，是模糊的想象；所有动物都具有的想象，是感觉的想象；只有能计算的动物才具有的想象，是思虑的想象。想象承担着重要的认知功能，在感觉与思想、感觉世界与理智世界之间发挥着重要的桥梁作用。② 但由于想象是随心所欲的，所以它和永远正确的认知、

---

① 张世英．论想象［J］．江苏社会科学，2004（2）：1-8.

② 黄传根．论亚里士多德的“想象”及其认知功能［J］．南昌师范学院学报（社会科学），2015（5）：13-16.

理智不能相比，是“可能错误的”。[①]

及至中世纪，基督教文明和经院哲学统治了整个欧洲，文学和艺术的发展被极大地限制了。真实成为最高原则，一切不真实的东西都被认为是淫邪的。在这种大环境下，想象的地位被进一步贬低，但部分学者在肯定神的力量的同时，并没有否定人类的认知能力，想象作为认知活动中必不可少的一环，也因此得到关注。如托马斯·阿奎纳在《神学大全》中提出："讲到保存和贮存这些（被感知的）形式，就有影像和想象，两者是一回事儿，因为影像想象如人所知，是感觉接受的形式的一种贮存库。"[②] 阿奎纳也认为，灵魂通过感觉形成和接受客观事物的摹本，想象作为一种“能动的智慧”参与其中，对这种摹本进行加工、改造和组合，抽取其中的物质形式，形成感觉形式，即“能动智慧”[③]，它具有创造的性质。

中世纪晚期，随着经济的复苏、城市的兴起和人民生活水平的提高，人们逐渐开始热衷于追求世俗人生的乐趣，这与天主教所奉行的禁欲主义相违背，西欧各国先后发起了文艺复兴运动，借助恢复古希腊罗马文化来表达自己的主张，主张以人为中心而不是以神为中心，肯定人的价值和尊严。从中世纪晚期一直到 18 世纪，学者们在柏拉图和亚里士多德等人的相关论述的基础上，继续保持对想象十足的警惕，但对于结合诗和艺术实践来具体论述想象，却有着独到的看法。[④]

作为文艺复兴运动的先驱者，莎士比亚首先发出了对想象肯定的声音。在《亨利五世》中，莎士比亚将想象理解为设想具体场景的能力：

---

① 中国社会科学院外国文学研究所．外国理论家、作家论想象思维［M］．北京：中国社会科学出版社，1979：8.

② 张玉能．西方文论教程［M］．武汉：华中师范大学出版社，2011：54.

③［美］梯利．西方哲学史［M］．葛力，译．北京：商务印书馆，1975：198.

④ 宋国栋．想象的审美学分析［D］．长沙：湖南师范大学，2004：5.

“借想象的翅膀，我们迅速地换景，动作的速度不比思想来得慢。试想你们已经看到装备齐全的国王在罕普顿码头登上了船；雄壮的舰队在清晨中旗帜飘扬：在想象中驰骋，你们就可以看见水手们爬上麻索；听见尖锐口笛声对着嘈杂的人声发号施令，看见被无形的清风所吹动的布帆，拖着巨舰破浪前进。”[①] 在《仲夏夜之梦》中，作者借雅典公爵忒修斯进一步说道：“疯子、情人与诗人，全是幻想做成的：一个疯子所看见的魔鬼比地狱里所能容纳的还要多；情人也是一样地疯，在埃及人的脸上看出了海伦的绝代美色；诗人的眼睛，在微妙的热情中一转，就可以从天望到了地，从地又望上了天；幻想可以把不知名的虚空变成具体，诗人的莲花妙笔也可以叫它们成形，为了虚无的空空找出一个根据，给它一个名字。强大的幻想能力就有这种本领，只要它领悟到一种什么欢喜，它立刻就能体验到那种欢喜的来龙去脉；或者似在黑夜当中，想到了可怕的事，看是一头熊，原来却是一堆树！”[②] 莎士比亚认为，热衷于幻想的诗人什么也不模仿，他从无中创造有，从空虚无物中通过想象创造形象，这种形象超越了客观的现实逻辑，能够轻而易举地在彼此不相关的事物之间建立联系。他的观点非常形象地描述出想象在艺术创作中的地位和作用。

理性主义哲学的创始人笛卡儿以普遍怀疑的方法作为出发点，认为“我思故我在”，主张通过客观存在的论点和论据进行符合逻辑的推理，并在此基础上获得认识。笛卡儿关于想象的论述，表现出他二元性的态度。一方面，想象具有一定的积极作用，它不仅能够帮助人们通过形象和影像来理解客观事物，也可以在此基础上发挥其创造性，构造线

---

① ［英］莎士比亚．亨利五世［M］．梁实秋，译．北京：中国广播电视出版社，2002：85.

② ［英］莎士比亚．仲夏夜之梦［M］．曹未风，译．上海：上海译文出版社，1983：81-82.

条、图形和空间，或者通过记忆联结时间。正是依靠想象，笛卡儿创立了著名的解析几何学。另一方面，想象的消极性又大于积极性。它属于与物体广延性相连的感觉阵营，而不属于与观念、精神相连的理智阵营。理性主义哲学的基本观点认为，理智阵营是第一位的，感觉阵营无关紧要。因此他虽然肯定画家和诗人拥有点燃人类智力火花的能力，但也强调他们的想象是“狂妄”“虚妄”和“杜撰”的，是对真实的一种毫无价值的模仿。值得注意的是，笛卡儿数学家和哲学家的双重身份，使他把研究自然科学的思路带入了哲学论述中，提出作为思维方式的想象是有其物质基础或物理基础的。他认为人类大脑中存在一种腺体，那里是想象和通感驻扎的地方。客观事物对人体的刺激，通过皮肤、肌肉、血管和神经向上传导，最终在这个腺体中汇合，从而引发想象的产生。①

到了 16 世纪，经验主义哲学开始兴起。与理性主义相反，经验主义把经验看作人的一切知识或观念的唯一来源，感性认识的作用被片面地强调，并以各种方式贬低甚至否定理性认识的作用和确定性。经验论者的代表培根，被认为是近代唯物主义的创始人。培根把世俗的知识体系分为三个组成部分，即记忆—历史、想象—诗歌、理性—哲学，他把诗歌放在仅次于哲学的重要位置上，认为想象是以诗歌为主要代表的文学艺术的根本特征。“诗歌以想象为主，而想象不受事物法则的限制，所以自然中本为分割的东西，想象可以任意联合起来，自然中本为联合的东西，想象亦可任意分割开来；因此，诗歌便使事物的联合、离异，都有背于自然的法则；‘画家和诗人’在这一点上正是相同的。”因此，诗歌具有几分“神圣的气质”，能够建立一个服从人类本心的、丰富多彩的世界。霍布斯继承了培根关于想象的观点，但又对其进行了一定的

① 贾江鸿．笛卡儿的想象理论研究［J］．现代哲学，2006（3）：100-107.

中和，其论述兼有理性主义和经验主义的特点。他把想象分为两类，即简单的想象和复合的想象，前者直接来源于对客体的感觉，后者需要在感觉的基础上运用联想。霍布斯在重视想象的同时，也强调判断的作用:“在诗歌创作中，不论是史诗还是剧诗，想象与判断必须兼备，但前者必须更为突出，十四行诗、讽刺诗等也是这样。因为这类文字是以富丽堂皇悦人的，但却不应当以轻率而使人见恶。”[①] 虽然想象的作用比诗更突出，但要想达到诗歌的最高境界——美，就不能完全脱离现实，逼真是对诗的自由应有的约束。作为经验主义的集大成者，休谟以怀疑主义的态度看待想象，认为想象具有双重含义。第一种含义上，想象是心灵对简单观念或者事物进行复合，并在此基础上有所创造的能力。“记忆、感官、知性都是建立在想象或观念的活泼性上面的。”但相比于记忆，想象具有更大的自由性。第二种含义上，作为“幻想”的想象完全脱离了客观现实的束缚，成为纯粹的虚构。休谟肯定想象的前一种含义，否定后一种含义。他认为想象的自由并不是绝对的，它来自对客观世界的感觉经验，必然受到客观世界普遍原则的限制，超越这种限制的想象是荒谬产生的根源。[②]

作为历史哲学的代表，维柯反对笛卡儿的理性主义，针对笛卡儿的“我思故我在”，维柯提出了“认识真理凭创造”的口号。他在《新科学》中，主要论述了“诗性智慧”的理论。这种“诗性智慧”是“世界中最初的智慧”，是人类在童年时代产生的一种认识。原始人“只凭一种完全肉体方面的想象力”去创造，他们对个别属性、个别形象有所把握，运用感性思维把客观事物的具体特征、属性结合在一起，创造出它们诗性的类，并把它们保存在记忆之中，这就是想象的类概念。因此，

① 范明生.西方美学通史：十七八世纪美学（第三卷）[M].上海：上海文艺出版社，1999：25-29，60.

② 雷德鹏.论休谟想象学说的内在张力［J］.现代哲学，2006（3）：108-113.

“诗性智慧”就是在对世界全然陌生的基础上，发展起来的一种对待世界感性的、个别的、在想象中支配和创造世界的能力。也可以说，想象是维柯文艺学理论体系的核心。①

与之前的学者不同，康德的哲学表现出极大的调和性，中和了笛卡儿的理性主义和培根的经验主义。在《纯粹理性批判》中，康德详细地讨论了想象的含义，以及想象在认知和审美方面所起到的作用。他把想象力分为两类，即“再生的想象力”（Reproductive Einbildungskraft）和“创造的想象力”（Productive Einbildungskraft）。“再生的想象力”指原本存在的事物通过想象力的作用，成为心灵上的影像，即一种回忆或联想的能力。它“只是受制于经验规律即联想律”。这种观点跟经验主义哲学家把想象看作是在感觉经验的基础上的联想之类的观点并没有本质区别，仍然是柏拉图“原本—影像”公式的一种观点延续，因此康德并不看重这种想象。他所重视和强调的是“创造的想象力”，即大脑不依靠对外界事物的记忆，单凭自身创造出新的意象。这种想象力在认识方面有其重要作用：第一种是把先后在时间中呈现的各种感觉因素结合为单一整体的感觉对象的能力，例如把一条线的第一段、第二段等与最后一段综合成为整体的一条线的能力；第二种是把一个数所包含的第一个单位、第二个单位等与最后一个单位综合成为一个整体的数的能力。②

在《纯粹理性批判》第一版“先验演绎”中的“主观演绎”部分，康德认为一切知识中必然出现的主观认识的基础是三重综合（直观把握中的综合—想象力再生的综合—概念中认知的综合），想象力贯穿三重综合的始终，发挥着重要的作用。在直观把握中的综合中，康德认为每一个直观中都包含一种杂多，如果人们的内心不对其加以区分，这种杂

① 胡经之.西方文艺理论名著教程［M］.北京：北京大学出版社，2003：254-263.

② 张世英.论想象［J］.江苏社会科学，2004（2）：1-8.

多就不会被表象为杂多。为了使这种杂多具有直观统一性，我们就需要运用想象力将其联结贯通起来。在想象力再生的综合中，想象力在那些相继或者伴随的表象之间建立某种联结，按照这种联结，即便没有对象在场，这些表象中的某一个对象也能在我们的内心中出现。在概念中认知的综合中，想象可以把直观的东西和再生的东西结合在一个表象中，形成一种概念，不论其对应的对象是否出场，概念本身即可能向我们指示出这个对象所对应的意思。① 应该说，在“主观演绎”阶段，康德主要强调的是想象力对纯粹直观杂多进行综合的能力。到了所谓的“客观演绎”阶段，康德再次提及想象力，主要强调的则是它融贯知性与感性、使范畴真正运用于感性直观甚至经验直观之上，从而形成认知的特性。在第二版“先验演绎”中，康德抛弃了主观—客观演绎的构想，将“范畴何以具有客观必然性”的论证放在首位，从某种程度上说，他将全部的论证集中于“客观演绎”。② 总的来看，第二版“先验演绎”中对想象力的分析要比第一版的简略。康德认为知性的最高原理本身具有能动的综合能力，这种综合能力包括知性联结的综合和先验想象的综合，并且后者受到前者的限制。只有在考虑到范畴对经验性的直观杂多的综合统一的基础上，想象力的先验综合才发挥作用。在第二版“先验演绎”中，康德对创造的想象力下了一个著名的界定，即“想象力是把一个本身并不出场的对象放在直观面前的能力”。③

值得注意的是，这里康德实际上并非专门就想象的相关问题进行讨论，他是在讨论先天的综合判断为什么是可能的，并试图在建立科学

---

① 张戎.《纯粹理性批判》之先验想象力述评［D］.南昌：南昌大学，2010：11-13.

② 董滨宇.康德为什么重写“先验演绎”？——对《纯粹理性批判》中两版“先验演绎”的解读［J］.复旦学报（社会科学版），2015，57（3）：110-116.

③ 史婉婷.从两版范畴的先验演绎浅析康德哲学中的想象力学说［D］.吉林：吉林大学，2014：18-19，21.

的认识论体系的过程中，把先验的想象力作为认识得以形成的中介加以研究。想象在两版“先验演绎”中之所以会表现出不同，是因为康德对知性最高原理的阐释发生了变化。第一版“先验演绎”中，纯粹知性需要想象力的综合为其奠定基础才得以成为知性的最高原理，第二版“先验演绎”中，纯粹知性的综合统一原理是在表象为联结活动的综合之上展开的，思维活动本身具有能动性，知性联结是高于先验想象的推动力量。由第一版到第二版“先验演绎”的过程中，想象的作用实际上被大大削弱了。因此，我们应当看到，虽然康德的理论打破了柏拉图那种轻视飞离在场、追求纯粹在场的形而上学的传统观点，肯定了想象尤其是创造性的想象在认识中所起到的重要作用，但这种肯定仍然是有限的。纯粹知性始终是康德所推崇的最高原则，想象不过是理性概念形成过程中的一环罢了，尽管这一环必不可少。也就是说，想象在康德那里，还是没能从纯粹在场的传统观念的束缚下解放出来。

康德之后，想象的重要作用逐渐得到了西方哲学界充分的认识和肯定，从 18 世纪末到 19 世纪，人们对想象及其相关问题的讨论基本延续了康德的观点，并使其得到进一步的发展。

谢林在《艺术哲学》中，从自然神论哲学出发，指出世界的本质是绝对同一，神话是绝对同一的最高形式，只有凭借艺术天才的想象力和创造力，才能达成对世界的认识。想象力“实则意指复合的能力；任何创作实际上正是基于此。它是这样一种能力，借助于此，理念者同时又是实现者，灵魂又是躯体，个体化的能力，实则为创造之力”。[①] 这就将艺术想象与理念、形象、创造三者联系在了一起。黑格尔在很大程度上吸收了谢林的观点。他在《美学》中，根据理念的发展进程将其分为

① ［德］谢林．艺术哲学［M］．魏庆征，译．北京：中国社会出版社，1996：41-42.

逻辑学、自然哲学和精神哲学，精神哲学又被分为主观精神、客观精神和绝对精神。绝对精神本身也有三个发展阶段，即艺术、宗教和哲学。艺术作为其中最低的阶段，同样以理念为逻辑起点和归宿。“艺术的任务在于用感性形象来表现理念，以供直接关照，而不是用思想和纯粹心灵性的形式来表现”，其价值和意义在于“理念与形象两方面的协调统一”。① 要把绝对理念转化为现实形象，就要通过想象的创造性活动，它只能来源于艺术家的伟大心灵和伟大胸襟，拥有这种创造性想象的艺术家就是天才。他的这种观点对其后的浪漫主义诗学和现实主义理论都产生了积极的影响。②

法国大革命的爆发沉重地打击了欧洲封建体系，文学领域试图摆脱封建意识形态和古典主义的束缚，浪漫主义文学思潮随之兴起。浪漫主义诗人在把想象广泛应用于诗歌创作的同时，也针对想象的内涵和作用提出了不同的观点。华兹华斯在《抒情歌谣集》的序言当中认为写诗需要具备六种能力，想象和幻想是其中的一种。他并未对想象和幻想做出明确的区分，甚至是反对这种区分的，认为这种区分“像一个人要提供一份建筑物的报告，却一心一意地只写他所发现的地基情况，而不看上层建筑就结束自己的工作”。想象力“和存在于我们头脑中的，仅仅作为不在眼前的外在事物的重视摹本的意象毫无关联。它是一个更加重要的字眼，意味着心灵在那些外在事物上的活动，以及被某些特定的规律所制约的创作过程或写作过程”。想象的作用有三种：赋予、抽出和修改的功能；造型或创造的功能；加重、联合、唤起和合并的功能。华兹华斯认为“一切好诗都是强烈情感的自然流露”，而想象“它处理思想和感情，它规定人物的构造，它决定动作的过程”，因此在诗歌创作中

① ［德］黑格尔．美学：第一卷［M］．朱光潜，译．北京：商务印书馆，1979：90.

② 周晓秋．黑格尔论艺术想象［J］．美与时代（下旬刊），2016（10）：23-25.

占有至关重要的地位。[①] 柯勒律治把想象分为第一位想象和第二位想象。第一位想象“是一切人类知觉的活力与原动力，是无限的‘我存在’中的永恒的创造活动在有限的心灵中的重演”。第二位想象是“第一位想象的回声，它与自觉的意志共存，然而它的功用在性质上还是与第一位想象相同的，只有在程度上和发挥作用的方式上与它有所不同。它融化、分解、分散，为了再创造；而在这一程序被弄得不可能时，它还是无论如何尽力去理想化和统一化”。此外他还把幻想和想象区别开来，认为幻想只跟固定和有限的东西打交道，实际上是摆脱了时间和空间治学的拘束后的一种回忆，它可以被意志和实践修改，必须从联想规律产生的现成的材料中获取素材。[②] 华兹华斯和柯勒律治在理性究竟是否应该控制想象这一点上观点虽然不同，但都肯定了想象的能动性与创造性，希望情感中持有理性，且在追求理性的同时也不排斥感性。[③] 雨果也在一些文章中谈到了他对想象的看法。他认为“人心是艺术的基础”，心灵是第一性的，物质是第二性的。要实现从心灵层面到物质的文本层面的转化，则需要“艺术的魔棍作用”，运用想象对从现实世界中获取的感性材料进行加工。文学家用想象收集历史并填补历史的漏洞，“给这一切都穿上既有诗意而又自然的外衣，赋予它们以真实、活跃而又引起幻想的生命；赋予它们以现实的魔力。”但雨果同时认为“艺术不能提供原物”，他反对离开现实基础的想象，认为艺术的现实绝非机械模仿的现实，而是在诗人的主观作用下被改造后的现实，是理想的现实。[④]

---

① 刘若端．十九世纪英国诗人论诗［M］．北京：人民文学出版社，1984：41-42；46，49；47.

② 刘若端．十九世纪英国诗人论诗［M］．北京：人民文学出版社，1984：61.

③ 吴海超．情感的直呈与理性的显现——华兹华斯与柯勒律治“想象与幻想”论之比较［J］．世界文学评论，2006（1）：36.

④ ［法］雨果．雨果论文学［M］．柳鸣九，译．上海：上海译文出版社，2011：18，60，60-61，59.

19 世纪中期，资产阶级革命的高潮已经过去，工人阶级和资产阶级的矛盾日益尖锐。人们不再沉溺于主观幻想的浪漫主义文学，转而追求一种能够反映社会生活现实的文学，现实主义文学思潮开始迅速发展。如同“现实”的对立词是“想象”一样，现实主义文学提倡还原现实而贬低想象。但由于想象实际上是创作过程中不可或缺的一部分，提倡现实主义的作家、学者并不能在讨论创作时有效地排除想象，因此往往使用一种规避和替代的方法试图一带而过。比如巴尔扎克在《论艺术家》中说道：“艺术家的使命在于能找出两件最不相干的事物之间的关系，在于能从两件最平凡的事物的对比中引出令人惊奇的效果”，要实现这两点，显然只能依靠想象。巴尔扎克认为艺术家把“精神”灌注在远方，具有“第二视觉”，这里所说的“精神”和“第二视觉”实际上就是指艺术家从审美高度把握现实，脱离眼前的事物进行审美想象的能力。至于这种“精神”和“第二视觉”从何而来，又如何发挥作用，巴尔扎克干脆不予深入分析，也就避免了想象在讨论中的出现。[①]

19 世纪末至 20 世纪，西方哲学和西方文学理论逐渐从近代向当代转变。从某种意义上来说，这种转变是整个西方文化向现代转型的一个组成部分，对自身以及社会的全面反思和批判成为主潮。各种哲学理论和哲学思潮交融在一起，纷纷登上历史舞台。

以生命本体论为基础，狄尔泰试图建立一种以人的内在生命为核心、包罗万象的生命哲学。他提出从生命本身去认识生命的观点，认为人只有在与客观世界相互作用的过程中，通过自身内省式的内在体验才能获得正确的认识。他探讨的核心问题并非如何去理解作品本身，而是如何通过生命的各种表现来理解生命的意义，艺术创作的根本目的也正

① ［法］巴尔扎克．巴尔扎克论文学［M］．王秋荣，编．北京：中国社会科学出版社，1986：11，17．

在于此。要通过艺术家有限的经历来解释生命完整的意义，就要求我们运用想象，对现有经历进行改造、扩展和超越。他也提出了三种通过想象改造原本生活经验的方法：排除律、强化律和增补律。[①]狄尔泰关于想象问题的论述与康德不同。康德认为想象是一种综合能力，先验的想象力具有创造性，所以创作者能够在感觉经验的基础上凭借自身创造出新的意象。而狄尔泰则认为想象并没有在过去的经验之上创造出任何新的部分，在想象中超越现实并不意味着对经验心理学条件的任何“综合性”超越。创作中“新”元素的产生仍然根源于记忆和经验。[②]

胡塞尔现象哲学的建立，标志着西方哲学开始由纵向超越转向横向超越，它追求隐蔽于在场之后不在场的事物，要求把在场的东西和不在场的东西、显现的东西和隐蔽的东西结合起来。[③]胡塞尔现象哲学的核心是“意向性理论”，它与传统的影像理论有着根本性的不同。传统的影像理论认为客观世界中的外在事物是认识产生的本源，人头脑中产生的影像分别与这些对象对应，是这些对象的代表。胡塞尔则指出，人的意象经验所指向的对象不是外在独立的、有实体的，而是人所“意指着”（the object “meant” or “aimed at”）的。他认为，一个对象能够反映在人的意识之中，并非因为人的意识中有一个与该对象类似的东西或者影像出现，而是因为人发挥了自己的意向性经验，通过这种意向性经验，才使得该对象得以显示。这种使对象得以显示的过程，靠的就是想象。举例来说，人不能同时从各个侧面看到一个对象的整体。人在面对一个侧面时，其意向并不是指向直接在场的这个侧面，而是指向对象整体。某一个侧面只是非此侧面的其他许多侧面借以显示自身的出发点

---

① 朱立元．西方文论教程［M］．北京：高等教育出版社，2008：324-325.

② 谢友倩．从综合到分析：狄尔泰对康德想象力的批判［J］．唯实，2012（1）：37-42.

③ 张世英．哲学导论［M］．北京：北京大学出版社，2002：36，47.

和桥梁，我们可以由出场的一个侧面想象到未出场的其他侧面。这样，想象也就使未直接出场的东西显示出来。这种想象仍然以知觉为基础，因此胡塞尔把这种想象称为“影像意识”（bildbewusstscin/image-consiciousness）。此外还有一种想象，被胡塞称为幻想（phantasic/phantasy）。在前一种想象中，想象活动的对象实际上是现实世界中与之相似的客观对象的代表；而在后一种想象中，想象活动的对象不代表任何东西，而是直截了当地出现。于是幻想便成了一种使不出场的东西出场的经验，强调不出场的东西是可以没有物理基础的，幻想中的东西是现实中不存在的东西，因而也是可以变幻莫测的，而这些正是幻想最大的特点，因此幻想也可以被看作“相应的知觉的变形”。在胡塞尔的“本质直观”理论中，我们可以通过个别范例直观事物的本质，这些范例不一定是靠知觉意识到的，也可以是由幻想产生的，也就是说，事物的本质可以通过幻想达到，这种观点极大地拓展了可能性的视野。[①] 尽管胡塞尔自称是康德的继任者，但他在想象方面的观点实际上跟康德有很大不同。康德认为想象是先验的，是联结感性和知性的桥梁；而胡塞尔认为想象是经验的，是一种直观的再造能力，是非中介化的。尽管康德肯定想象的积极作用，但他仍然认为想象是一种比较低级的认知能力；胡塞尔则把想象放在了比感知更重要的地位。[②]

萨特对于想象的相关论述是建立在他的存在主义哲学基础上的，在《想象心理学》一书中，他从存在主义的角度系统地阐释了意识与想象的关系。萨特认为，“意识要发生根本性的改变，世界在这一改变中被否定了，而意识本身成为想象性的；只有在这个时候，那个对象才会出现。”“非现实的东西是在世界之外由一种停留在世界之中的意识创造出

① 张世英．论想象［J］．江苏社会科学，2004（2）：1-8．

② 代凯飞．康德与胡塞尔认识理论中的想象问题［D］．合肥：安徽大学，2012：29-34．

来的；人之所以能够想象，正因为他是超验性自由的。”“我称之为美的，正是那些非现实对象的具象化。”“现实的东西绝不是美的。美是一种只适意象的东西的价值，而且这种价值在其基本结构上又是指对世界的否定。”[①] 如果说文学艺术创作是对自在的存在的一种揭示，那么这种揭示靠的不是知觉意识和概念意识，而是想象。想象通过对现实世界的否定和虚无化，建立起自在与自为统一的意识世界，即美和艺术的世界。因此，萨特呼吁人们摒弃世俗的偏见和传统的法规，积极行动起来，争取个体的绝对自由，从而超越“现实世界”，达到想象世界。这样一来，萨特哲学总的形象便不再局限于认识论和审美活动领域，而表现为人的创造性活动和反抗性行为，成为人们批判现实和超越现实的一种手段和一种积极的“干预”。[②]

在有关想象的讨论中，幻想（phantasy/fantasy/daydream）这个概念开始越来越多的出现。尽管学者对究竟什么是幻想这一问题众说纷纭，但大多都把它定义为最高程度的、创造性的想象。经由这种想象产生出的意识中的事物，不与客观现实中的事物有明确的对应关系，甚至完全与客观规律背道而驰。从某种意义上来说，幻想真正实现了对客观现实的超越，达到了完全的自由境界，是一种想象的理想状态。这里笔者列举其中一些观点，对幻想这一概念做简单的补充讨论。

弗洛伊德在《创作家与白日梦》中，总结了成人幻想的特征：成人用幻想来代替童年游戏并延续游戏的快乐；幻想是受压抑的愿望的曲折表达，这些愿望主要有野心和性欲两种；幻想帮助愿望贯穿过去、现在和未来三个维度；如果幻想过分强烈，则会导致精神病症的出现。创作

① ［法］萨特．想象心理学［M］．褚朔维，译．北京：光明日报出版社，1988：284，281，292.

② 宰政．想象的命运——以康德为中心的西方想象的展开［D］．郑州：郑州大学，2007：19.

家创作的作品，从内容到形式都体现了创作家自己的幻想，是创作家个人受压抑的愿望在文学空间中的实现。由此可见，幻想在创作中起着不可替代的关键作用。

E.M. 福斯特在《小说面面观》中，分两章阐释了幻想小说和预言小说。在他看来，在小说的时间和人物逻辑之外，有一种将它们统统包括在内的东西。好像有一束光切断上述种种；或者与它们紧密相连，将所有问题一一照亮；或者视而不见地径直穿透它们。这束光就是幻想和预言。他认为二者都具有浓厚的神话情调。欣赏这两种小说，我们需要进行一些额外的心理调整，接受那些超自然的东西，保持谦虚和幽默感。[①]

J.R.R. 托尔金在《论童话故事》中，将传统的童话定义进行了修正和扩展，重点强调了童话（fairy-story）一词的英语本义“仙境故事”[②]。在托尔金那里，“仙境故事”不仅是关于精灵的故事，其主要目的可能是讽刺、冒险、道德劝诫或幻想，但“仙境故事”最适合被解释为“魔法”，并且“魔法”在故事中必须被严肃认真地对待。在“仙境故事”中，作家建构了一个不同于现实世界的新世界。如果我们把现实世界称为“第一世界”，那么这个新世界就是“第二世界”（也常被译为“架空世界”）。托尔金指出，人类从诞生之日起，最先产生的对世界的两种观念，一是时空观，二是同其他生物交流的愿望。这两种观念在作家建构“第二世界”时，以与“第一世界”完全不同的、创造性的新答案，被系统地回答了。这样，作家就利用幻想创造了一个想象的世界，他自己成为创造者，尽管这一切仍是对神创造的“第一世界”的一种摹

① ［英］E.M. 福斯特．小说面面观［M］．朱乃长，译．北京：中国对外翻译出版公司，2002：280-281.

② 在英语中，fairy 可作名词，意为仙女、小仙子、精灵；或用作形容词，意为美丽的、优雅的、仙女似的。

写。[①] 托尔金有关“仙境故事”的论述，实际上提供了现代意义上的、以含有丰富幻想设定为最大特点的奇幻文学（fantasy）的一种定义方式。[②]

托尔金的所谓“第二世界”，实际上与乌托邦文学有异曲同工之妙，或者说，作为乌托邦文学核心的“乌托邦”，本身就可以作为一个典型的“第二世界”的例子。不过，乌托邦思想着重讨论的是理想中的“第二世界”应该具体表现为什么形态，而托尔金的“第二世界”理论则更关心创造“第二世界”的过程以及“第二世界”本身带来的多种可能性。所以尽管乌托邦思想本身并不讨论幻想，但不可否认它本身即是幻想最典型的产物。比起传统乌托邦文学中描绘一个完美世界、以相信和追求理性与科技为思想倾向的概念，今天，“乌托邦”这一概念本身发生了泛化，它不仅用来描写任何想象的、理想的社会，也用来指试图将某些理想理论变成现实的尝试，甚至指代现实中无法超越和到达的想象世界。

与此类似，近年来在科幻文学领域内备受推崇的所谓“元宇宙”的概念，其本质在文学创作领域中同样是“第二世界”的一种变体，至少在人类科学技术尚无法真正将这一设想完美实现并广泛应用于现实之前确实如此。区别在于，“元宇宙”这种类型的“第二世界”，在文学作品中不再是实体世界，而是运用数字技术建构的一种虚拟的世界形态或概

① FLIEGER V, ANDERSON D A. Tolkien: On fairy-stories [M]. New York: Harper Collins Publishers, 2014.

② 应当注意的是，中文语境中的“奇幻”虽然常被用于对应英语中的“fantasy”一词，但这种翻译方式在中文语境中并不是完全约定俗成的，经常和“魔幻”“玄幻”等概念相互混用。相较而言，英语中的“fantasy”既指一种文学类型，本身也有“幻想”之义；而中文语境中的“奇幻文学”，经常也被认为包括西方文学中所没有的所谓仙侠、玄幻、修真等类型的作品。若仅从概念所涵盖的范围来看，用“幻想文学”从广义上归类和命名这些文学作品，也许更为恰当。关于以上问题的详细讨论，见本书第三章第三节。

念，是一种现实世界在思维和科技层面上的幻想性映射。

从某种意义上说，文学创作的目的之一，是将创作者的精神、情感、认知领域中的“第二世界”展现出来，通过想象将属于创作者个人的思维意识提取并体现在作品中，从而创造出属于文学本身的新世界，而文学创作的过程即迈向这个新世界的过程。

第二节

“神思”之旨

——中国古代哲学及文论概说

由于中国古代关于哲学问题的讨论，大多以文学性较强的散文作为载体，因此中国哲学与文论之间的界限比西方更模糊，二者几乎完全混杂在一起。新文化运动之后，中国社会进入当代历史阶段，在哲学领域和文学领域开始与西方并轨，西方哲学及文论思想被重视和引入，并在此后成为主流，被广泛地研究和讨论；而失去了文言文载体和传统社会环境的中国古代哲学及文论的发展，自此几乎被强行中断了，因此我们只能对现有的理论进行总结研究，却无法使用类似的形式延续已有理论，提出新的观点。因此，尽管我们试图以想象及其相关问题为切入点，在中西方哲学和文论的领域比较其结论的不同，但实际上不论是在时间跨度上还是学科范围上，这两条纵线并不完全一致，进行这种不严谨的比较，仅仅是为了讨论问题的方便。

如果说中国古代诗学是一种具象的抽象，那么西方诗学便是一种抽象的具象。[①] 与西方不同的是，“想象”一词只在中国古代作品中偶尔出现过，并没有形成确切的、具有普遍性的公认意义。但这并不是说中国的艺术理论中没有关于“想象”的理论描述，只不过是以不同的理论话语来表达而

① 崔昕平.中西方艺术想象论比较研究［J］.太原大学教育学院学报，2007，25（4）：61-63.

已，“神思”“妙悟”“虚静”“兴会”等概念，都与想象有着千丝万缕的联系。总的来说，在不同的历史时期，文学家们对类似于“想象”的理论阐释各不相同，重视程度也不相同。晋代以前虽然屡见关于想象的零散的论述，但都不属于自觉的理论研讨。中国古代文论中的想象论，主要建构于晋、南北朝、明清时期，在唐宋元时期突出的发展较少。

先秦时期，屈原的《远游》中最早出现关于想象的论述：“思旧故以想象兮，长太息而掩涕。”屈原在诗中想起了过去的亲友，禁不住叹息着擦拭自己的眼泪。这里的“想象”显然与现代意义上的“想象”完全不同，“想”用作动词表示思念，“象”用作名词，此处指亲友们的形貌。先秦诸子中，老子和庄子在谈及如何对“道”这一思想进行体悟和阐释时，出现了一些与想象类似的思维过程。在老子眼中，“道”指的是天地万物运行的规律，它是没有实体的，同时也是不可“名”的，肉眼无法观察到它的样子，语言也无法表达出它的含义，因此要真正领会“道”的变化莫测、包揽宇宙的精义，就必须通过一种特殊的思考过程，即老子所说的“虚静凝神”“涤除玄览”。其中“虚静”就是指使人的精神进入一种无欲、无得失、无功利的极度平静的状态，这样事物的一切美和丰富性就会展现在眼前；“涤除玄览”就是指洗净人们的各种欲望和成见，使头脑变得像镜子一样纯净清明，然后才能去关照“道”。二者显然都可以看作是想象的过程，只不过老子对其的论述并非普遍意义上的，而是特别针对“道”这一具体的对象。与老子的看法相同，庄子同样认为“道”是不可言传的，为了说明什么是“道”，他采取了以具体事件作为例子来暗示和象征“道”的方法，它们构成了《庄子》中充满神奇瑰丽的想象色彩的寓言故事。通过这些寓言，庄子试图把自己通过“虚静凝神”“涤除玄览”领会的“道”以较为通俗易懂的方式表达出来。此外，庄子还提出了“心斋”和“坐忘”两种理论。“心斋”即“唯道集虚，虚也者，心斋也”。说的是只有从内心深处戒掉所有的欲望和杂念，才能使内心保持“虚”或清明的状态。“坐忘”即“堕肢体，

黜聪明，离形去知，同于大通”。说的是只有忘记自己的身体，抛开头脑中的知识，使思维达到真正自由的境界，才能领会天地的奥义。[①] 通过“心斋”和“坐忘”，就能达到“独与天地精神相往来”的“游”的状态。[②] 韩非子在解释老子的“无状之状，无象之象”时，提出了“人希见生象也，而得死象之骨，按其图以想其生也。故诸人之所以意想者，皆谓之象也”。[③] 实际上是以“象”为例说明了想象形成和应用的过程，并明确地提出了“意象”一词。不论是老子还是庄子，对想象似乎都有一种较高的要求，只有脱离尘世实体，进入完全纯洁的精神的虚空状态，想象才能发挥作用，使人体悟到“道”的真意。这些观点对后来的陆机、刘勰等人产生了深远影响。

两汉时期，对想象的讨论零散地分布在不同的文章中。司马迁在《史记·孟子荀卿列传》中记载了阴阳五行家驺衍的生平，说他“其语闳大不经，必先验小物，推而大之，至于无垠”。[④] 驺衍通过想象提出了五行之说，试图解释天地万物的形成过程和四海八荒的地理构成，由眼前所见推及“人之所不能睹”。两汉时期文体的辞赋盛行，极尽夸张华丽的铺陈离不开创作者想象的运用。刘歆在《西京杂记》其二中，讲述了司马相如在与友人盛览谈论“赋家之心”时提出的观点，认为“赋家之心，苞括宇宙，总览人物，斯乃得之于内，不可得而传”，[⑤] 强调了想象在辞赋创作中起到的至关重要的作用。

魏晋南北朝时期，“神思”这一概念被正式提出，想象与文学创作

---

① ［战国］庄周．庄子集释［M］．［清］郭庆藩，辑．北京：中华书局，1961：147，248.

② 宋国栋．想象的审美学分析［D］．长沙：湖南师范大学，2004：18.

③ ［战国］韩非子．韩非子［M］．高华平，王齐洲，张三夕，译．北京：中华书局，2010：209.

④ ［汉］司马迁．史记［M］．北京：中华书局，2006：455.

⑤ ［晋］葛洪．燕丹子　西京杂记［M］．无名氏，撰．北京：中华书局，1985.

的关系等相关问题受到关注。三国时期的鼓吹曲辞《从历数》中有“圣哲受之天，神明表奇异。建号创皇基，聪睿协神思”[①]的句子，最早使用了“神思”一词，但这里“神思”是用来形容皇帝的聪明才智的，与后来刘勰等人提出的“神思”明显不同。曹植在《洛神赋》中谈及了“想象”：“于是背下陵高，足往神留，遗情想像，顾望怀愁。”在《宝刀赋》中谈及了“神思”：“规圆景以定环，摅神思而造象。垂华芬之葳蕤，流翠采之晁漾。”[②]他认为由“神思”一方面可以“造象”，帮助创作者把自己的情感与对客观对象的记忆融合起来，在头脑中形成新的形象；另一方面可以帮助创作者“通灵”，从而在灵感的启发下创作出文藻飞扬的作品。陆机在《文赋》中，把想象的含义概括为“精骛八极，心游万仞”，认为想象能够帮助创作者达到“观古今於须臾，抚四海於一瞬”的境界。他针对艺术想象在创作构思中所起的作用做了系统的论述，将文学想象的开展分为几个层次：创作者被外界的事物激发，开始进行艺术构思，运用想象超越时空界限，驰骋于高远的境界；想象所达之处，内在的朦胧的文情与外在的鲜明的物象相互交融，从而生成新的艺术形象；百世的文章、古今的时间、四海的空间都被艺术想象所融会贯通。陆机认为想象的材料来源于主体的知觉和记忆，不受时空的局限，而创作者通过“选义按部，考辞就班”，对材料进行加工改造，使之最终成为新的形象。这些观点为古代艺术想象论的发展奠定了基础。此外，陆机还分析了创作构思阶段的思维过程：“若夫应感之会，通塞之纪，来不可遏，去不可止。藏若景灭，行犹响起。方天机之骏利，夫何纷而不理？思风发于胸臆，言泉流于唇齿。”[③]即所谓的“兴

① 彭黎明，彭勃．全乐府［M］．上海：上海交通大学出版社，2011：228.

② ［三国］曹植．曹植集校注［M］．北京：人民文学出版社，1984：282，514.

③ ［晋］陆机．文赋译注［M］．张怀瑾，译．北京：北京出版社，1984：22，24，46.

会”说，用来形容创作时主体与客观外物相互接触融合，产生的情感激越、想象丰富、创造空前的心理现象。[①] 后来沈约、颜之推等人也分别从各自的角度谈到了“兴会”：“爰逮宋氏，颜、谢腾声，灵运之兴会标举。延年之体裁明密，并方轨前秀，垂范后昆。”（沈约《宋书·谢灵运传论》）[②]；“文章之体，标举兴会，发引性灵。”（颜之推《颜氏家训·文章篇》）[③]。应该说，“兴会”并不等同于想象，它是比想象更为丰富的思维过程，是对良好的创作状态的一种总体形容。顾恺之在《魏晋胜流画赞》中，提出了“迁想妙得”的绘画创作理论：“凡画，人最难，次山水，次狗马；台榭一定器耳，难成而易好，不待迁想妙得也。”[④] 画家作画时需要把主观情思“迁入”客观对象中，获得艺术感受，并通过自己的情感活动和审美关照，利用客观对象创造出“传神”的艺术形象。这个过程显然也是想象的过程。刘勰在《文心雕龙·神思》中，以想象即“神思”为核心，探讨了文学创作各方面的问题，提出了系统的艺术想象论。刘勰把“神思”定义为“形在江海之上，心存魏阙之下，神思之谓也”，指出想象是一种由此及彼、不受时空限制的艺术思维活动，是一种忘我的艺术境界。他提出了两个新观点：一方面，想象是以客观现实为基础的，只有当“我”与“物”通过想象紧密结合时，才能达到“思理为妙，神与物游”的境界，因此创作者需要在日常生活中注意为想象积累足够丰富的感性材料；另一方面，要想把所思所想有效地表达出来，应用于文学创作之中，语言在其中起到了至关重要的作用：“神居胸臆，而志气统其关键；物沿耳目，而辞令管其枢机。”此外，刘勰

---

① 吕颖．中国古代诗学范畴“兴会”论［J］．理论学刊，2006（12）：121–123.

② 张少康．中国历代文论精选［M］．卢永璘，等选注．北京：北京大学出版社，2003：91.

③［南北朝］颜之推．颜氏家训［M］．夏家善，编．天津：天津古籍出版社，1995：97.

④ 俞剑华．中国画论选读［M］．南京：江苏美术出版社，2007：10.

承继老子并发展了“虚静”说，提出“是以陶钧文思，贵在虚静，疏瀹五藏，澡雪精神。积学以储宝，酌理以富才，研阅以穷照，驯致以绎辞”的观点。[①] 如果说老子是从哲学的角度将“虚静”作为达到“道”的途径；那么刘勰便是从诗学的角度将“虚静”作为创作构思的重要手段。前者的目的是达到一种清净澄明、空无一物的混沌状态，后者的目的则是活跃思维，唤起情感，为创作准备最佳的身心状态。[②]

唐宋元时期，神思已经成为中国文论中的常用词，与神思有关的论述也时常零散地出现。王昌龄在《诗格》中认为诗有三格：“一曰生思，二曰感思，三曰取思。”其中生思指的是“久用精思，未契意象，力疲智竭，放安神思，心偶照境，率然而生。”[③] 刻意用复杂深入的思考来建构意象，往往精疲力竭却不可得，而在平和的心境下运用“神思”（想象），就能在创作中自然而然地获取灵感。在王昌龄看来，“神思”与“精思”相对，是使作品得以“率然而生”的关键。皮日休在评价充满想象力的李白诗作时，赞美他能够“言出天地外，思出鬼神表，读之则神驰八极，测之则心怀四溟。”（《皮子文薮・刘枣强碑》）[④]，实际上强调想象能够超越现实的特点。皎然在《诗式》中，从艺术鉴赏的角度提出了“神旨”和“意冥”两种概念，认为诗的旨趣并非单靠言语就能传达，还需要我们发动心神与之冥合，以达到“但见性情，不睹文字，盖诣道之极也”[⑤] 的境界，这其实也是一个运用想象去理解诗歌的过程。

---

① ［南朝梁］刘勰．文心雕龙［M］．王运熙，周锋．译注．上海：上海古籍出版社，2010：53.

② 宋国栋．想象的审美学分析［D］．长沙：湖南师范大学，2004：15-16.

③ ［宋］陈应行．吟窗杂录：上［M］．北京：中华书局，1997：207.

④ ［唐］皮日休．皮日休诗文选注［M］．申宝昆，选注．上海：上海古籍出版社，1991：23.

⑤ ［唐］皎然．诗式校注［M］．李壮鹰，校注．北京：人民文学出版社，2003：42.

司空图在《与极浦书》中谈道："诗家之景，如蓝田日暖，良玉生烟，可望而不可置于眉睫之前也。象外之象、景外之景，岂容易可谈哉？然题纪之作，目击可图，体势自别，不可废也。"[①] 这里的"象外之象、景外之景"被用来指诗歌意象能够超越现实、超越影像的想象的自由程度。苏轼的诗学思想中也提及了想象，认为"门外究观风味，使人千载想象"（《舣舟迎恩亭题》）[②]。在他那里，想象能够造就无比深沉、辽阔的艺术空间，但又不是凭空妄想，而是根植于生活实践，苏轼因此指出"事不目见耳闻，而臆断其有无，可乎？"（《石钟山记》）[③]。难怪在洪迈《容斋三笔》的记录中，苏轼认为"轼未到桥所，难以想象落笔"[④]，坚持要先到何公桥，才能为何公桥赋诗。严羽在《沧浪诗话》中提出了"妙悟"说。"妙"原本是道家用语，表示"道"的无限性、深邃性和不确定性；"悟"是禅宗术语，悟的是空灵的哲理，不通过文字，只借用想象直指人心。所谓"妙悟"即对佛教奥玄之道的妙解彻悟。严羽把"妙悟"从学禅扩展到学诗，提出"大抵禅道惟在妙悟，诗道亦在妙悟"，认为学禅和学诗都需要以"妙悟"为途径，并通过"妙悟"来把握其真意。他又进一步讨论了诗学范围内的"悟"，认为"悟乃为当行，悟乃为本色"，真正需要悟的是诗词的正宗，是诗词的本来面目；"悟"同时还有程度上的差别，"然悟有浅深、有分限、有透彻之悟，有但得一知半解之悟。汉、魏尚矣，不假悟也。谢灵运至盛唐诸公，透彻

---

① ［唐］司空图．司空表圣诗文集笺校［M］．祖保泉，陶礼天笺校．合肥：安徽大学出版社，2002：215.

② ［宋］苏轼．苏轼文集编年笺注（诗词附十）［M］．李之亮，笺注．成都：巴蜀书社，2011：648.

③ ［宋］苏轼．苏轼文集编年笺注（诗词附二）［M］．李之亮，笺注．成都：巴蜀书社，2011：157.

④ ［宋］洪迈．容斋随笔［M］．呼和浩特：内蒙古文化出版社，2007：380.

之悟也。他虽有悟者，皆非第一义也。”[①] 一知半解的悟并非真正的悟，“透彻之悟”才是真正的悟，是“透彻玲珑”的，其代表性的例子是谢灵运至盛唐诸公的作品。[②]

明清时期，“神思”及其内涵已经基本定型，讨论开始逐渐细化，一方面沿着“神思”“妙悟”“虚静”“兴会”等说法继续深化，另一方面开始关注和讨论想象与文学创作关系中的一些细节问题。汤显祖在《合奇序》中说道：“予谓文章之妙不在步趋形似之间。自然灵气，恍惚而来，不思而至，怪怪奇奇，莫可名状，非物寻常得以合之。”[③] 创作过程需要“自然灵气”的灌注，它没有确切的实体，踪迹也难以掌控，却能启发创作者在心境清明之际找到文章写作的法门。这实际上仍是“神思”说的另一种描述，“自然灵气”接近于我们现在所说的“灵感”。清代小说理论发展很快，开始涉及艺术想象中的虚构问题。袁于令在《〈西游记〉题词》中，讨论了“幻”与“真”的辩证关系，提出“文不幻不文，幻不极不幻。是知天下极幻之事，乃极真之事；极幻之理，乃极真之理。故言真不如言幻，言佛不如言魔。魔非他，即我也。我化为佛，未佛皆魔。”[④] 他认为虚幻虽超越真实，却也来源于真实，是真实的一种倒映。因此幻是另一种形式的真，魔是另一种形式的佛，二者既对立又统一。类似的观点还有毛宗岗：“《三国》一书，有巧收幻结之妙。……幻既出人意外，巧复在人意中。”[⑤]（《读三国志法》）。王夫之非

---

① ［宋］严羽．沧浪诗话校释［M］．郭绍虞，校释．北京：人民文学出版社，1961：11，26.

② 李壮鹰，李春青．中国古代文论教程［M］．北京：高等教育出版社，2005：260-261.

③ 徐朔方．汤显祖全集［M］．北京：北京古籍出版社，1999：1138.

④ 朱一玄，刘毓忱．西游记资料汇编［M］．天津：南开大学出版社，2002：223.

⑤ 朱一玄，刘毓忱．三国演义资料汇编［M］．天津：南开大学出版社，2012：258-259.

常重视“兴会”在创作中的作用，从多个方面对其进行了论说。他认为“兴会”强调的是人的感情与客观事物接触、交融之后瞬时生成的良好的创作状态，“一用兴会标举成诗，自然情景俱到。恃情景者，不能得情景也”（《明诗评选》卷六），如此方能“兴会成章，即以佳好”（《明诗评选》卷五）。王夫之同时也强调创作构思的重要性，他在评价谢灵运诗歌时谈到，单单靠沈约所说的“兴会”还不能开始创作，要先在自己心中形成构思：“落笔之先，匠意之始，有不可知者存焉。岂徒兴会标举，如沈约之所云者哉？”（《古诗评选》卷五）。要达成这种“匠意”，需要依靠想象的作用，“言情则于往来动止、缥缈有无之中，得灵蚃而执之有象；取象则于击目经心丝分缕合之际，貌固有而言之不欺。而且情不虚情，情皆可景；景非滞景，景总含情。神理流于两间，天地供其一目。大无外而细无垠”（《古诗评选》卷五）。实际上，王夫之所谓的匠意与兴会是无法严格区分的，兴会是产生匠意的基础，匠意也可以看做是兴会的一部分，而想象贯穿在这两个过程之中。此外，王夫之还提出诗歌鉴赏有赖于读者通过想象进行再创造，要求诗歌创作“极意不极笔”，富于想象的启示性。[①] 叶燮在《原诗·内篇》中谈到了想象：“惟不可名言之理，不可施见之事，不可径达之情，则幽渺以为理，想象以为事，惝恍以为情，方为理至事至情至之语。”[②] 认为想象能够变不可见为可见，拥有沟通理、事、情三者的作用。袁守定在前人“兴会”说的基础上，具体地讨论了日常生活经验的积累和“兴会”的关系：“文章之道，遭际兴会，摅发性灵，生于临文之顷者也。然须平日餐经馈史，霍然有怀，对景感物，旷然有会，尝有欲吐之言，难遏之意，然后拈题泚笔，忽忽相遭，得之在俄顷，积之在平日。”（《占毕丛谈》卷

① ［清］王夫之 . 明诗评选［M］. 李金善，点校 . 保定：河北大学出版社，2008：341，308，20，244

② ［清］叶燮 . 原诗笺注［M］. 蒋寅，笺注 . 上海：上海古籍出版社，2014：210.

五《谈文》)[①]。刘熙载要求通过想象来“构象”：“赋以象物。按实肖象易，凭虚构象难。能构象，象乃生生不穷矣。”[②](《艺概·赋概》)，认为要达到“生生不穷”的出神入化的艺术境界，需要我们超越客观现实之物，从想象入手去创造不同于现实的艺术形象。梁启超在谈到“小说能导人游于他境界”这一问题时指出：“作小说者亦犹是。有人焉，悄思冥索，设身处地，想象其身段，描摹其口吻，淋漓尽致，务使毕肖。”[③](《小说丛话》)，认为小说中的世界是一个“他境界”，这个世界严格按照现实世界所创造，需要我们发挥想象的作用去描摹现实世界，并尽可能使作品中的世界接近于现实世界。他所指的想象更接近于记忆或者联想，实际上是一种现实主义的创作方法。

综上所述，我们概括地梳理了中国古代哲学与文论中与想象有关的理论。应当说，中国古代哲学与文论是以具体的思维、创作、审美过程为对象来讨论问题的，是一种由小到大的研究方式；而西方哲学与文论多从宏观的角度直接进行论述，并把结论应用于具体的例子之中，是一种从大到小的研究方式。因此，中国古代的作家和学者很少独立地讨论想象，“想象”被混合在“神思”“兴会”“虚静”“妙悟”等概念中，在具体的批评或举例过程中得到阐释：“神思”和“兴会”是一种包含想象的过程，而想象是达到“虚静”和“妙悟”的必经途径，要构造“意象”，融合“情境”，完成“言”与“意”的转换，都离不开想象的作用，但这其中任何一个概念的含义都不能与想象完全等同。相较而言，其中“神思”与“想象”的含义最为接近。在当代相关研究已经几乎与西方

① 北京师范大学中文系文艺理论教研室．文学理论学习参考资料：上［M］．沈阳：春风文艺出版社，1981：256.

② ［清］刘熙载．艺概笺注［M］．王气中，笺注．贵阳：贵州人民出版社，1986：291.

③ 梁启超．小说丛话［J］．新小说，1903（8）：175.

并轨的情况下，中国古代哲学与文论提供的这种重视实践、由微见著的思路，是西方哲学和文论研究的有效补充，二者一起为研究提供了一种双向的思维模式，能够帮助我们以更全面、更深刻、更多元的视角进行研究。

第三节

想象的三个层面与文学创作

从前两节的论述中可以发现，即使我们花了很长的篇幅去梳理想象在东西方文学史和哲学史中的发展脉络，也只能从大方向上把握其内涵的变化，对所有相关研究进行忠实而完备的记录几乎是不可能的。在宏观层面上，不论是从中总结出想象的一个标准的定义，还是以个人角度为出发点重新给出想象的定义，都只能成为众多结论之一，其参考价值是存疑的。那么能不能仅仅针对论题，从想象与文学创作的相关性出发，去分析想象的内涵呢？单从想象的理论发展史来看，尽管研究者们思考问题的角度和给出的结论各不相同，但大多数现当代理论倾向于认为在想象的运用过程中存在一个发挥深度的问题，并据此把想象的定义做了不同程度上的划分。单从想象和创作生产出的结果——文学作品的角度来看，其内容中既有模仿客观现实的部分，也有对客观现实进行夸张、改造的部分，还有一些完全脱离客观现实的部分。以此为基础，我们试图把想象本身和文学作品两方面的特点对应起来，按照发挥深度的不同，把想象解读为三个不同的层面，每个层面的想象在文学创作中的作用和表现不同，这也是使文学作品最终呈现出不同的题材、类型和特征的重要原因之一。这种方法将宏观角度和实践角度相结合，为我们在

下一章进一步讨论想象与文学创作的关系提供了基础和前提。[①]

想象的第一个层面，是记忆或者联想。当我们回忆已经看到过的事物或者已经过去的事情时，这些事物或者事件并未在现实中再次出场，而是通过我们的想象在思维中潜在地出场了，这便是记忆的过程。而由眼前的客观事物或者正在发生的事情，唤起记忆中已经存在的过去的事物或事情，使其通过想象在思维中潜在地出场，这便是联想的过程。记忆和联想是创作者积累和调取从客观世界中吸收的感性材料的方式，反映在文学作品里，那些与现实世界中的客观事物一模一样的事物，以及与现实世界中曾经发生过的一模一样的事件或情节，都可以说是由创作者的记忆或者联想而生发的、既而通过文字转化为文学作品的一部分。

例如，白居易在乐府诗《琵琶行》中，描写琵琶女高超的演奏技巧时写道：“大弦嘈嘈如急雨，小弦切切如私语。嘈嘈切切错杂弹，大珠小珠落玉盘。”[②]这里的急雨、私语、珍珠等都是客观世界中存在的事物，来源于作者的记忆。而通过琵琶声音的特点，将其和与之相似的落雨声、私语声、珠落声联系在一起，则是作者联想的作用。

又如欧·亨利在短篇小说《麦琪的礼物》中有这样一段描写：

此时，德拉的秀发披散下来，宛如一道微波起伏、闪闪放亮的褐色瀑布。头发一直垂到她的膝盖下面，就像给她披上了一件长袍。然后，她紧张而又迅速地把头发梳好。她犹豫了一会儿，一动不动地站在那

---

① 本节关于想象的三个层面的提法，主要参考了张世英的《论想象》中的观点，但讨论的角度由哲学研究变为想象与文学创作的关系研究，由普遍意义上的想象变为文学创作中的想象，故具体的阐释内容有很大不同。做出这种范围上的限制，只是为了针对论题，并非说其他领域内不需要想象。在此说明本节论述中的所有举例只为解释观点，并没有特殊的选择标准，也与例证作品本身的艺术成就无关。

② ［唐］白居易．白居易集笺校［M］．朱金城，笺校．上海：上海古籍出版社，1988：685.

里，一两滴眼泪溅落到那红色的旧地毯上。[1]

这里“秀发”“红色的旧地毯”显然都与客观世界中的秀发、红色的旧地毯没有什么区别，属于从作者记忆中直接调用的部分。而说这种头发像瀑布，像长袍，则是作者由头发联想到与它相似的瀑布和长袍后作出的描写。也就是说，即使是创作如此简单的陈述段落，严格来说也离不开想象的作用。

想象的第二个层面，是创造性的想象[2]。这种想象不止起到记忆、联想的作用，还具有建构能力。它在回忆和联想过程中进行了新的创造，通过第二层面的想象展现出来的潜在在场事物，与它的本源——记忆中的、没有现实出场的事物产生了偏差，这种偏差是想象进行有限度地选择、补充后出现的创造性的、新建构的在场。从创作的角度来讲，由于篇幅和语言文字表达本身的局限性，想要把作品中提到的所有事物以及发生的所有事件全部全方位地展现出来，是不可能的。必须恰当地整合其中的一些信息，对其进行取舍、夸张或者改造，最后形成的作品在内容上是有留白的，这便是创造性的想象在构思中发挥的作用。从审美层面上讲，第二层面的想象是指通过事物在场的某个侧面，想象到它背后未出场的各个侧面，从而建构起作为“共时性”整体的事物对象；或者是由已经听闻的事件信息，推测和补充完整的事件发展的过程。因此读者在阅读时能够运用想象，把文本中只描写出某一面的事物或者只表述出某些片段的事件补充完整，从而完成对文学作品的理解。

由于文言文的语言特性和诗词的格律限制，第二层面的想象在中国

① [美]欧·亨利.欧·亨利短篇小说选[M].王永年，译.北京：人民文学出版社，2003：2.

② 准确地说，想象的三个层面都具有创造性。但第一个层面的“创造”是以准确描摹为目的的“创造”，第二层面的“创造”指的是遵循现实逻辑的“创造”，而第三个层面的“创造”则是超越现实逻辑、遵循幻想逻辑的“创造”。由于没有更合适的替代词，故此处沿用了张世英的分析，使用“创造”一词来命名第二个层面的想象。

古代诗词创作中体现得最为明显。如王维在《山居秋暝》中写道："空山新雨后，天气晚来秋。明月松间照，清泉石上流。竹喧归浣女，莲动下渔舟。随意春芳歇，王孙自可留。"[①] 秋日雨后的山中，肯定不只有明月、松树、清泉、岩石、莲花、渔舟，还有鸟虫、青草、土地、天空等，但王维在其中选择了最富诗意、最能与他心中清净的禅意相吻合的意象入诗，这是作者经由第二层面的想象将材料进行调和的结果。他写月亮只写月光，写清泉又只写它流过石头的景象，但读者能够从侧面去感受和补全月亮和清泉这些给人印象最深的意象，并通过想象体会到秋日夜晚山中的美。

又如在贝克特的剧本《等待戈多》中，两个流浪汉爱斯特拉冈和弗拉季米尔一起在乡间的树下等待戈多，关于戈多是谁、为什么要等他、需要等多久，两个流浪汉并不知道，只是在荒诞、空虚的氛围中日复一日地等待下去。作者使用了大量的逻辑留白和叙事留白，有意用这种断裂感来表达一种世界荒诞、人生痛苦的存在主义思想。读者阅读时会在头脑中对作品的留白进行自我补充和解释，比如把戈多理解成上帝，把等待戈多的过程理解成人类等待死亡的过程，还有对反复路过的波卓和幸运儿身份的猜测等。显然并不是所有来源于读者的多样性的猜测都与作者心中的原意相同，但这种偏离反而丰富了文本的内在意义。总之，对第二层想象的运用既很好地达到了作者的目的，也极大地增加了读者阅读的乐趣。

想象的第三个层面，是使本身不出场的东西出场的想象，即幻想。所谓本身不出场的东西，是指那些在感性直观中、在普遍的知觉经验中从未出现或者根本不可能出现的东西。这些东西来源于"知觉的变形"，是将原有的知觉进行重新拆分、修改、组合，并通过对其的超越创造出

① ［清］彭定求．全唐诗：第四册［M］．北京：中华书局，2008：1276.

新的特点，从而把可以知觉到的东西变成不可知觉的东西。幻想极大地扩展了可能性的范围，给思维绝对的自由，也给文学创作和审美广阔的可能性空间，使其从内容到形式都获得了解放。幻想既不需要现实来证实，也不需要被感性直观和思维推理检验。

例如，《山海经》中讲述了夸父逐日的故事："夸父与日逐走，入日；渴，欲得饮，饮于河渭；河渭不足，北饮大泽。未至，道渴而死。弃其杖，化为邓林。"[①] 创作者运用幻想，对"太阳是遥不可及的"这一知觉经验进行了变形，认为人与太阳的距离虽然遥远，但是毕竟有限。作者在幻想中创造出了拥有超越普通人的奔跑能力的夸父，夸父不断向着太阳奔跑，因为口渴喝掉了河渭乃至大泽的水，却还是渴死了，于是他的手杖化为树林。这些情节在现实世界中都是不可能发生的，反映了当时的创作者对充满未知的太阳的浪漫想象。又如，蒲松龄的《聊斋志异》中，存在婴宁、辛十四娘、连城、小谢、王六郎、褚生等一系列鬼怪形象，他们能够由动物化为人形，有着神奇的法术，并拥有人的感情。这些鬼怪是创作者运用幻想将人的形象和动物的形象相结合，并添加想象中的超自然能力后创造出来的。这些违背现实逻辑的内容，因为其本身的神秘色彩而具有无穷的魅力，并为小说情节的走向提供了另外一种超越日常逻辑的可能性，反过来进一步解放了创作者在创作过程中幻想的自由。

在马尔克斯的小说《百年孤独》中，作者描写了很多人与鬼交往的场景，如布恩迪亚临死前，幽灵每天都来帮他喂食、擦洗，二人还商议以后创办养鸡场，以便死后不至于无事可做；阿玛兰妲在走廊上遇到死神，与死神商量自己的死期，她收集了马孔多村民们写给死去的亲友的信件，准备在自己死后为村民们捎信到阴间。而丽贝卡吃土的习惯使

① 袁珂．山海经校注［M］．上海：上海古籍出版社，1980：238.

她感染上了不眠症，并把这种疾病传染给了马孔多所有的村民，使人们纷纷开始失眠，进而患上了遗忘症。美丽的雷梅黛丝冰清玉洁、超然物外，得不到周围亲友的理解，最终抓住白床单的一角乘风而去，永远消失在空中。这些充满灵异气息的情节，都源自作者的幻想，共同营造出马孔多亦真亦幻的氛围，从而更加突出地表现出马孔多人民孤独空虚、闭塞愚昧的特质。

但幻想的自由是不是绝对的呢？从不同的角度来讨论，得到的答案也不同。一方面，人类从出生起，便自觉或不自觉地持续在大脑中存储直观的感性经验，而大脑则作为一个有机整体，进行思维活动。幻想由人类的大脑产生，客观上不可能完全抛开大脑中已经存在的感性经验而独立作用，故幻想必然是在此基础上生发出的超越感性经验的新事物、新联系、新作用。也就是说，除非文学创作者从现实中的人蜕变成纯粹的思想，否则幻想的素材仍然来源于客观现实，因此幻想仍在一定程度上受到当下现实世界的制约。但从另一方面来看，创作者能够通过幻想，在文学作品中建构一个与现实百分之百不重合的世界，这就在事实上实现了与当下现实世界的完全背离，如果不讨论语言本身在形成过程中与现实世界密不可分的联系，那么幻想在文学作品的创作中就可能完全超越现实，从这个层面上来看，幻想的自由确实又是绝对的。综合这两个方面而言，幻想的过程虽有现实来源和限制，但幻想体现在文学作品中的结果，是能够完全脱离现实而独立的。尽管文学作品本身不一定以绝对脱离现实为目的，但如何用没有绝对自由的过程，去实现绝对自由的结果，仍是摆在文学创作者面前的一个重要课题。

第二章

想象与文学作品的相关度：想象的量化

既然想象在文学创作中起着重要作用，那么如何衡量想象在文学作品的创作中具体运用的程度？这种不同的运用程度在整个文学史维度上是否有其嬗变的规律？如果有，那么这种嬗变规律与人类本身所处的客观世界的变化又有着怎样的关系？

要想回答以上问题，就需要选择一种合适的研究思路，以避免单从研究者个人的主观经验出发，得出缺乏一贯性的结论。研究者不可能完全了解每一部文学作品的创作者和洞悉创作者全部的内心世界。即使是创作者自己，也不可能从构思开始再次重现已经发生过的写作的全过程。因此，能够供我们研究的、客观恒定的对象，只有文学作品本身。只要从文学作品中找到与创作者的想象密切相关之处，并针对这些相关之处建立起稳定且可操作的评价标准，就能够直观地反映出想象与文学创作的关系。这里存在三个关键点：什么样的元素能够代表文学作品与想象的相关程度；什么形式的评价标准能够对这种元素进行有效的评价；这种评价标准是否可行、是否具有应用价值，如果把它应用在整个文学史维度上，是否能得出有价值的结论。

因此，本章的探讨均以文学作品为唯一的研究对象，首先找到其中所有与想象相关的客观元素即“想象元素”，分析其与想象的三个层面的对应关系；其次以这些想象元素为基础，建立起一种可操作的量化分析标准，以判断想象与不同的文学作品的相关度；最后分析这种量化标准的可行性与适用范围，并据此讨论想象与文学创作的关系在整个文学史维度上发生了哪些总体趋势上的变化。

第一节

文学作品中的“想象元素”

在具体的文学作品中，实际上我们很难判断哪些内容是创作者通过想象创作的，哪些内容与创作者的想象毫无关联。严格来说，文学作品的所有内容都来自创作者的内心世界，是创作者想象的产物，即使是全部取材于现实的作品也不例外，因为这些从现实中获得的材料，都必须经过创作者的二次加工之后才能转化为作品。既然所有文学作品都离不开想象，那么面对众多信息的读者，为什么能够根据自己阅读时产生的直观印象，快速地判断出某部具体的文学作品是否蕴含丰富的想象力呢？读者的这种“直观印象”从何而来？让我们沿着想象的轨迹，由作品回归创作过程，对所谓的“直观印象”追根溯源。

从读者的角度来看，当文学作品中出现了一只一闪而过的、普通的蝴蝶时，我们通常认为它与创作者的想象并无关联；当这只蝴蝶参与到某些事件中，并起到一定作用、构成某段情节时，想象在文本构思中所起到的作用初见端倪；这些事件越是复杂，越是语焉不详，越是曲折离奇，作者的想象力在创作中的参与度就越高；当蝴蝶具有使鲜花盛开的魔法或者能够幻化成人形，甚至直接消失进入另一个时空时，文学作品的逻辑就超越了现实逻辑，很容易引起读者的注意，往往使读者惊叹作品中蕴含的丰富的想象力。这个例子多少显得有些单薄，却能说明一些问题：蝴蝶本身并不那么重要，我们更看重的是那些与蝴蝶相关的信息，实际上读者是根据这些信息数量的多少、确切与否、采取什么样的

表达形式以及是否超越现实逻辑，来对想象在文学作品中发挥作用的强弱进行直观判断的。换句话说，我们认为不同的信息背后代表的是不同深度的想象，通过简单地对这些信息进行大致分类，从而根据结果生成所谓的“直观印象”。

在此过程中，读者做了两方面的工作，一是从文学作品中挑选出与想象有关的信息元素，二是对信息元素的性质进行分析判断。

构成文学作品的基本信息单位，应该是叙述过程中涉及的所有对象，包括时间和空间、动物和植物、科学和文艺、人类和社会、动作和语言等，这些对象各有其特定的含义，并且不可再做语义上的拆分。当它们通过不同的运动相互串联时，就形成了小的事件片段，小的事件片段前后衔接在一起，最终组成完整的情节或作品内容。不同的读者具有不同的阅读经验和喜好，在实际阅读时往往会对事件片段和情节做出不同的划分，因而这种划分并不总是固定可靠的。只有作品中的基本信息单位具有稳定性、直观性和可比性，不会根据读者主观思维的变化而变化，才可以作为最短的有效信息元素，供我们分析文学作品与想象的相关程度。当我们把对某部文学作品中全部类似的信息元素的分析集合起来时，就可以在此基础上对整部文学作品与想象的相关程度进行初步判断。

同样作为与想象有关的基础信息元素，为什么可以说其中某一个对象比另外一个对象更能体现作者高超的想象力呢？这就回到了想象自身发挥深度的差异问题。在前文的讨论中，我们把想象按照发挥深度的不同划分为三个层面：记忆和联想；创造性的想象；幻想。普通读者当然并未像我们一样建立起如此明确的层面上的区分，但在实际阅读的判断中遵循的逻辑却是相似的，即有些元素是由浅层的想象便能够生成的，而有些元素则需要通过深层次的想象才能被创造出来，两相对比，自然是后者更能说明该作品与想象之间的密切关系。总的来说，想象的三个层面在文学作品中对应着不同的信息元素，这些元素各有其特点，我们在进行判断时，为了提高寻找差异的效率，常常自动过滤一些文学作品中共有的元素，而只挑选一些最能说明问题的对象进行分析。下面以《灰姑娘》为例，来说明想象的三个层面在同一文本中分别由哪些信息元素体现，以及实际阅读时在惯性经验的驱使下，我们一般会选择哪些元素作为判断的有效依据。①

作为想象最浅表的层面，记忆和联想在文学作品中得到了广泛的应用，构成了文学作品的基础，为情节的发展和内容的形成提供了几乎全部的必需元素。例如在《灰姑娘》中，作者对主要人物灰姑娘、继母、两个姐姐、王子等人物的设计，除了特定的身份背景之外，均与现实世界中的常人无异，他们拥有同样的身体结构、生活在同一个时空维度、具有相似的世界观，是创作者直接根据自己记忆中的感性经验创造出的角色。而构成主人公生活环境的所有事物，包括灰姑娘居住的尖角阁楼，两个姐姐的红色天鹅绒礼服和金花外套，被教母作为施法对象的南瓜、老鼠和壁虎，王子举办舞会时所用的城堡等，都来自创作者对现实世界的记忆和联想。正是有了这些基础信息元素的参与，作品中才有了主人公、事件发生时间、事件发生环境，以及出现在故事中的所有其他事物，才可能引发主要矛盾以及与主要矛盾相关的一系列事件，最终形成作品。但是在读者那里，这类由创作者的浅层想象而产生的元素往往

① ［法］夏尔·佩罗．鹅妈妈的故事［M］．张小言，译．上海：上海译文出版社，2012：105-122.

这里选择《灰姑娘》作为范例进行说明，有以下原因：第一，《灰姑娘》是在大众中普及度较高的童话作品，是普通读者能够通过直观印象进行评价的典型对象；第二，作品篇幅短小，方便我们进行充分的讨论；第三，《灰姑娘》的文本本身蕴涵了丰富的想象，想象的三个层面均有不同程度的发挥，能够有效地说明问题。此外，由于流传最广的两个版本：夏尔·佩罗版本与格林兄弟版本在细节上有不少差异，前者比后者应用了更多的想象元素，故此处选用夏尔·佩罗的版本进行论述。

被忽略，不会成为我们在考查作品与想象关系时关注的指标。因为它们不但在客观现实中均能找到对应物，而且与这些对应物实在没有明显的区别：我们知道现实世界中有被继母迫害的少女，有坏心眼的继母和姐姐，也有善良英俊的王子，我们能够想象红色天鹅绒布料是什么样子，也认识南瓜、老鼠和壁虎，知道世界上有华丽的城堡和简陋的阁楼……于是当文学作品中出现这些元素时，即使这种影像是经由作者想象加工之后才生成的，读者也会下意识地直接把它们当作对客观现实的记录。这种不能凭借感性经验或直觉辨识的信息元素，可以被称为“非典型”的想象元素，在实际阅读和评论作品的过程中，它们很少被看作是想象作用于文学创作的结果。

想象的第二层面强调创造性和建构性，指的是通过在场的事物或事物的某一方面来唤起潜在在场的事物或事物的某一方面的能力。从创作者的角度而言，这一层面的想象集中体现在文学作品内容的留白中，根据其特点的不同可以分为两类。一类是创作者为了使作品呈现出最好的面貌，而在构思和写作过程中的有意为之。比如说在《灰姑娘》里，故事除了提到王子外貌英俊并且爱上了美丽的灰姑娘之外，并未对他的成长经历和性格品行进行介绍，他有哪些家庭成员，是骁勇善战还是学识渊博，他为什么会爱上灰姑娘，两个人婚后是如何生活的等内容，都与故事主线——灰姑娘由不幸走向幸福的传奇经历相关度不高，因此作者在作品里只是简单提及或者干脆省略。这样并不会破坏作品的连贯性与完整性，反而可以突出主线，确保叙述重心不会淹没在琐碎的细节描述之中。另一类则是由语言文字本身在表达上的片面性所决定的。当作品提到灰姑娘的水晶鞋时，只描写它是“世界上最美丽的”就足以满足叙事需求，至于水晶鞋的大小、颜色、质地和花纹等具体信息，则并不重要。即使创作者把这些说明性的文字全部详细地写出来，没有图像等其他形式信息的辅助，也不可能准确完整地还原水晶鞋的全貌。也就是说，单靠创作者的主观愿望和能力，并不能避免这一类叙述的留白，但他们可以按照作品构思的需求，选择“留”在文中的那部分信息。无论是哪一种留白，其结果都只能在读者阅读审美的过程中得以显现。也就是说，在发挥这一层面的想象力时，创作者既是在创作，也是在阅读，考虑的是如何才能既保证作品的艺术品质，又能传达给读者必要的信息，并保留一定多义性解读的可能。想象并不被展示在作品中的信息元素内，而是隐藏在潜在出场的那些信息之中，隐藏在读者的阅读过程中。对普通读者来说，第二层面的想象既没有明显对应的“想象元素”，也不会被阅读时的惯性经验所束缚。

相较而言，想象的第三个层面“幻想”在文学作品中的表现可谓是最高调的了，客观现实中并不存在的事物纷纷在作品中出场，成为很容易就能辨识出的指标。正如 E.M. 福斯特在《小说面面观》中所说：“幻想隐含着超自然的因素，但是无须把它说明出来。可它往往被作者点明。如果这种分类的方式对我们有所帮助，就能够把具备幻想倾向的作家采用过的手法列举出来——诸如在日常的生活里引进神祇、鬼魂、天使、猿猴、妖怪、侏儒、女巫；或者把平常人引入无人之境，引入未来、过去、地球的内部、第四维；或者深入和分割人格；或者，最后，采用嘲仿或者改编的手法。这些手法永远不会变得陈旧乏味；具有某种气质的作家会自然而然地把它们想起来，而以崭新的方式予以使用。但是这些手法为数受到严格限制。此一事实使人觉得有趣，而且也表明，这道光束只能以某些方式供人施展它的作用。”[①] 比如在《灰姑娘》中，灰姑娘的教母“其实是一位仙女”，她有神奇的魔法，能够变出马车、车队、车夫、仆人和美丽的衣裙，而这种魔法又能在午夜准时消

① ［英］E.M. 福斯特．小说面面观［M］．朱乃长，译．北京：中国对外翻译出版公司，2002：293.

失。“仙女”和“魔法”都是创作者利用幻想创造出来的新事物，是超越现实逻辑、不能被知觉经验所解释的，也是读者认知之外的东西，因此几乎能得到所有读者本能的认可，成为我们分析想象与作品之间关系的重要指标，是典型的“想象元素”。当我们面对一部文学作品时，与想象的第一层面对应的信息元素与客观现实具有高度同质性，因此经常被忽略；想象的第二层面则缺少与文学作品语言文字的直接对接关系，很难在文本中得到直观展现；故往往只有想象的第三层面所对应的信息元素能被当作标志物，用来说明想象在文学创作中所发挥的作用，这类元素便是我们狭义化之后的“想象元素”。换句话说，我们通常所认可的文学创作中的想象，多是最高层面的想象，即幻想，且不包括另外两层浅表层面的想象。这种由大多数人的阅读经验出发做出的判断，从想象本身的定义来看，是极其片面的，但从想象与文学创作之间的关系来看，却是合理的。因为严格来说，前两个层面的想象只作用在构思过程中，而幻想则是切切实实以文字的形式进入了文学作品中，自然也就成为阅读过程中首先被评判的对象。

需要强调的是，作为思维方式的想象，并非总是完全与文学作品中切实的“想象元素”一一对应；作为评判想象力的参照物的客观现实，也并非一成不变。要使想象元素成为能够合理地代表想象与文学创作关系的指标，还需要进行进一步的讨论。

在名词和动词这些最短的信息节段以上，还有具有完整意义的句子和段落，即使名词和动词本身与想象关系不大，但经过不同的排列组合，由它们构成的句子和段落就很可能带有鲜明的幻想色彩。比如，单独看“南瓜”和“马车”这两个信息元素，二者都是客观现实中常见的事物，来源于创作者的记忆和联想。但把它们放在由句子和段落组成的情节片段中，则会出现多种不同的情况：如果作品中说“我们家的庭院里有一个南瓜和一辆四人马车”，或者说“南瓜的形状很像是四人马车的车身”，显然都是与幻想无关的简单陈述；如果作品中说仙女“用魔法棒一点，刹那间，南瓜就变成了一辆金灿灿的四轮马车”，南瓜和马车就被赋予了相互转化的能力，该情节片段因此超越了现实逻辑而成为创作者幻想的产物。这样看来，单靠作品中词汇形式的想象元素来分析想象与文学作品的关系确实显得不够全面，还需要我们在实际操作中进行适当的转化和补充。比如说，虽然单就南瓜变成马车这一情节片段，我们没法找出现成的“想象元素”，但这种变化其实是仙女施行魔法后创造出来的，出现在作品其他部分文字中的想象元素“魔法”足以涵盖这个情节片段，此处只是“魔法”的重复出现和使用，不作单独讨论也不会造成想象元素的丢失，这就完成了“想象元素”的替代性转化。那么假如作品中并未直接出现“魔法”等能够涵盖这一情节片段的元素呢？我们可以对原有的句子或情节片段进行提炼和概括，将其“变”成“人造的”想象元素予以分析和研究。比如说，即使文章中没有明确地提出“魔法”，读者在阅读的过程中也会把南瓜变成马车这种明显与客观现实不符的情节概括为“魔法”“变异”“超自然力”去理解，这样概括出的信息虽并非原作中出现过的文字，但也可以作为一种补充性的“想象元素”。

幻想之所以成为幻想，关键在于它使感性直观和普遍知觉经验中不出场的东西出场了，或者说，它在文字世界中创造了客观现实中并不存在的东西。不管是对创作者还是对读者而言，要判断或者构思作品中的某些具体内容是否属于想象的产物，只有一种方法，就是将该内容与自己头脑中的知觉经验——客观现实世界中事物的集合作对比，看看这些内容是否超越了现实逻辑。但客观现实世界作为这种判断的参照物，并不是静止不动的，而是由无数个处在不断发展变化中的个体构成的整体。随着科学技术的发展和人类社会组织形式的变迁，昨天不可能存在的事物，今天就很有可能被创造出来；昨天创作者通过幻想提出的假设，今天就很有可能被现实证实。因此，当我们以不同时代的人们所建立的对客观世界的知觉经验为标准，来判断某一文学作品与想象之间的亲疏关系时，得到的结论自然有所不同，甚至相互矛盾。比如在飞机发明之前，人类是不能通过飞翔这种方式从一个地点前往另一个地点的，任何描写人类在空中飞翔的作品，其实都是来源于创作者的幻想；但在飞机发明之后，人乘坐飞机往来各地逐渐成为司空见惯之事，创作者不需要调动幻想就能完成对类似情节的写作。此外，创作者心目中的客观现实世界跟真正的客观现实世界并不完全等同，前者可以说是后者的缩小和轻微变形。个体创作者的精力有限，还要受到地理位置、信息传播方式、风俗习惯和科技发展水平等多种外界环境的制约，因此能够从客观世界中收集到的感性经验和知觉经验都是有限的，不足以准确地反映我们所生活的客观世界的全貌。比如同处在 17 世纪，德国天文学家开普勒分别于《新天文学》和《宇宙和谐论》中提出了关于行星运动的三大定律，即轨道定律、面积定律和周期定律；中国明朝科学家宋应星则在《天工开物》中详细地总结了陶瓷的生产技术。在开普勒心目中的客观世界里，是不可能有陶瓷被生产出来的，而宋应星认识的客观世界里，显然也不存在什么行星或者是行星的运动规律。如果他们二人能够看到对方的著作，那么所下的判断自然也不一样：开普勒眼里的《新天文学》和《宇宙和谐论》谈论的是事实，《天工开物》谈论的是幻想；而宋应星眼里的《天工开物》谈论的是事实，《新天文学》和《宇宙和谐论》谈论的倒是幻想中的幻想了。[①]

---

① 这里《新天文学》《宇宙和谐论》和《天工开物》并不算文学作品，但也是用文字记录的科学文献，一样有创作者和读者。使用这个极端的例子，一方面是为了进行更为直观的对比，另一方面也是想具体说明历史上不同创作者对客观世界的认识的差异之大。随着科学技术的日新月异和人类社会的全球化发展，如今不同的创作者对客观世界的认知已经很少有这么大的差异了。

综上，当我们面对一部作品时，要判断某些内容是否与幻想有关，用当下的眼光去评判还是用过去的眼光去评判，用本人的眼光去评判还是用他人的眼光去评判，得到结果都会不同。大多数情况下，我们默认采取的是一种无条件与创作者保持同步的评价标准，不会非要把李白幻想的“白发三千丈”与现在现实中能够生产出的三千丈的假白发相提并论，也不会非要强迫宋应星承认开普勒发现的三大定律。但强调这一点仍是有重要意义的，我们在分析和研究之中需要时刻保持清醒，始终坚持以创作者本身作为出发点，不要根据自己的主观判断轻易下结论。例如沈括在《梦溪笔谈·异事易疾附》中，有一段关于海市蜃楼的描写：

登州海中，时有云气，如宫室、台观、城堞、人物、车马、冠盖，历历可见，谓之“海市”。或曰“蛟蜃之气所为”，疑不然也。欧阳文忠曾出河朔，过高唐县，驿舍中夜有鬼神自空中过，车马人畜之声一一可辨，其说甚详，此不具记。问本处父老，云：“二十年前尝昼过县，亦历历见人物。”土人亦谓之“海市，”与登州所见大略相类也。[①]

现在我们知道，“海市蜃楼”是地球上物体反射的光经大气折射而形成的虚像，是一种真实存在的自然现象，并非出自人的幻想，但到了身为北宋人的沈括这里，情况就没那么简单了。沈括自己显然并未见过海市蜃楼，从他把这段文字放在“异事”这一条目下，并对相关猜测“疑不然也”的态度来看，很难说他完全相信世界上真的有海市蜃楼。他在记录和总结这些道听途说的信息时，也难保没有掺杂自己的理解和杜撰。那么这段文字中出现的信息元素“海市蜃楼”，究竟是否与沈括本人的幻想相关呢？我们并不是沈括，显然不能武断地给出答案。不能因为当下科学的发展已经证明“海市蜃楼”确实存在，就说明沈括完全相信海市蜃楼的存在，说明登州和高唐的异象都是现代意义上的海市蜃

① ［宋］沈括．梦溪笔谈［M］．侯真平，校．长沙：岳麓书社，2002：156.

楼，说明欧阳文忠公看到的鬼神是出自海市蜃楼，或是说明沈括记录的听闻中确实没有内容来源于作者自己的幻想。总之，严谨的论证意识和全面的思维方式是我们在识别、归纳和分析“想象元素”时必须始终坚持的，否则很容易得到想当然的答案，使整体研究陷入谜团。

第二节

想象元素的量化评价

通过前面的讨论，我们已经能够把没有实体的想象归结到文学作品中的“想象元素”中去，建立一个可以直观可见地展示想象与文学作品之间的关系的指标。使用这种指标来进行进一步的分析和研究，就能够避免只注重个例分析和理论阐释所造成的泛泛而谈的局面，将主观性较强的文学研究客观化和科学化，以此捕捉在文学创作过程中一直神出鬼没的想象的踪迹。那么具体采用什么样的方法，才能对这些千变万化、无穷无尽的“指标”进行有效的阐释和说明呢？

需要明确的是，在文学作品中有讨论价值的“想象元素”主要指的是狭义范围内的想象元素，即与“幻想”对应的想象元素。因为从广义上说，构成文学作品的文字本身是在想象的基础上形成的，文学作品全部内容的形成过程也都有想象的参与，只不过起作用的大多数是前两个层面的想象，它们并不违反现实逻辑，在作品中建构的世界仍然是现实世界的倒影。这两个层面的想象与人类的认知思维捆绑在一起，与其说是创作者个人的创造，不如说是创作行为本身所天然附加、不能规避的，每个创作者在构思阶段都需要运用想象，并且不会在最终的作品中表现出明显差异。只有第三层面的想象——幻想的产物是无法预测的，而且根据创作者个人能力和偏好的不同，这一层面的想象会在作品中有不同程度的发挥和表现。在实际阅读中，读者在普遍的阅读审美经验的主导下，同样也把关注点集中在第三层面的想象所对应的作品内容上，

而很少把那些没有超出现实逻辑的部分与作者的想象联系在一起。因此如无特殊说明，后文中提到的“想象元素”均为幻想所对应的想象元素，不再赘述。

想象与文学创作之间的关系，实际上表现为两个问题：一是想象在文学创作中具体表现出哪些作用，二是如何判断这种作用的强弱。前者通过想象的三个层面的含义及其在文学作品中的表现已经得到解答，后者则需要我们根据想象元素这一指标进行进一步的分析和判断，这也是我们最初提出想象元素这个概念的动机之一。为了达成这一目的，就需要找到一个针对文学作品中的想象元素的合适的评价标准。它必须既能够反映想象元素的应用情况，又具有一定的可比性；其评价结果既具有充分的说服力，又不因实际操作者主观意见的不同而有所不同。应从哪些合适的切入点建立这样的评价标准呢？我们不妨先从作为研究对象的想象元素自身的特点入手。在客观层面上，想象元素有两个可以分析的维度，一是它在文本中出现的次数，即所有想象元素的数量；二是它所涉及的不同领域，即所有想象元素按照内容分别归属的类别。对于具体的文学作品而言，想象元素的数量和类别都是有限的，数量可以说明作者在创作中通过想象创造出的事物的量的多少，而它们分别归属的类别的多少则可以说明作者想象所涵盖的领域的广度。也就是说，这两个分析维度均能够转化为具体的数字，且数字的大小从一定层面上展示了想象在该维度上表现力量的强弱。这个把数量引进文本分析的过程中，实际上是从目标到数量的转化，也就是通常所说的“量化”。一方面，“量化”以想象元素的两个分析维度为基础，它们在具体文学作品的分析中是可数的，可以对其进行统计分析；另一方面，由于想象元素本身是文学作品中可见的指标，数量本身更是对客观存在的事物的量的抽象表达，故二者都不会随着实际操作者观点的改变而改变。也就是说，这种“量化”的思路正好符合我们对想象元素的客观评价标准的要求，我们只要沿着这种思路建立合适的量化模型，就能以此作为想象元素的量化评价标准，在具体研究中使用。

综上，为了满足“客观”和“普遍”两个前提，从想象元素这一概念的提出到建立统一量化标准的想法的产生，我们实际上是沿着提出问题—分析问题—解决问题这一科学研究的基本步骤，把一些自然科学的研究思路和方法引入到了文学研究中来，把复杂的、主观的、多因性的、有目的的文学研究简单化和客观化。① 当然，要使这种构想变为现实，还有很多工作需要我们去做。除了量化分析这一基本方法之外，最后形成的评价标准应该采取哪种表达形式才能被方便地应用于文本分析，其中包括几类指标、每类指标包括哪些内容等问题，都是在评价标准的建立过程中必须解决的。

从具体的文学作品中寻找和归类想象元素的过程，其实接近于自然科学研究中针对不同样本的基础数据的采集工作，因此可以参考后者的操作方法。例如在医学和心理学领域，针对心理状态或者某一疾病经常使用调查表的形式进行评分，并对普查结果进行数据统计和分析，从而得出对心理状态的健康与否或某一疾病患病危险性的估计，以此作为评价和诊断的重要依据。像症状自评量表 SCL90、高血压病分级分层标准、全球急性冠状动脉事件注册（GRACE）评分等，其实都是把客观信息量化后再进行分析和研究的过程。只不过自然科学的量化研究中所得的数据本身背后是有其现实含义的，而想象元素的量化研究中所得的数据仅仅说明一种趋势，不能直接与想象元素或者想象本身的客观指标相对应。以此为参考，是否也能通过测评表这种规范化的形式，来表述我们建立的评价标准，从而完成针对文学作品中想象元素的量化数据的采集和分析工作呢？要满足这种要求，我们建构的测评表必须体现并基

① 林聚任，刘玉安．社会科学研究方法［M］．济南：山东人民出版社，2004：6-8.

本涵盖想象元素的两个客观维度，有合理的量化方法和科学的数据分析方法，并且普遍适用于所有研究对象。

在特定的文学作品中，想象元素的数量和类别都是可数的，因此从理论上来说，两者都可以被量化为数值，只不过前者是确定的、直观可见的，基本不需要进一步处理，就可以直接转化为具体数值以供使用；但后者首先需要建立一个分类标准，然后才能进入量化过程。显然，对涵盖文学作品中的整个世界的方方面面的想象元素来说，分类标准的建立是非常困难的，也不可能是唯一的，如果考虑到科幻、奇幻等自身架构的宏大新兴题材，可以说是我们在试图对整个时空甚至异时空中的环境和生物进行分类，这不禁让人产生怀疑，就算找到了理论上成立的分类法，它本身会不会冗长烦琐从而没有实用性？分类方法的不同，会不会对研究结果带来质的影响？显然这两个问题的答案都是否定的。首先，“分类”本身就是一种把庞大事物的集合进行整理，使其简单化和系统化的过程。类别越精细，分类的数目自然也越多，极端情况下定然是一物一类，但同样的，如果我们根据具体情况最大限度地寻找共同点，分类的数目也可以被无限减少，甚至回归到“世界”本身。也就是说，只要选择合适的想象元素的分类标准，就一定可以在“大”和“小”之间找到平衡点，从而保证最后的分类结果既把类别细化到足以说明问题，又不至于过于粗略，以至于无法进行下一步的数据量化和分析。其次，前面已经提到，想象元素的量化研究所得的数据仅仅具有表现趋势上的意义，数据本身的大小并不代表什么含义。只要具体的想象元素本身的内容和性质不发生改变，无论采取哪种分类方法，所有文学作品中与它相同或者相似的想象元素都会按照统一的标准被认定为同类，如此一来，只要在判断时对所有作品都使用同一分类标准，不论最终得到的数据有多大差别，其反映的趋势都是不变的，都依然能说明想象元素涵盖领域的多寡，不会对整体研究结果带来质的影响。

与客观存在的“第一世界”相比，文学作品中的“第二世界”是一个仅存在于文字中的、仅能通过人的意识所架构出的虚幻的世界。它既不具有实体，也并不唯一，还会跟随创作者和阅读者不同的理解思维而产生外观和内涵上的变化。与其说它是一个“世界”，不如说它的本质是一种“世界观”——它是作者在文学作品中建构的、来源于作者个人经验的、为文学作品内容的发生提供了合适的背景和材料的，对文学作品中虚幻的“世界”的基本看法和观点。“想象元素”作为创作者想象的产物，可能出现在“第二世界”中的任何地方，故对想象元素分类，实际上也就是在对“第二世界”的所有事物和环境进行分类，对创作者在文学作品中所架构的独特的世界观进行分类。不管想象元素能在多大限度上超越现实逻辑，要建立对想象元素合适的分类标准，都必须以“人”为根本出发点。托尔金在《论童话故事》中谈到，人类在诞生之初，对世界最初的疑问有两个：一是现实时空是如何形成的，二是如何实现生物间的交流。[①] 前者实际上是对客观存在的好奇，是一种了解所处世界的客观事物和规律的渴望；而后者则是智慧生物生存所必需的，是他们保护自己的生存环境，建立彼此相互联系的社会组织的开端。人类对“第一世界”的认知和改造，实际上就是沿着这两个方向在前进。那么在文学作品的创作过程中，创作者下意识地去解答的也正是这两个问题，一是文字世界中的时空中有哪些事物，它们都是如何形成的；二是文字世界中的人类（包括所有与人类相似的智慧生物）如何实现彼此的交流，如何建立有益于自身生存发展的组织和规则，又在认知的基础上发现了哪些自然规律和社会规律。显然，受限于篇幅和文字叙述的特殊性，某部确定的文学作品不可能完全解答这两个问题，但作品中出现

① FLIEGER V, ANDERSON D A. Tolkien: On fairy-stories［M］.New York: Harper Collins Publishers, 2014.

的、由创作者沿着两条线索建构的“第二世界”，已经足以为作品故事的发生和发展提供完备的舞台。那么我们是否能从这两条线索入手，建立“想象元素”分类的基础架构呢？

从这两条线索的内涵来看，前者涵盖了不需要人的参与就天然存在的“物质世界”，而后者涵盖的是必须要有人的参与才能形成的“概念世界”。之所以使用引号，是因为严格来说，这里使用的物质世界和概念世界与普遍意义上的这两个概念的含义不完全相同。首先，“第一世界”中的天然存在是有其实体的，不以人的意识为转移，而“第二世界”中的“天然存在”是虚幻的，本质上仍然是由创作者的意识创造的事物，只是在“第二世界”本身的时空中，这些事物被文字赋予了虚幻的“实体”，并且不因同时空的智慧生物的意识为转移，从而在“第二世界”内构成了一个相对的“物质世界”。其次，“概念世界”本身包含所有生命对客观世界的认知，以及为记录认知而存在的事物的总和。这里的“概念世界”同样是相对于第二世界而言的，“所有生命”对应的范围被放大，除了在“第一世界”中能找到对应物的生物之外，还包括所有由创作者在文学作品中人为创造的生物；“为记录认知而存在的事物”的范围同样被扩大，所有被创作者认定为可能的记录认知的载体，都可以被归类在这个类别里。综上，采用“物质世界”和“概念世界”这种二元总体架构，参考文学作品的实际内容，可以给出“想象元素”的分类大纲（见图 2–1）。

确定了分类标准之后，剩下的工作就是将分类标准量化。与能够直接数出个数的想象元素的数量不同，想象元素的类别是一个可选的数据：它既能沿着大纲所给的方向继续向下无限细分，又能从具体的想象元素开始反方向追溯到最初的二元分类架构。要满足能将其应用到具体的文本分析中去的要求，就需要我们选择合适的分类层面进行计数。采用过大的分类层面，会使得到的结果趋于雷同，无法反映出不同作品之间的差异；而采用过小的分类层面，可能会大大增加处于类别边缘地带的想象元素在分类时引发争议的风险，并且使统计工作变得越发困难、烦琐。结合现有分类大纲的实际来说，第一层面的分类以“物质世界”和“概念世界”为出发点，其理由已经在前文中进行过讨论。第二层面的分类是从第一层面的两大类别的概念出发划定的。文学作品中的物质世界是由生物和非生物在特定时空中组成的，它们是作品情节得以发生和发展的“物质基础”，而文学作品中的概念世界是由作品中的智慧生物对客观世界的认知组成的，是没有实体的，要把这些认知转化为实体，需要运用适当的工具和载体，把这些认知记录下来。到了第三层面，我们进行分类的依据往往是第二层面的大类所包括的元素的具体内容的不同，而非其大类的概念本身，故其可行的分类方法远不止我们列出的这几种，但好在都能控制在 2 ~ 3 个分指标之内，尚不会产生过于烦琐的数据。从第四层面的分类以下，都是对具体内容的进一步细分，方法同样有很多种，会进一步扩大不同分类方法之间的误差，并且同一层面的分类所依据的出发点已经很难统一了。考虑到这些情况，我们将分类大纲中的第三个层面作为评价想象元素类别维度的量化对象就显得比较合适。在现有的选择下，类别数据的最高值为 15，最低值为 0，虽然这两种极端情况在具体的文学作品的分析中很难发生。

将所得的类别维度与数量维度相结合，加上对其中一些指标的进一步细化，我们就可以制作出一个初步的量化分析表了（见表 2–1）。表格采取双向统计的方法，以类别为经，以内容和数量为纬，涵盖了文学作品中的所有想象元素。笔者根据自己的阅读经验，在每一个分类下都做了具体的文学作品中的想象元素的举例，以便更加直观地说明量化分析表在实际使用中所呈现的最终形态。

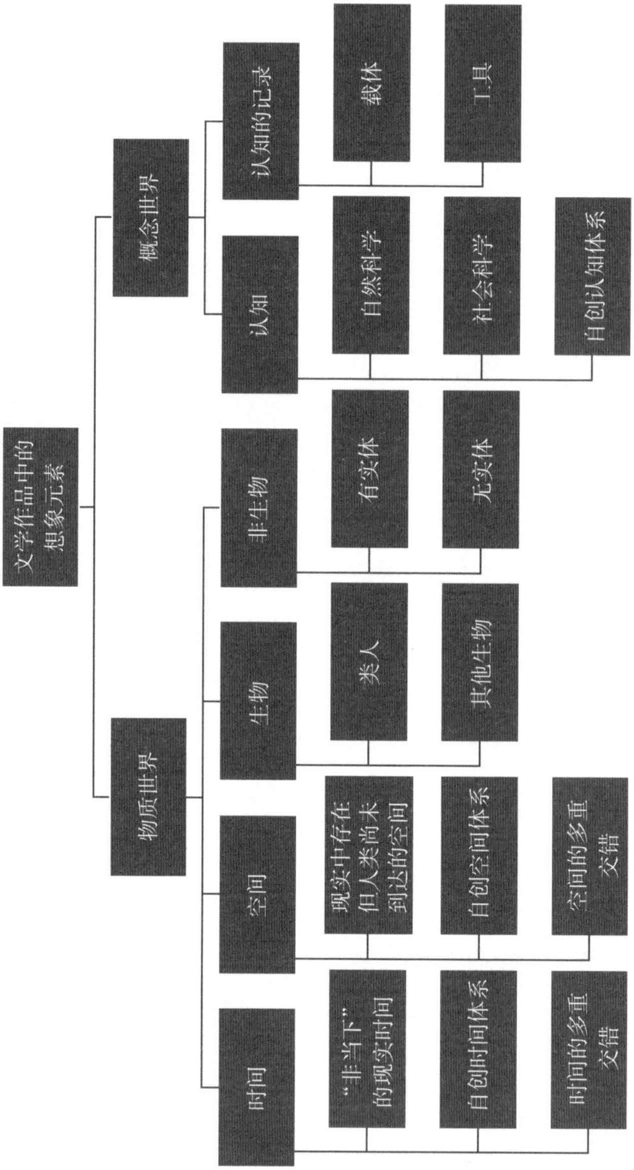

图 2-1　想象元素的分类大纲

表 2–1 想象元素的量化评价表

第一层面的分类	第二层面的分类	第三层面的分类（每个类别计 1 分）	第四层面的分类	列举	计分（每个想象元素计 1 分）
物质世界	时间	“非当下”的现实时间	历史时间	上古时期（《山海经校注》[①]），维多利亚时期（《荆棘之城》[②]）	
			未来时间	2075 年（《严厉的月亮》[③]）	
		自创时间体系	现实时空中的虚构时间体系	基地纪元（《银河帝国：基地》[④]）	
			虚拟时空中的虚构时间体系	坦格利安王朝（《冰与火之歌》[⑤]）	
		时间的多重交错	时间的并行	过去、现在和未来的并行（《百年孤独》[⑥]，《小径分岔的花园》[⑦]）	
			时间的穿越	永恒时空与某个世纪之间的相互穿越（《永恒的终结》[⑧]）	
	空间	现实中存在但人类尚未到达的空间	地球范围之内	地心（《地心游记》[⑨]，《带上她的眼睛》[⑩]）	
			地球范围之外	火星（《火星救援》[⑪]）	

续表

第一层面的分类	第二层面的分类	第三层面的分类（每个类别计 1 分）	第四层面的分类	列举	计分（每个想象元素计 1 分）
		自创空间体系	现实时空中的虚构之地	盘丝洞（《西游记》[12]），高密乡（《红高粱家族》[13]），端点星（《银河帝国：基地》[4]），绝望岛（《鲁滨孙漂流记》[14]）	
			虚拟时空中的虚构之地	摩多（《魔戒》[15]），乌托邦（《乌托邦》[16]），地狱、炼狱、天堂（《神曲》[17]）	
		空间的多重交错	空间的并行	不同维度的空间（《三体》[18]）	
			空间的穿越	从梦境到现实（《唐宋传奇选》[19]），从现实到小说世界（《西藏，隐秘岁月》[20]）	
	生物	类人	有人形	神：吉尔伽美什（《吉尔伽美什史诗》[21]），天照大御神（《古事记》[22]）； 亡灵与鬼：聂小倩（《聊斋志异》[23]）； 精灵与妖：精灵迫克（《仲夏夜之梦》[24]），狐妖阿紫（《搜神记》[25]）	
			无人形	人鱼（《海的女儿》[26]），矮人（《尼伯龙根之歌》[27]），羽人（《楚辞全解》[28]）	

续表

第一层面的分类	第二层面的分类	第三层面的分类（每个类别计 1 分）	第四层面的分类	列举	计分（每个想象元素计 1 分）
		其他生物	动物	黑水玄蛇（《山海经校注》[1]）	
			植物	打人柳（《哈利·波特与密室》[29]）	
			微生物	袁猎猎（《病菌集中营》[30]），二代结核菌 111.mt7 型（《发条女孩》[31]）	
	非生物	有实体	人等智慧生物制造的	黄金罗盘（《黄金罗盘》[32]），机器人（《阿莫西夫：机器人短篇全集》[33]）	
			天然存在的	三生石（《太平广记》[34]），夸克（《带上她的眼睛》[10]）	
		无实体	光	反引力光束（《群星，我的归宿》[35]）	
			磁场	磁暴（《全频带阻塞干扰》[36]）	
			温度等	华氏 451 度（《华氏 451》[37]）	

续表

第一层面的分类	第二层面的分类	第三层面的分类（每个类别计 1 分）	第四层面的分类	列举	计分（每个想象元素计 1 分）
概念世界	认知	自然科学	基础科学	数学：心理史学（《银河帝国：基地》[4]）； 物理：光速旅行（《童年的终结》[38]）； 化学：G 型仿聚合物的制造（《万有引力之虹》[39]），炼金术（《炼金术士》[40]）； 生物：人造人（《弗兰肯斯坦》[41]）； 地球科学：洪水（《山海经校注》[1]）； 天文学：星食（《九州·羽传说》[42]）； 逻辑学：符号逻辑（《银河帝国：基地》[4]）	
			应用科学	医学：瘟疫（《霍乱时期的爱情》[43]）； 心理学：猜疑链（《三体》[18]）； 气象学：严寒（《黑暗的左手》[44]）； 材料学：蒸发降温材料（《三体》[18]）； 信息通讯：超元域（《雪崩》[45]）； 航空航天学：太空飞船（《银河英雄传说》[46]）	

续表

第一层面的分类	第二层面的分类	第三层面的分类（每个类别计 1 分）	第四层面的分类	列举	计分（每个想象元素计 1 分）
		社会科学	政治	英格兰社会主义（《一九八四》[47]）	
			经济	宛州商会、十一宗税法（《九州·缥缈录》[48]）	
			文化	语言：阿督奈克语、昆雅语（《魔戒》[15]）； 组织：鹤雪、天驱、神月（《九州·缥缈录》[48]）； 艺术：歌谣传奇（《冰与火之歌》[5]）； 风俗娱乐：魁地奇（《哈利·波特与魔法石》[49]）	
			教育	战斗学校（《安德的游戏》[50]），完人学校（《来自新世界》[51]）	
			军事等	军规（《第二十二条军规》[52]），死光武器（《世界大战》[53]）	

续表

第一层面的分类	第二层面的分类	第三层面的分类（每个类别计 1 分）	第四层面的分类	列举	计分（每个想象元素计 1 分）
		自创认知体系	魔法	软腿咒、盔甲咒（《哈利·波特与阿兹卡班的囚徒》[54]）	
			巫术	占卜（《楚辞全解》[28]），太极八卦（《周易》[55]）	
			精神力	念力、愧死结构（《来自新世界》[51]）	
			武功等	凌波微步（《天龙八部》[56]）	
	认知的记录	载体	书籍	《九阴真经》（《神雕侠侣》[57]），《魔法防御理论》（《哈利·波特与凤凰社》[58]）	
			声音与影像	电视节目“饥饿游戏”（《饥饿游戏》[59]）	
			其他自创物等	植入芯片、软件复合体（《神经漫游者》[60]）	
		工具	模型	“谢顿计划”（《银河帝国：基地》[4]）	
			文字等	神使文（《九州·缥缈录》[48]），象形祠（《你一生的故事》[61]）	
总计					

说明：

Ⅰ 该量化评价表从分类和数量两个维度，对作为分析对象的某部具体的文学作品中的想象元素进行分类和计数。它不仅反映作品中所有的想象元素分别是什么，也反映它们分别属于哪些领域，以及在每个领域内所涉及的深度。

Ⅱ 需要人为加和的有两个指标，一是以第三层面上的分类指标为标准，统计该作品中出现了多少类想象元素；二是所有想象元素的总数。这里进行第四层面及以下的分类，是为了在统计时更为细致地说明文学作品中的想象元素的类别及属性，不作为加和统计对象。

Ⅲ 在具体分析中可以发现，由于非生物类别中的有实体的部分人造物，在其制造过程中运用了自然科学知识或者社会科学知识，因此将其归类于这两类中的哪一类都有道理。为了保证类别划分的统一性，每当出现这种情况时，为突出人造物身上的科学技术色彩，我们一般倾向于将其归入认知范畴；但当人造物所涉及的科学技术有很多种，且每一种都不突出时，我们则倾向于将其归入物质范畴。

Ⅳ 所列举的想象元素均来自笔者的阅读经验，虽已经尽量筛选具有代表性的对象，但难免有所偏颇。为了不影响行文的连贯，引用作品名录在此一并列出：

①袁珂．山海经校注［M］．上海：上海古籍出版社，1980.

②［英］萨拉·沃特斯．荆棘之城［M］．林玉葳，译．南昌：百花洲文艺出版社，2009.

③［美］罗伯特·海因莱因．严厉的月亮［M］．卢燕飞，卢巧丹，译．成都：四川科学技术出版社 .2004.

④［美］艾萨克·阿西莫夫．银河帝国：基地［M］．叶李华，译．南京：江苏文艺出版社，2012.

⑤［美］乔治 R·R·马丁．冰与火之歌［M］．屈畅，胡绍宴，译．重庆：重庆出版社，2012.

⑥［哥伦比亚］加西亚·马尔克斯．百年孤独［M］．范晔，译．海口：南海出版公司，2011.

⑦［阿根廷］豪尔林·路易斯·博尔赫斯．小径分岔的花园［M］．王永年，译．上海：上海译文出版社，2015.

⑧［美］艾萨克·阿西莫夫．永恒的终结［M］．崔正男，译．南京：江苏文艺出版社，2014.

⑨［法］儒勒·凡尔纳．地心游记［M］．陈筱卿，译．杭州：浙江文艺出版社，2019.

⑩刘慈欣．带上她的眼睛［M］．成都：四川科学技术出版社，2015.（刘慈欣《带上她的眼睛》《微观尽头》）

⑪［美］安迪·威尔．火星救援［M］．陈灼，译．南京：译林出版社，2015.

⑫［明］吴承恩．西游记［M］．杭州：浙江古籍出版社，2010.

⑬莫言．红高粱家族［M］．北京：人民文学出版社，2007.

⑭［英］笛福．鲁滨孙漂流记［M］．张蕾芳，译．北京：燕山出版社，2004.
⑮［美］J.R.R. 托尔金．魔戒［M］．邓嘉宛，石中歌，杜蕴慈，译．上海：上海人民出版社，2013.
⑯［英］托马斯·莫尔．乌托邦［M］．戴镏龄，译．北京：商务印书馆，1959.
⑰［意］但丁．神曲［M］．朱维基，译．上海：上海译文出版社，2011.
⑱ 刘慈欣．三体［M］．重庆：重庆出版社，2011.
⑲ 张友鹤．唐宋传奇选［M］．北京：人民文学出版社，1964：58-68（李功佐《南柯太守传》）.
⑳ 扎西达娃．西藏，隐秘岁月［M］．广州：花城出版社，2013：53-79.（扎西达娃《西藏，系在皮绳口上的魂》）
㉑ 佚名．吉尔伽美什史诗［M］．赵乐甡，译．沈阳：辽宁人民出版社，2015.
㉒［日］安万侣．古事记［M］．周启明，译．北京：人民文学出版社，1963.
㉓［清］蒲松龄．聊斋志异［M］．长沙：岳麓书社，1988.
㉔［英］莎士比亚．仲夏夜之梦［M］．曹未风，译．上海：上海译文出版社，1983.
㉕［晋］干宝．搜神记［M］．胡怀琛，编．北京：商务印书馆，1957.
㉖［丹麦］安徒生．安徒生童话全集［M］．叶君健，译．北京：清华大学出版社，2010.（安徒生《海的女儿》）
㉗ 李晶浩．尼伯龙根之歌［M］．上海：上海外语教育出版社，2005.
㉘ 吴广平．楚辞全解［M］．长沙：岳麓书社，2008.（屈原《远游》《招魂》）
㉙［英］J.K. 罗琳．哈利·波特与密室［M］．马爱农，马爱新，译．北京：人民文学出版社，2011.
㉚ 郑渊洁．病菌集中营［M］．北京：学苑出版社，2000.
㉛［美］保罗·巴奇加卢皮．发条女孩［M］．梁宇晗，译．成都：四川科学技术出版社，2012
㉜［英］菲利普·普尔曼．黄金罗盘［M］．周景兴，译．上海：上海译文出版社，2006.
㉝［美］艾萨克·阿西莫夫．阿西莫夫：机器人短篇全集［M］．叶李华，译．南京：江苏文艺出版社，2014.（阿西莫夫《我，机器人》）
㉞［宋］李昉，等．太平广记［M］．北京：中华书局，2020.
㉟［美］阿尔弗雷德·贝斯特．群星，我的归宿［M］．赵海虹，译．南京：江苏文艺出版社，2015.
㊱ 刘慈欣．全频带阻塞干扰［M］．北京：中国文联出版社，2009.
㊲［美］雷·布雷德伯利．华氏 451［M］．竹苏敏，译．重庆：重庆出版社，2005.
㊳［英］阿瑟·克拉克．童年的终结［M］．陈喜荣，译．成都：四川科学技术出版社，2006.
㊴［美］托马斯·品钦．万有引力之虹［M］．张文宇，黄向荣，译．南京：译林出版社，2009.

㊵［巴西］保罗·科埃略．炼金术士［M］．孙成敖，译．上海：上海译文出版社，2004.

㊶［英］玛丽·雪莱．弗兰肯斯坦［M］．陈渊，何建义，译．南京：江苏科学技术出版社，1982.

㊷今何在．九州·羽传说［M］．北京：新世界出版社，2005.

㊸［哥伦比亚］加西亚·马尔克斯．霍乱时期的爱情［M］．杨玲，译．海口：南海出版公司，2012.

㊹［美］厄休拉·勒古恩．黑暗的左手［M］．陶雪蕾，译．成都：四川科学技术出版社，2009.

㊺［美］尼尔·斯蒂芬森．雪崩［M］．郭泽，译．成都：四川科学技术出版社，2009.

㊻［日］田中芳树．银河英雄传说［M］．蔡美娟，陈惠莉，郭淑娟，译．海口：南海出版社，1999.

㊼［英］乔治·奥威尔．一九八四［M］．唐建清，译．北京：人民文学出版社，2012.

㊽江南．九州·缥缈录［M］．北京：人民文学出版社，2015.

㊾［英］J.K. 罗琳．哈利·波特与魔法石［M］．马爱农，马爱新，译．北京：人民文学出版社，2011.

㊿［美］奥森·斯科特·卡德．安德的游戏［M］．李毅，译．成都：四川科学技术出版社，2003.

51［日］贵志祐介．来自新世界［M］．丁丁虫，译．上海：上海译文出版社，2014.

52［美］约瑟夫·海勒．第二十二条军规［M］．吴冰青，译．南京：译林出版社，2014.

53［英］赫伯特·乔治·威尔斯．世界大战［M］．艾德，译．北京：中国戏剧出版社，1999.

54［英］J.K. 罗琳．哈利·波特与阿兹卡班的囚徒［M］. 马爱农，马爱新，译．北京：人民文学出版社，2011.

55［商］姬昌．周易［M］．宋祚胤，注译．长沙：岳麓书社，2000.

56金庸．天龙八部［M］．广州：广州出版社，2013.

57金庸．神雕侠侣［M］．广州：广州出版社，2002.

58［英］J.K. 罗琳．哈利·波特与凤凰社［M］．马爱农，马爱新，译．北京：人民文学出版社，2011.

59［美］苏珊·柯林斯．饥饿游戏［M］．耿芳，译．北京：作家出版社，2010.

60［美］威廉·吉布森．神经漫游者［M］．Denovo，译．南京：江苏文艺出版社，2013.

61［美］特德·蒋．你一生的故事［M］．王荣生，译．成都：四川科学技术出版社，2004.

第三节

量化评价标准的应用：想象的浓度与浓度曲线

通过第二节中制定的想象元素的量化评价表，我们已经可以方便地总结出具体文学作品中所有的想象元素，并得到一些量化后的初步数据，来直观地反映文学作品中想象元素的内容和数量。但是，如果想要大致了解在比较不同文学作品中创作者的想象力发挥作用的强弱，还需要寻找合适的方法对这些初步数据进行进一步的分析和处理。

从类别和数量两个维度能说明文学作品中想象元素的特征，它们彼此关联而又相互独立，二者量化后得到的数据所反映的趋势也相同：数据量越大，说明想象元素在作品中出现得越频繁，也就说明创作者在创作该作品时越充分地发挥了自己的想象。在具体的文学作品中，这两个维度的效用是相互叠加，而不是相互抵消的。例如对同样数量的想象元素来说，所涉及的类别越多，说明作品的想象力越丰富；而如果想象元素所涉及的类别数相同，那么想象元素的数量越多，说明作品的想象力越丰富。如何才能在忠实地记录量化评价表中得到的所有数据的同时，说明以上两个维度的数据的特点和相互关系，并把所有数据相互综合得出一个结论呢？

既然二者的效果是相互叠加的，我们最先想到的数据处理方法自然是加和，即把想象元素的类别总和与想象元素的数量总和相加，得出一个具体的数值，使之作为能够说明文学作品中想象元素的运用情况的最终指标。从加和的两个对象来看，想象元素的类别和数量的量化数据本身具有不同的特点：之前提到过，对想象元素的类别来说，由于我们事先限定了计数的对象为总分类的第三层面，故它量化后的结果有数值上的范围（0 ～ 15），即并不是无限的；而对想象元素的数量来说，只要文学作品中出现想象元素就能够被计入总数，故理论上它的数值上不封顶。这样一来，尽管想象的两个维度的重要性相当，但与想象元素的数量指标相比，想象元素的类别指标在数值大小的范围上远远不及前者，把二者直接进行加和，在多数情况下都会削弱想象类别维度，而单方面加强想象数量维度。在同一类别里幻想出了多个想象元素的文学作品，与在多个不同类别中均幻想出相对少量的想象元素的文学作品相比，前者的量化数据的加和数值很可能比后者要高出很多，但实际上创作者在创作前者时所调动的想象力并不如在创作后者时调动的想象力丰富。综上，采用直接加和的方法来处理所得数据，最后所得的数值会出现一定偏差。

除加和之外，第二种能够反映叠加效果的处理方式便是乘积了。是否能把想象元素的类别指标的量化数值与数量指标的量化数值相乘，得出一个最终的统一指标呢？乘积的形式确实能够强调想象元素的两个维度的综合效用，不会像加和一样出现厚此薄彼的倾向，但这种方法同时将不同作品之间的差异扩大化了——在同一类别里幻想出多个想象元素的文学作品，与在多个不同类别中均幻想出相对少量的想象元素的文学作品相比，前者的量化数据的乘积结果很可能比后者要低得多，这显然是与实际情况不相符的。

当加和与乘积都不足以用来表示数据的叠加效果时，我们不如转换一下思考的角度。对量化分析表中的数据进一步进行处理和分析，一方面是为了统计量化分析表中所得的数据结论，另一方面是试图把两个维度的量化结果综合成一个，在说明具体文学作品中想象元素的运用情况的同时，为比较不同作品中的想象元素的运用情况提供一个

可能性的指标。在实践应用中发现，不管是加和还是乘积，在达到化二为一的目的的同时，必然会对原始的量化数据产生某些质的影响，增大最后所得数据指标的误差，因此，将二者化为“一个”指标的可行性是存疑的。既然“一个”不够用，我们不妨对其稍作添加和完善，使用“一种”数据分析的模型，以达到将想象元素的两个指标合二为一的目的。满足条件的数据分析模型不仅要能罗列细节数据、反映量化结果，也要能直观地应用于不同文学作品的比较。考虑到这些需求，加上评价指标本身有两个维度，可以采用平面直角坐标系作为数据分析模型。一方面，横纵坐标轴能够完整地记录量化评价表中得到的所有数据，清晰地说明类别和数量两个维度之间的关系。另一方面，用直线连接坐标系中的各个数据节点，可以形成一条数据折线，把分析不同文学作品所形成的数据折线标注在同一坐标轴中，就能方便地观察和分析它们之间的差别，从而实现对不同文学作品的比较。由于想象元素的两个指标量化后的结果均为自然数，因此只选用直角坐标系的第一象限。不论是通过量化评价表所得的数据，还是用数据分析模型分析后所得的数据折线，反映的都是某一部文学作品中想象元素在数量和类别上的表现，可以看作是对单位文学作品中的想象元素进行评判的过程。如果要用一个概念来形容文学作品中的想象量化后所得的结果，那么与之最为贴近的莫过于“浓度”了。因此，我们可以把想象在文学作品中表现作用的强弱称为文学作品中的“想象浓度”的高低，把数据分析后所得的数据折线称为文学作品中的“想象浓度曲线”。

下面以阿瑟·克拉克的短篇小说《岗哨》（1948）为例[①]，来说明如何对具体的文学作品进行量化评价和数据分析。之所以选择这篇小说，是出于两方面的考虑。首先，短篇小说篇幅短小，能够方便地展示对全文的标注，其中含有的想象元素的数量有限，量化后的结果相对简单明了。其次，为了更好地展示完整的数据折线的形态，我们需要使最后分析时坐标轴上出现的数据尽可能不为零，也就是要保证所选作品中含有尽可能多类别的想象元素。而科幻作品的题材本身具有超越现实逻辑的内在要求，创作者往往需要调动更多的想象力，对作品中的“第二世界”的方方面面进行重新设定，才能给看似“不可能”的作品内容进行足够的铺垫，故科幻作品常常比一般作品含有更多类别的想象元素。《岗哨》作为阿瑟·克拉克的代表性短篇科幻小说，在叙述中用文字全方位地记录了科学家探索“月球”的过程以及对地外文明的猜想，并为这种叙事主线得以实现设定了完整的时空背景，运用了大量不同类别的想象元素，适合我们举例说明，在同类作品中也具有一定的代表性。

对该作品进行详细的分析和量化的过程，见本书附录 1，在此不再赘述。按照前文的设想，把量化后的数据在直角坐标系中标注出来以后，所得的结果如下（见图 2–2）。从中可以看出，作者在创作该篇作品时，把想象的重点集中在空间、生物和认知三个类别范围内，相比概念世界的事物，作者更关心的是物质世界的事物的创造，这也与小说探索月球和设想

① 要想充分说明问题，以《岗哨》的英文版文本为研究对象，并在本章中引用小说全文进行分析，以展示想象元素的定位和统计过程，是更为严谨的做法。但由于笔者希望本书论述中的分析过程能更直观地被读者理解，因此选择《岗哨》的中文译文为研究对象；此外考虑到原著的版权问题，笔者没有展示对小说进行的文本分析过程，只在附录中列出了该作品的想象元素的量化评价表。此处参考的《岗哨》译文出自《经典的真身：最佳科幻电影蓝本小说选》（四川科学技术出版社 2011 年版），译者为江绍明。

在本书下面的章节中，凡出现以某一具体的外国文学作品为对象，进行想象元素的量化评价和想象浓度曲线的绘制的情况时，使用的作品文本均为中文译本。此外，所有章节的举例均未展示针对作品原文的想象元素的寻找标记过程，不再另行说明。

地外文明的存在的主旨相符合。值得注意的是，尽管在很短的篇幅内小说中出现了高达 52 个想象元素，但它们在类别维度上依然只覆盖了总类别数的三分之二（10/15），并没有涉及全部的分类领域。科幻作品尚且如此，其他题材的文学作品中想象所涉及的范围恐怕就更少了。这其实反映了文学创作背后的一种必然，即文本中的基础元素是为作品的中心表达和情节设置服务的，而情节设置才是将它们串联起来的主心骨，也是决定文学作品最终形态的关键。无论最后成文的体裁如何、篇幅长或短，都是作者创作初衷的反映，因此所有基础元素必然向创作初衷集中，而不是毫无规律地均匀分散在各个领域。想象元素涉及的类别越多，说明要实现作品中的内容需要调动的基础背景元素就越多，作品中的“第二世界”与现实世界在各个方面的差别也就越大。我们在讨论想象与文学创作的关系之时，要始终在头脑中明确一点：想象是文学创作的工具和手段，而文学作品才是文学创作最终唯一的目标；想象元素涉及的领域是宽还是窄，数量是多还是少，归根结底是由作品的中心和主题决定的，不同作品中的想象元素虽有性质和形态的差别，但没有质量上的优劣之分。

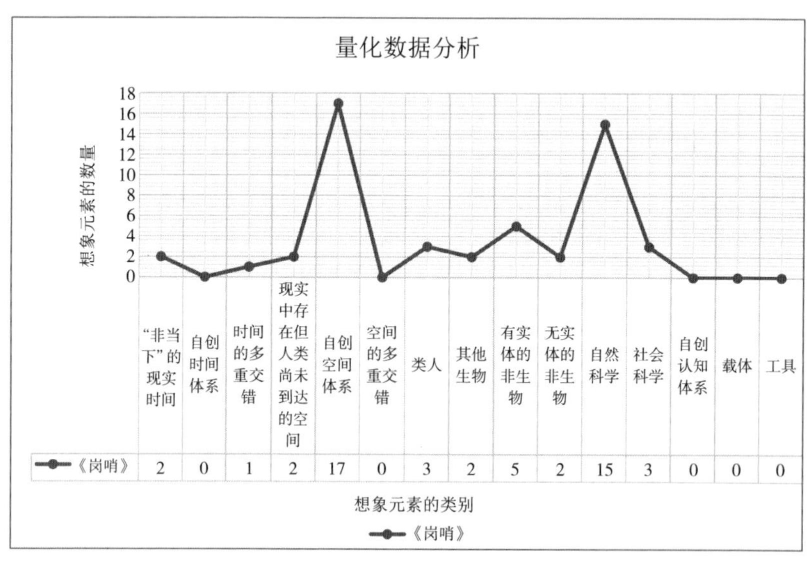

图 2-2 《岗哨》的想象浓度曲线

当我们运用量化分析法比较不同文学作品的想象浓度时，该如何判断其想象浓度的高低呢？这种判断在任何情况下都是有意义的吗？通过以上量化过程和数据分析过程，可以得到不同文学作品的量化数据和想象浓度曲线。如果它们的题材或者类型完全不同，受到作者创作初衷的限制，其想象所涉及的领域和数量自然也就会集中在不同的区段，因此不论是量化数据还是想象浓度曲线，差别都比较明显，是基本可以比较它们之间的想象浓度的。但假如它们的题材或者类型相同或相近，那么建立作品主线内容所需要的基础元素往往都是相同的，不同作品中的想象元素的量化数据和浓度曲线不会出现明显的差异，很难直接判断它们的想象浓度谁高谁低，这种判断在大多数情况下也没有什么意义：一方面，创作者的想象是落实在作品内容中的，在作品题材趋近同质化的情况下，其发挥程度必然相近，它们之间的比较一般也构不成值得讨论的文学问题；另一方面，毕竟量化数据是将主观过程客观化的结果，为的是从趋势上反映问题，而量化数据本身数值上的微小差异是不能改变总体趋势的，更不足以证明研究对象本身发生了质变。也就是说，我们可以使用想象元素的量化数据和浓度曲线来说明科幻作品比现实主义的文学作品的想象浓度更高，例如说明玛丽·雪莱的《弗兰肯斯坦》比托尔斯泰的《安娜·卡列尼娜》更富有想象力。但要比较不同的现实主义小说的想象浓度的高低，例如非要在托尔斯泰的《安娜·卡列尼娜》和陀思妥耶夫斯基的《罪与罚》之间分出高下，则不可能得出明确的结论。

事实上，如果我们把对比判断的对象从具体的文本之间上升到文学思潮、文学类型之间上来，想象的量化数据和浓度曲线就可以明显地说明对象之间的差异了：根据这些文学思潮或者类型本身内容和艺术上的特点的要求，以及它们在多大程度上需要想象的参与、想象主要集中体现在哪些领域的内容中，都能从量化数据和浓度曲线的差

别中反映出来。要精确地实现这种比较，需要先得到同质的文学作品的平均量化数据和浓度曲线。由于文学作品的基数太大，加上文学思潮或类型是根据研究者的主观判断进行划分的，很多特点模糊或者兼具多种类型特点的文本可能会被分入不同类别，要想做到完整精确的“平均”几乎是不可能完成的工作。但在文学批评的实践中，我们往往需要的不是精确，而是概括地反映最明显的特征，因此选取某一类思潮或类型中最典型的一部或者几部文学作品，已经够供我们进行简单的比较和分析，大致判断出不同题材类型作品的“想象浓度”。举例来讲，神话是人类社会较早产生的幻想性口头文学作品，先民运用想象，把自然形象化，试图通过这种方式，在故事里支配和征服自然。在各个体系的神话中，往往建立了一套独立的对自然的描述和解释系统，因此神话涉及量化评分标准中的很多“想象元素”，尤其是物质世界部分。现实主义文学侧重如实地反映现实生活，提倡客观、冷静地观察现实生活，按照生活的本来模样加以描写，力求真实地再现典型环境中的典型人物。因此一般来说，除了涉及地球历史时间之外，其他的客观想象元素在现实主义文学作品中提及的非常少。表现主义文学要求突破事物表象而展现本质，突破人的外貌行为描写而深入其灵魂，突破对暂时现象的描写而展现永恒的“真理”。在创作中多采用内心独白、梦境、潜台词、假面具等手段，从主观出发，对客观事物进行有意识的扭曲。其中包含的一些荒诞和梦境元素，就属于评分标准中的想象元素。科幻文学以超越现实逻辑为基本的内在追求，为了使作品中的核心设想合理化，往往会建构与现实世界具有较大差别的“第二世界”，多数作品中会含有相当多类别的想象元素，在某个具体类别中常常还会出现自成系列的多个想象元素。对比这四种文学思潮，可以得出一个初步的结论，即神话传说和科幻文学的想象浓度非常高，表现主义文学具有一定的想象浓度，而现实主义文学的想象浓度非常低。

下面选取这四种文学思潮中比较典型的短篇作品（《女娲补天》[①]《麦琪的礼物》[②]《变形记》[③]《岗哨》[④]，前三者的量化评价表见附录2），来作出想象浓度曲线（见图2–3），就可以明显地看出这些作品的想象浓度在总体趋势上的差异。

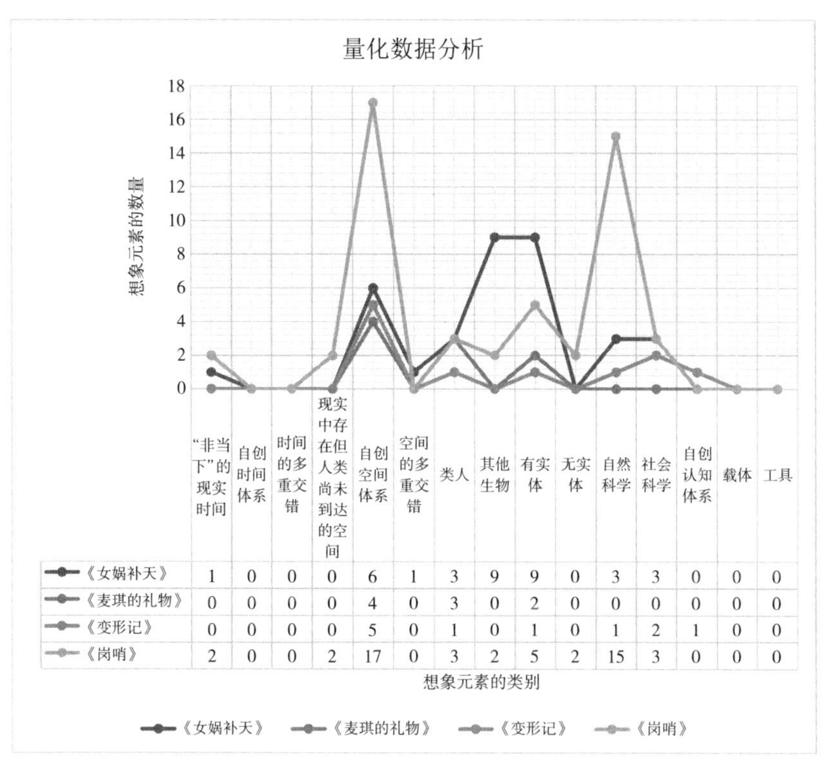

	"非当下"的现实时间	自创时间体系	时间的多重交错	现实中存在但人类尚未到达的空间	自创空间体系	空间的多重交错	类人	其他生物	有实体	无实体	自然科学	社会科学	自创认知体系	载体	工具
《女娲补天》	1	0	0	0	6	1	3	9	9	0	3	3	0	0	0
《麦琪的礼物》	0	0	0	0	4	0	3	0	2	0	0	0	0	0	0
《变形记》	0	0	0	0	5	0	1	0	1	0	1	2	1	0	0
《岗哨》	2	0	0	2	17	0	3	2	5	2	15	3	0	0	0

图2–3 想象浓度曲线的比较

① ［西汉］刘安．淮南子（上）［M］．陈广忠译注．北京：中华书局，2022：325–327.

② ［美］欧·亨利．欧·亨利短篇小说选［M］．王永年，译．北京：人民文学出版社，2002：1–6.

③ ［奥］弗兰茨·卡夫卡．变形记——卡夫卡中短篇小说全集［M］．叶廷芳，等译．北京：人民文学出版社，2018：170–210.

④ 姚海军．经典的真身：最佳科幻电影蓝本小说选［M］．成都：四川科学技术出版社，2011：1–12.

第四节

文学想象与人类文明发展的关系

在想象的量化和想象浓度曲线的建立的基础上，我们已经能够大致比较归属于不同文学思潮或文学类型的作品的想象浓度。在创作者和文学作品之外，实际上还存在着一条贯穿二者的时间轴：横向来看，同一历史时期，不同国家和地区的主流文学作品的想象浓度并不相同；纵向来看，同一文化体系在不同的历史时期，其主流文学作品的想象浓度也不相同。当我们把所有文学作品看作一个整体时，其想象浓度的总体趋势在时间轴上发生的变化，常常以主流文学思潮或文学类型的变化为节点。那么在整个文学史的维度上，文学作品中的想象浓度是否有一定的嬗变规律？是哪些因素促成了这些变化的产生？

要回答这些问题，需要回到想象的起源上来。文学作品中神奇瑰丽的想象世界，来自创作者天才手笔的建构，在他们的文字背后，始终隐藏着一个“人”的观察视角。创作者从人的视角出发，通过文字将头脑中虚构的内容转化为文学作品，读者同样也是从人的视角出发，通过文字来理解和感受文学作品的内容。如此一来，无论想象试图如何超越现实逻辑，都无法摆脱作为其主体的“人”的意志所带来的天然桎梏，想象的“超越”只能是一种有条件的超越。想象给文学作品带来了更多的可能性，这些可能性服务于创作者，协助创作者从自己的认知出发来表达个人对世间万物的认识、对世事纷纭的体会。也就是说，人的意志决定人的想象，同时也决定文学作品最终呈现的形态。当人类认知的深度和广度、人类关心的问题、人类希望达成的愿望发生变化时，人类希望通过文学作品所表达的内容自然会随之改变，这就直接决定了人类在文学创作中运用想象的方式。背后推动创作者头脑中的想象与现实之间斗争的，实际上是人类的世界观，是人类文明在创作这一行为发生的“当时”“当地”的发展程度，是人类作为整体（至少是在创作者所处的特定时间和地域中）的意志。

在人类文明初期，生产力水平低下，科学和思想处在较为原始的阶段。这个时期的人类对未知的自然和生命充满了敬畏，为了解答自己对宇宙、人生和世间万物的疑问，人类只能依靠自己的想象。因此在该时期的文学作品中，先民用他们丰富的想象力，创造性地解释世界、建立信仰、传播知识，使该时期的文学创作充满了高度的想象色彩。

随着人类文明的发展、生产力水平的逐渐提高，对科学和真理的崇拜和追求充斥着人类的内心。这个时期的人类不断发现自然规律和宇宙奥秘，不断运用这些规律创造出灿烂的人类文明，逐渐建构了高度组织化、纪律化的社会。因此在这个时期的文学作品中，不论是在叙事、感情表达还是思想表达上，创作者都试图回归现实和描写现实，使这个时期的文学创作受到现实的极大限制，想象的创造性发挥被弱化，但文学作品中具体的写作技巧和表现方式却得到了不断的发展。

近代以来，人类逐渐认识并掌握了目前已知的客观世界的基本原理，同时能够在一定层面上改造客观世界，使其服务于人类社会，而不再像以前一样总是被动地去适应客观世界。一方面，不管在创作体裁、题材还是写作技巧方面，历代作家几乎已经做了所有可能的尝试，在现有模式上进行突破变得越来越困难，这也在一定程度上限制了文学创作本身的前进和发展；另一方面，随着科学技术的日新月异，信息传播更加便捷，教育普及促进人类知识水平普遍提高，现实世界在人类眼中已经几乎没有盲点可言，需要靠人的想象来填补的空缺已经很少了。在这

种情况下，文学创作者的创作手法和创作心态被外部世界所影响，在一定程度上也发生了变化，他们对几乎已经完全掌握的地球现实和基础自然规律失去了兴趣，转而热衷于把自己头脑中的奇思妙想转化成文字，通过文学作品的形式使其得以呈现。在一些寻求创新的现当代作家的创作中，想象和幻想再次得到高扬，其中一部分人向内转向，试图把内心深处的疑问以文学作品的形式表达出来，通过想象建构脱离现实的理想世界或者反理想世界，并以这种形式表达自己对理想社会形态的设想，反思人类社会的发展历程；另一部分人向外转向，热衷于对广阔的宇宙空间和具有无限可能性的人类未来展开想象，以表达自己对人类整体命运的关注。魔幻现实主义文学、奇幻文学、仙侠文学和科幻文学，以及其他文学类型或流派在创作中对变换时空等超现实元素的引入，都反映了这些新的趋向。或者说，文学创作在某种程度上，正在走上一条通过想象创造新“现实”的道路。

从整个文学史发展过程来看，文学作品中的想象浓度似乎经历了一个逐渐降低的过程，在现当代的部分作品中有所回升，这种嬗变规律与人类文明的发展有着千丝万缕的关系。当人类文明处于发展的初级阶段时，人类非常关心过去，急于通过想象来解答现实世界如何形成、自然万物如何获得生命等问题；在人类文明不断向前发展的过程中，人类对过去的认识逐渐形成体系，转而更加关心现在，希望通过想象去探讨如何把控当下现实世界，使其为自己服务；当人类文明发展到高级阶段时，历史和当下几乎已在人类的掌握之中，人类将最关心的话题转向未来：明天的世界会是什么样的，我们会遇到哪些意想不到的新问题，人类世界还会不会有明天……这些未知引发了人类的强烈兴趣和高度关注。在这个过程中，已知的现在是确定的，而未知的过去和未来则需要人类依靠想象来猜测和说明。文学作品作为创作者思维和认识所创造的一种载体，自然会从总体上倾向于讨论人类当下所关心的问题，并紧紧跟随人类认识、改造世界的脚步。人类文明的未知空间越大，创作者在文学作品中可以猜想和创造的余地也就越大，想象浓度就越高；人类文明的未知空间越小，创作者在文学作品中可以自由发挥的余地就越小，想象浓度就越低。这也与我们前面的分析大致相符。

基于这种视角，为了深入地探讨想象与文学创作之间的关系，笔者在后文中重点以文学史为线索，将不断变化发展中的世界文学整体作为研究对象展开讨论，试图通过分析具体的文学现象和文学作品，以及对作品中想象元素和想象浓度的考量，来阐述想象在文学创作中的嬗变及其表现。当然，这种做法存在显而易见的先天性问题：面对浩如烟海的文学作品，研究者个人的精力和视野都是有限的，不可能对所有的作品进行量化评价，只能预先选择适当的范围或视野，据此挑选出典型的文学作品作为例证。不论是范围的选取还是作品的举例，虽然不妨碍我们从宏观的层面上进行讨论，但难免使结论带上研究者本人主观的烙印。好在作为一种通过想象的途径来阐释想象与文学创作的关系的尝试，“量化”的方法本来就不像在自然科学研究领域中一样，追求精确和严谨，只要这些分析大趋势上能够启发创作者更加深入地认识、运用想象，那么我们进行的这些相对片面的分析的目的也就达到了。

当然，上述所得出的关于文学想象与人类文明发展关系的讨论，只是一种粗糙的整体趋势，并不是完全绝对的。所谓人类文明的未知空间，是建立在人类对物质世界的已知知识的基础上的，其范畴其实在不断变化发展中。每当科学技术取得重大跨越式的发展，人类普遍意识中的“未知空间”都会随之出现阶段式的扩张，那么留给文学想象的空间也必然随之扩大。当这种跨越式的发展上升到平台期，人类已经基本掌握了这种跨越中所能探索的科学技术后，人类普遍意识中的“未知空间”又会被再度压缩，留给文学想象的空间又会有所回落。文学想象与人类文明发展之间的联动关系，并不是简单的、直线的，而是复杂的、具有一定周期性的。我们虽然无法断言未来人类文明和文学想象的极限，但我们永远能经由文学想象，从人类文明的过去、现在和未来出发，在文学作品中实现种种畅想。

说到底，“文学创作”的本质是创作者的一种具体行为，创作的基础在于创作者的经验与想象，创作的结果是各种各样的文学作品。在当今社会，“创作者”这一身份的确立，已经不再需要事先获得传统的、文学专业领域的“准入证”了，有了互联网，任何人都可以利用相关网站、App甚至自己的社交媒体账号，参与创作并发表文学作品，事实上我们已经进入了一个全民创作的时代。虽然从文学专业的角度来看，所有参与创作的“创作者”是否都能被归类为“作家”尚有争议，但我们必须承认，这种变化早已从根源上改变了文学创作的生态，改变了作家、读者、作品之间的关系。特别需要重视的是，在这种变革中，文学本身的“娱乐”和“创造”属性被前所未有地放大了。在全民创作、全民娱乐的热潮中，文学史上出现过的各种思潮、理念、设定和方法，通过无数创作者的参与和众多读者阅读兴趣的“筛选”，被系统地归纳和总结为创作上可以利用的类型元素，从而为新的创作者对其加以组合和运用创造了便利条件。而从明确的审美需求出发，将目前已有的、边界明确的内容元素和风格元素加以拼接，又大大提高了“文学创作”这一行为的可模仿性，使对创作套路的提取和学习变得比以前任何一个时代都更加切实可行。随着人工智能技术的高速发展，这种文学想象思维上的套路模仿理念又被植入到人工智能程序中，从而获得了一种更高效的创作模仿技术，使人工智能有了直接对人类“创作者”唯一性的身份发起挑战的实力。与此同时，视频影像制作技术的发展和普及，使电影、电视剧、短视频的创作和传播变得空前快捷，视频超越了文字和绘画，成为当代最易接收信息、鉴赏门槛最低的一类“作品”，加速了以“短、平、快”为新特点的当代人阅读审美习惯的变革，间接催化了文学等传统艺术门类的影视化改编的潮流，造就了多种门类相互影响又相互融合的新趋势。

如果说想象所创造的文学世界是只可意会不可言传、只可阅读而不可亲见的，那么得益于当今科技的发展，我们实际上已经有了将想象中的文学世界通过种种技术手段“变现”的可能。在当今时代洪流中，文学创作还是人类的专利吗？文学作品还会拥有源源不断的新读者吗？文学本身会不会被视频影像、电子游戏等新兴产物彻底替代，成为未来社会的一种“非物质文化遗产”？在后文中，笔者亦试图以文学创作这一行为本身为线索，从想象出发透视创作，为研究当下的文学创作场域、思考文学创作的未来命运等问题，提供一种探索性的分析视角。

第三章

一种回溯：文学史线索中的文学想象

根据人类文明发展由初级阶段到中级阶段，再到高级阶段的设想，本章的具体讨论分三个部分展开，分别对这三个阶段内想象与文学创作的关系进行分析。

在研究层面的选择上，这里实际上存在时间和空间两个维度。从空间维度上看，“民族文学”或“国民文学”，区域文学，世界文学是由小到大的三个不同层面[①]；从时间维度上看，由于不同地区的人类社会的发展进程并不同步，同质的文学作品未必会在同一个时代出现，甚至可能相隔非常久远。不同民族的文学作品或多或少地保留了该民族的世界观和民族特性，它们在古典时期表现得更明显，到了现当代（尽管“现当代”开始的时间在不同民族那里有所不同），则在体裁、风格和类型上趋于统一，很大程度上向西方文学靠拢。这是东方文学受到西方文学冲击后的结果，也是在世界长久和平和信息传播技术高度发达的前提下，人类文明的发展在世界范围内趋于同步化的必然结果。

在这种认识的基础上，考虑到篇幅的限制和研究者个人能力的局限，本书主要以西方文学史的发展进程为主线，划分人类文明发展的三个阶段分别对应的历史时期及文学思潮，并将东方文学史中的中国文学作品按照类型和特点归入其中，同时插入少数中国文学中特有的创作类型进行讨论，并且在具体论述中，根据各节中所探讨的具体问题的不同

① 王向远．宏观比较文学讲演录［M］．桂林：广西师范大学出版社，2008：22-30，60.

特点，兼论一些其他国家的作品。[①]

从学术层面而言，以浩瀚的文学史作为研究对象，无论如何都是违反学术习惯和常识的，也不可能把其中任何具体的文学思潮和作品谈透彻。这里仍以这种“大而广”的视角展开论述，目的并非在于谈史，而是为寻找“想象”在文学创作和文学作品中的踪迹提供一条可以追溯的线索。当然，以这种方式进行的分析，势必有些片面，好在想象本身亦只是文学创作活动中片面的一环，它并不是进行文学创作活动涉及的唯一要素，因此也天然具有与这种分析方式相互契合的可能。

① 这实际上是在汉文化、印度文化、阿拉伯－伊斯兰文化及希腊－希伯来文化中，选择以希腊－希伯来文化为中心的文学区域和以汉文化为中心的东亚文学区域进行讨论，前者是主线，后者是在主线的影响下，由古典文学阶段步入同质化的现当代阶段的文学区域之一。其他两个文学区域虽然各有不同的具体特点，在总体趋势上与东亚文学区域的表现是一致的，故在此不予重点论述，只兼论其受到主线影响前独立发展的古典文学阶段。

第一节

敬畏现实的想象

——神、英雄与鬼、怪、妖

与整个宇宙的寿命相比，人类文明从诞生至今所经历的时间可谓微不足道，在“人类视角”之内谈论现实世界，原本就是在用有限来探讨无限，存在非常多的盲点，既不可能全面地观察到现实世界的现象，也很难深入到现实世界最深层的本质。因此人类眼中的世界，近似于一种瞬间的、片段化的现实剪影，面对未知时，这种剪影是浪漫而感性的，当未知世界慢慢地通过实践和认识的加深转为已知现实时，这种剪影就开始变得更加具体和精确了。

人类文明初期，先民对现实世界的奥秘可谓一无所知，但这并不妨碍他们试图运用想象，对世间万物的诞生、存在和发展进行解释。此时人类眼中的“世界”还没能与人类自身划清界限，一切自然的都是人的（至少是能被人利用的），一切人的也都是自然的。以这种思路为基础，所有的未知必然都能在“人”这里得到回答。遗憾的是，现实中的人暂时无法完成这种任务，先民自然而然地把希望转化为想象，用语言和文字在虚空中创造了一种“超人”，他们拥有人的外观或者与人所认识的事物相似的外观，能够像人一样思考，最重要的是，他们具有强大而难以抵挡的力量。这份力量超越现实世界的束缚，凌驾于普通人之上，能够轻易地创造世界和改变世界，所有未知都能在这里得到“合理”的解答。这些“超人”的形象，以神、英雄、鬼、怪与妖为代表，他们既来源于人类又超越人类，时而保护人类，时而又伤害人类：神创造万物，也把万物当作自己的奴役；英雄带领人类战胜自然，争取更好的生存条件，却也常常因为个人的喜怒无常殃及普通人；鬼、怪和妖则游戏于现实与虚幻之间，传达人类渴望超越生与死、有与无的界限的愿望，哪怕为此危害他人也在所不惜。他们按照创作者的想象来推演世间万物的运行规律，展现先民对现实世界的敬畏和对生死奥秘的思考，其曲折离奇、起伏不定的经历，也间接反映出创作者被未知包围时，对环境感到既敬畏又不安的心理。

最能体现这种特点的文学作品是神话与史诗，它们主要通过集体创作或通过口头流传保留下来，还包括一部分作家个人创作的以神、英雄、鬼、怪、妖为主题的文学作品。在西方文学史中，大致从古希腊罗马时期延续到中世纪，再到启蒙运动发生之前的很长一段时期，一直有相关主题的文学作品陆续出现。在此期间，人类社会由氏族社会、奴隶制社会发展到封建社会，但人类对现实的认识一直以观察、模仿和总结经验为主，尚未能取得思想上和实践上的质的突破。而在中国，由于发达的封建社会制度延续的时间非常长，这种倾向实际上在春秋战国时期就已经基本完结了，这也是在儒家文化的主导下，中国人秉持的现世主义①的生活态度造成的必然结果，人们关注的问题过早地由神秘莫测的未知过去转向与日常生活息息相关的“现在”。之后随着工业革命的发生，西方社会的科学技术得到快速发展，越来越多的客观现实得到了科学的合理解释，这使人们不再相信“超自然力”和“超人”的存在，神话和史诗创作失去了赖以生存的土壤，其创作不得不陷入停滞。但神、英雄、鬼、怪和妖作为一种公认的符号或元素，仍然留存下来，在后来

① 王向远．宏观比较文学讲演录［M］．桂林：广西师范大学出版社，2008：38.

不同时期、不同类型和题材的文学作品中，以一种有着固定含义和丰富文化内涵的形象出现。尽管相对于初创时期，这种程式化的应用大大削弱了这些形象本身所包含的想象色彩，但创作者想要借此表现或塑造一种超越现实束缚的、拥有伟岸力量的“超人”的初衷，并未发生本质的改变。

一、想象与诸神群像

人类关于“神”的形象及其相关故事的想象，虽然大多属于最高层面的想象（幻想），但这些想象的产生过程并不复杂：人类在作品中创造的神及神的经历中，很少有凭空捏造的、现实世界所没有的东西，与此相反，很多作品正是通过不断在现实事物之间建立违背现实规律的相互联系，来赋予神超越现实的意义。这一点在世界五大原始神话系统（两河流域神话，埃及神话，印度神话，希腊神话，华夏神话）[①] 中几乎是一致的，毕竟人类创造神的重要目的之一，是用已知的变形去解释未知，假如解释本身也显得荒诞不经的话，这项工作也就失去了它原本的意义。

通过浩浩荡荡的造神运动，人类解答了自己最关心的问题，并且在发展流传的过程中不断完善细节，使其显得更为可信。创世神话解释了世界是如何产生的，人类起源神话使人类成功地诞生在自然世界中，人类社会的发展催生了种种社会组织和纪律，催生了人类改善生活条件和思索宇宙奥秘的需求，于是有了人类文化起源的神话。在这些神话中，诸神具有强大的力量和漫长的寿命，表面上看，他们在自己跌宕起伏的人生履历中肆意指挥着人类，几乎从不在意人类的生死荣辱；实际上，

① 王向远，等．比较文学世界史纲——各民族文学的起源与区域文学的形成［M］．南昌：江西教育出版社，2000：16-73.

他们的所作所为完全反映的是隐藏在故事背后的创作者的意志，服从于创作者——也就是人类的指挥，为建立人类生存的理想世界提供周到的准备工作。尽管这种准备工作在很多情况下并非出自神的本意，并且时常也会给故事中那些虚构的“人类”带来一些灾难，但总体而言，在大多数情况下，不论作品中神的意志和力量表现得多么强大和不可违背，在创作者那里，都只是人类认识世界和改造世界的工具。那么神究竟是如何运用自己神力的呢？不同地区的神话，在通过想象对神一生的经历进行安排时，有着两种完全不同的思路。

一种思路以两河流域神话、埃及神话和希腊神话为代表，主要以众神之间的血缘关系为经纬，建造层出不穷的神的谱系，使不同的神分别主管不同事务。客观世界和人类社会从无到有的全部产生和完善过程，都是在他们不断结合、繁殖、争斗的过程中实现的。这些情节的产生和发展往往缺乏现实合理的逻辑关系，常常以神的选择为最高准则，众神之间存在不少血腥的仇杀关系和乱伦关系，创世的任务被淹没在神与神之间复杂的关系中，并且随着神话体系的不断丰富，众神之间的关系渐渐变得边缘化，各神自己的故事却越发曲折、复杂起来。这种情况出现的部分原因，也许与身为创作者的人类的创作目的有关：通过想象简单粗暴地强行建立事物间的关联，只是为给出有关世界本源的问题的答案，既然这种答案本身就是想象的而非现实的，自然也不必过多追求具体细节的合理性。“神说：‘诸水之间要有空气，将水分为上下。’神就造出空气，将空气以下的水、空气以上的水分开了。事就这样成了。”神似乎不需要为自己的行为进行准备，也不需要善后，经常一时兴起就漫无目的地发动自己的力量——他们总能得到令自己满意的结果，也不在乎可能会因此付出的代价。希腊神话为了解释世界从何而来，让地母盖亚凭空从卡俄斯（混沌）中诞生，并与天空之神乌拉诺斯结合，生下了十二个子女，组成分别掌管海洋、智力、生长、太阳、灵魂、璀璨、时间、土地、记忆等不同领域事务的十二提坦神。后来在盖亚的要求下，她最小的儿子克洛诺斯杀死了父亲乌拉诺斯并继位。在这位新的众神之王的统治时期，诞生了人类，从此他们的生活逐渐由无忧无虑开始走向困苦艰难的现世。后来克洛诺斯与瑞亚结婚，生下宙斯，宙斯又联合自己的兄弟战胜了父亲克洛诺斯，形成了以宙斯的兄弟、儿女为主体的奥林匹斯神系。从十二提坦神到奥林匹斯神系，我们能够清晰地归纳出某一位神从出生到死亡的个人经历，以及他们复杂的家族谱系，但却很难找到类似他们负责管理的事务是怎样运行的这种细节。海神波塞冬掌管着世界上所有的海洋，挥动三叉戟就能掀起风浪，但海洋的分布、海洋生物的起源、海水的涨落等事务分别如何安排，似乎并不在这位海神关心的范畴之内。智慧女神雅典娜诚然教会了人类纺织、雕刻、畜牧等技术，但人的“智慧”究竟是如何产生的，为何在不同的人那里会有智慧的高下之别，以及并不需要劳作的女神雅典娜为何偏偏掌握了这些只有人类才需要的技术，神话中同样也语焉不详。总之，在这种思路下创造的神及神的经历，是对客观世界的未知领域的极其敷衍的回答，缺乏对问题本身的探究精神，从一开始就没有什么自圆其说的打算。神的谱系越往下发展，客观世界中所剩余的尚且没有固定的神来掌管的事务就越少，供众神发挥“神力”的空间也就越小，众神只好越来越专注于冒险、恋爱和繁育。

另一种思路以印度神话和华夏神话为代表，在爱情、亲情、友情所引发的爱恨之外，众神所掌管的领域不再是空泛的概念，而是有了一些具体的日常事务，尤其是开始对一些哲学问题进行思考。相比第一种思路系统化的神的谱系，第二种思路中的神是呈散点状分布的，他们需要解释的领域相对都较为单一，彼此之间也没有剪不断理还乱的血缘关系。如果说前一种思路中的众神更加专注于“做人”，那么后一种思路中单枪匹马的神则更加专注于“做事”。印度教的主神毗湿奴拥有十个化身，时而化身为鱼，从洪水中救出人类；时而化身为半人半狮，制服恶魔，拯救被恶魔沉入海底的大陆；当世界濒临破灭时，他化身为名叫卡尔奇的人出现在大地上，用自己的力量拯救了世界。吠陀教因陀罗的创世神话中，世界在因陀罗出现之前呈现出一片混沌的状态，代表“有”的阿修罗和代表“无”的弗栗多并存，使“有”与“无”保持着一种均衡的状态，因陀罗的出生打破了这种平衡，他带领弗栗多派战胜了阿修罗派，使静止的混沌状态开始运动，最终促成了世界的形成。这些神话中的人物和情节设置，都有很强的哲学色彩。同样，在华夏神话中，每一个神从生到死的经历并不一定能被完整记录下来，众神出生的全部意义，似乎只在于完成属于他们各自的创世任务，在进行每项任务之前，经常给出一些明确的原因，在完成任务的过程中，也相对更注重描写具体的行动细节。比如，鲧禹造地是为了帮助人类躲避天帝降下的洪水；女娲补天则是为了拯救天地塌陷的危机；盘古开天辟地时，每一个步骤及其所创造的事物都被刻画得非常清晰，比如他的身体分别化为哪些事物，都有详细的交代。与其他神话系统相比，华夏神话中的神经常是独来独往的，不同故事中的神之间很少有亲缘关系，即使神偶然与人结合生下带有神性的人类后代，其妻子和子女除了认可这个事实之外，也很少与原生神有什么交流。此外，这种联系一般至多只延续两代人，等到神的子女又有了自己的子女，他们与原生神看上去就几乎完全不相干了。总的来说，华夏神话中的众神似乎对两性关系缺乏必要的兴趣，这可能是后来者秉承儒家文化对人性和伦理的要求，对古已有之的华夏神话进行选择和修改后的结果，但也反映出一种其他神话体系中所没有的趋势，即神与人之间相对更为分明的界限——神从虚无中来，向虚无中去，神本身极少通过生殖而产生新的神。

这就引出了一个有意思的话题，即“神”与“人”的关系问题。要

回答这个问题，必须经过更加客观严谨的考证和对比，而这里仅仅是从“想象”的角度出发，从作为创作者的人类的立场出发，简单讨论一下二者的对应关系。如前文所强调的那样，如果考虑到神话全部来自先民的创作这一点，事实上就不是神在统治人，而是人在指挥虚幻中的神，因此只根据神对待和他同处在虚幻中的“人”的态度的好坏来判断神与人的关系，并没有多大意义。比如，就洪水神话而言，与其说是天神借洪水来惩罚人类，不如说是创作者为了解释现实世界突发洪水的现象，而把责任都推到了并不存在的神的身上。创造神的想象也相当公式化，即“人的外形 + 超自然的能力 = 神”。虽然也有不少神具有或者能够幻化为其他生物的形态，但他们一般总有一种形态，即人形或者半人形。也就是说，在创作者那里，神从一开始就是客观现实中的人在想象中的倒影，是一种经过改造后的进化了的“人”，而非一种全然出自想象的新的物种。当最初神话中的第一代神完成了创造世界、繁衍人类、传播文明的任务之后，人类创造神这个形象的原始目的已经基本达到，此后的神话中被新创造出的神，除了在部分情况下发挥力量克服险境之外，主要的任务似乎变成了像人一样过好日常生活，他们之间不断地相互交合繁衍、相互争斗，建立了复杂的人际关系，神存在的世界在这个过程中逐渐社会化了。这也就是神话摆脱了工具性，逐渐体现出其文学性和现实性的过程，是想象在先民的神话创作中的作用逐渐减弱的过程。在大多数神话体系中，这种过程表现为神开始形成善恶派别，并抛弃了随心所欲、乱伦杀虐的作风，行事开始遵守一定的伦理道德规范，最终神逐渐消失，而人类中的英雄开始登上舞台。而在华夏神话体系中，相互之间缺乏联系的众神一开始就没有群居的社会生活，作为独立的神很快被神与人所生的后代替代，被“天命所归”的人类社会的集权统治者替代，立竿见影地带领相关文学作品进入了人类“英雄”的时代。

有很多研究者把这种变化称为由“神性”向“人性”的过渡，把善恶观念和伦理观念作为区分二者的关键，这种看法虽有一定的道理，但并不能完全说明问题。“人性”是在人类进化过程中逐步形成的，神之所以缺乏这些特质，也许并非因为神与人在本质上存在多大差异，而是作为神的原型的早期人类自己也尚未建立成熟的伦理道德体系的结果。此外，由于先民的创作经验非常有限，神的行动作为推动叙事向创作者的理想方向发展的最大动力，难免需要最大限度地服从于故事情节的需要，而非服从于神自身形象塑造的需要，神身上包括喜怒无常、血腥残杀和滥交等在内的、与“人性”不相符的“神性”，也许仅是创作者建构故事时必要的素材。

集体创作的神话逐渐淡出历史舞台，并不代表神的形象和故事的消失，在欧洲，一直到文艺复兴时期，神一直是文学作品所表现的重要对象。[①]其后的文学作品虽然很少专门对神话故事进行演绎，但神作为一种被人类认知所普遍承认的固有形象，仍然非常频繁地出现在作品的具体情节之中。尤其随着中世纪基督教在欧洲的广泛传播以及文艺复兴时期《圣经》的翻译和大规模印刷，古希伯来神话以及作为神的耶稣本人随着《圣经》一起深入到了欧洲人的日常生活中，几乎成为后来欧洲人对世界的基本认知的一部分，对文学作品的创作产生了深远的影响。[②]一方面，神及神话故事本身就是想象元素的一种，创作者可以运用相关的形象和典故，通过比喻、讽刺等修辞手法，轻而易举地说明作品中的人或者事物的状态，进而达到丰富文字表述的效果。另一方面，随着《圣经》宣扬的基督教的价值观被人们普遍接受，宗教生活切切实实

---

① 典型的作品包括赫西俄德的长诗《神谱》，埃斯库罗斯的戏剧《被束缚的普罗米修斯》，索福克罗斯的戏剧《俄狄浦斯王》，欧里庇得斯的戏剧《美狄亚》，维吉尔的史诗《埃涅阿斯纪》，中世纪的教会文学，以及但丁的长诗《神曲》等。

② 王向远，等．比较文学世界史纲——各民族文学的起源与区域文学的形成［M］．南昌：江西教育出版社，2000：268-269.

地变成了人类生活的一部分，于是不论创作者本人想不想用神来说明问题，神已然就在那里。尤其是当“善恶一体”的观念和“原罪”的思想被人们普遍接受之后，哪怕只是描写人物每天的祈祷和忏悔，就足以让任何一部文学作品中的角色与上帝联系起来。如此一来，人类在文学创作中建造的想象的神的世界，反过来成了人类精神的避难所，神由人类解释未知世界的工具变成了人类反思自我、寻找精神支柱的工具，其身上的幻想色彩明显减弱了。

二、想象与英雄力量

人类英雄的形象虽在神话中已经出现，但他们并不是故事的主角，并且常常跟随神的意志来行动。在通过造神运动完成了对世界起源的解释之后，创作者理所当然地把目光投向现世，开始想办法克服人类在生存发展的过程中所遇到的困难。那么为什么创作者不使用已经创造出的神的形象或者现实世界中的普通人形象，而要另行寻找一种新的“人类英雄”的形象来解决问题呢？首先，在大多数神话的设定中，神在文学作品的虚幻时空中拥有比人类要高的地位，不可能通过缔结婚姻等方式彻底融入人类社会，也没有拯救人类于水火之中的义务。也就是说，除非我们改变这种对神的定位，否则神既缺乏得知人世问题的渠道，也有充足的理由不去回应人类的请求，因而其无法继续作为创作者打破人类世界的局限的工具。其次，由于神的神力和定位本身都是个性化的，随着神的谱系的不断扩增，可以供新的神创造和管理的领域越来越小，使创造新神的工作变得困难起来。在这种情况下，创作者尝试把自己赋予神的超自然力量转移到人身上来，创造了人类英雄的形象。从本质上看，人类、人类英雄和神是三位一体的，后两者是创作者发动想象，对前者进行的变形和改造的结果，甚至连改造的模式（人 + 超自然力量）

都是相同的，只不过神更集中于创造世界的创造活动，而英雄则更集中于战胜自然的冒险活动罢了。

创作者赋予人类英雄的超现实的力量有两个不同的层面。一方面，它表现为行动上战胜艰难险阻的超自然力。不论是在群体性的战争中，还是在与妖怪的单打独斗中，普通人尝试的结果总是失败的，而人类英雄身上则具有强大的战斗力，或者从神那里得到过具有神力的武器或珍宝，能够战胜普通人所不能战胜的强大敌人。例如，在荷马史诗《伊利亚特》中，特洛伊一方的英雄赫克多尔和希腊联军一方的英雄阿基琉斯等，都是骁勇善战的人类英雄，决定最终战局的并非普通人群体的力量，而是双方的领军人即英雄相互厮杀的结果。同样在《奥德赛》中，奥德修斯所带领的士兵在回乡路上被各式妖怪和神灵干扰，几乎全部丧生，只有英雄奥德修斯总能睿智地预测危险，躲避陷阱。即使奥德修斯后来看似走投无路，被女神卡吕普索软禁在岛上动弹不得，最终也能在神的帮助和劝说下重获自由。到了英国史诗《贝奥武甫》中，整个丹麦深受半兽人格伦德尔和后来的火龙的危害，但只有英雄贝奥武甫能够与之抗衡，成功地斩杀妖怪，使丹麦人民重获安宁。与神的力量相比，英雄的力量和生命到底都是有限的，他们有时也会暂时性的失败，或者在取得胜利的同时与对手同归于尽。但即使这种有限的能力，普通人也无法拥有，或者说是不被允许发挥的：就像理论上每一个丹麦人都能深入险境与格伦德尔或是火龙战斗，却不可能像天生被设定成人类英雄的贝奥武甫那样取得胜利。另一方面，英雄的能力表现为精神上超人的意志和对人生终极意义坚持不懈地探索。例如在《奥赛罗》中，奥德修斯的归乡时间长达十年之久，途中不仅遇到了无数的自然灾难，还经常被神为难，但他在这种情况下仍然没有忘记部落集体和自己的妻子，始终保持着重返故土的决心和斗志。在古巴比伦史诗《吉尔伽美什》中，好友恩奇都的去世引发了英雄吉尔伽美什对生与死问题的思考，他为此向大洪水后唯一的幸存者乌特纳比西丁询问死亡的奥秘，其间经历了种种挫折，并逐渐意识到了生命的有限和死亡的不可逆性。在华夏神话夸父逐日的故事中，夸父以人之力来追赶太阳，最终渴死在半途，夸父代替先民发出了对人与太阳的距离，以及太阳的运行规律的疑问，反映了人类对生存环境的奥秘的锲而不舍的探索精神。

虽然同为超现实能力，创作者赋予人类英雄的力量与赋予神的力量却有着明显的不同。比较而言，神之力比英雄之力更强大、更具有破坏力，是一种永恒有效的能力。神只关注创造和改变的行动本身，这些行动的完成大多是轻而易举的，不需要耗费神太多的时间和精力，除非有别的神介入，否则基本不会失败。而英雄之力所能影响和改造的范围就相当有限了，这种力量往往只有在具体的事件中才能得以运用，即使得到完全的发挥，也不一定能取得好的结果，因此人类英雄经常会在探索和斗争的过程中遇到失败或挫折，甚至可能为此丢掉性命，最后也不一定能获得胜利。比如在《伊利亚特》中，赫克多尔可以说是一个相当完美的人类英雄形象，他关心妻子，热爱城邦，骁勇善战，带领特洛伊人民数次打败希腊联军，但最后还是因为众神插手干涉战败而死。此外，英雄往往身兼人类的领导者之职，他们个人的杰出能力不仅体现在行动能力上，还体现为强大的内在精神力，二者都是他们受到人类尊敬的原因。这种精神力包括百折不挠的冒险精神、坚持不懈的追求精神、为国家荣誉而战的献身精神，以及对亲友的忠贞和爱。比如在印度史诗《摩诃婆罗多》中，坚战和他的五个兄弟在皇权斗争中反复被敌人陷害，其间曾经险些被火烧死、输掉了自己的国土、在丛林中流放多年，但他们始终保持正直的心，尽最大的努力避免冲突，最后在不得已的情况下才参加了战争。多年极端困苦的环境丝毫没能侵蚀他们的意志，这种令人敬佩的品质使百姓心甘情愿地推举他为新的统治者。通过想象，创作者将人类所具有的这些美好精神和情感夸张和理想化了。

此外，虽然我们用“英雄”来概括创作者所创作的这类人物，但他们并非完美无缺，有些英雄身上也有明显的性格缺陷，甚至也会因为自己的疏忽而犯下重大过错，以至于引发灾难，造成他人牺牲。比如在俄罗斯史诗《伊戈尔远征记》中，如果不是刚愎自用的伊戈尔轻率地发动远征，也不会造成俄罗斯人的战败；在《吉尔伽美什》中，恩奇都最初也是为了惩罚吉尔伽美什的暴君行径，而与他不打不相识的。当然，这些英雄身上的优点是多过缺点的，他们往往在别的方面表现出自己的英雄气概，比如伊戈尔强烈的爱国热情和重返故土的决心、吉尔伽美什对朋友的真诚和坚持探索死亡奥秘的勇气。创作者在记录事件时，基本没有在文中对人物进行整体上的褒贬评判。人类的“英雄”之所以成为“英雄”，并不是因为他们必然代表着正义的一方，而是因为他们身为“超人”所具有的改变世界的强大能力。在这个时期的史诗等相关文学作品中，“英雄”背后的意义更接近于人类在某个事件中的“代表”，不一定非要具有完美的英雄品质。创作者通过这些“人类的代表”建构文学作品，目的仍是要在虚幻世界中映射现实世界，运用想象中的力量解决现实中无法解决的问题，而不是要精确地描述和展现真正的现实。也就是说，尽管单纯从想象元素来看，描写人类英雄的部分比描写神的部分更贴近“现实”，但这并不能改变创作者通过想象建构虚幻世界的初始目的。在这个意义上，神话和史诗的创作内核的本质是相同的，发生变化的只是主角的身份和叙述内容的重心，二者都是创作者的想象高度发挥的产物。

在此后时代的文学作品中，“英雄”的设定回到了它的本义上来，于是文学作品中存在着两种“英雄”：一种英雄像神一样，是神话和史诗中深入人心的那些著名形象的再利用，同样出现于比喻、联想、夸张等修辞中，具有固定的意义；另一种则是与文学作品中的普通人相同的、不具有超现实力量的英雄，他们都在某一方面拥有非同一般的高尚品质，因而得到了周围人的肯定和敬佩。前者包含的想象色彩相比原来

在史诗中有所减弱，后者则完全是创作者对客观现实的一种提炼，与想象没有多大相关性。

三、想象与“万物有灵”——鬼、怪和妖

当创作者把目光向外延伸，试图扩大“人＋超现实能力＝超人”这个公式，将“人”变为世间万物，将“超人”变为“超自然事物”时，更多全新的、超自然的形象就产生了，我们把它们统称为“鬼、怪和妖”。虽然这些形象在整个文学史进程中一直都有出现，但考虑到它们最早诞生在神话和史诗之中，在创作者那里有着跟神和人类英雄相似的创作逻辑等特点，把这些形象放在人类文明初期这一章节进行讨论更为合适。

为什么这类形象能够在文学作品中一直保持着蓬勃的生命力？这需要从创作者的初始创作目的谈起。在神和英雄已经承担起创造世界、完善世界的任务的前提下，人类对世界的困惑基本得到了回答，剩下的就是对自己存在的困惑。首先，人类并没有充分认识到人与其他生物的区别。在先民眼里，全部有生命的事物都与自己一样，具有在客观世界中的生存权（虽然这种生存权比人类的等级地位更为低下），都有跟人类类似的意识或灵魂，来以此指导他们的生存和发展，只不过身为异类的人类无法直接用感官察觉到罢了。这实际上是用人类的特质来猜想其他生命的特质。作为客观世界中唯一的智慧生物，孤独的人类渴望与其他生物进行交流，怀着打破这种种族上的界限的美好愿望，创作者尝试着在文学作品所建构的虚幻世界中赋予其他生物以超现实的能力，换句话说，就是要把其他生物改造成能与人类自由交流的“超级生物”，于是就有了怪物和妖精。二者或者直接由现实世界存在的动物形象幻化而来，成为原型动物与人的结合体；或者由创作者在现有动物的基础上，

运用想象对它们的外形特点重新组合和改造，创造出现实中不存在的、动物与人的结合体。它们可能有人形、半人形，或者没有人形，但在思想上或者行动上一定有一些智慧生物的特征。它们可能帮助人类或伤害人类，这在一定程度上反映出创作者对自然力量的敬畏，以及面对现实世界其他生物的矛盾心理：人类的生存需要其他生物的陪伴，但也受到其他生物的威胁。其次，当人类意识到死亡的不可逆性之后，逐渐开始关注自己死后的去向。客观上，人类虽能观察到肉体的衰老、损伤和生理机能的停止，但没办法直观地看到意志和精神的消亡，后者在前者消逝后去了哪里、以什么形式存在，成为人类在很长一段时间内一直试图解答的问题。主观上，人类希望死亡不是自己“存在”的终结点，更倾向于相信自己的精神能与客观世界一样永远存在，在另一个时空领域内以新的方式“活着”，甚至得到再世为人的机会。基于这种心理，创作者运用想象，在文学作品中提出了“鬼”这个概念，认为人类的精神能在肉体死亡之后以鬼的形式存留在世界上，这些鬼往往保持着人生前的面貌和意识，或多或少地会一些法术，大多具有永恒的生命力。与怪物和妖精一样，和死亡联系太过紧密的鬼虽然依据人的愿望被塑造出来，却又被人本能地厌恶甚至恐惧，在创作者那里常常以较为负面的形象出现，甚至会对生者发动猛烈的攻击。最后，鬼、怪和妖虽然仍是人的形象的异化，但与人的差别已经非常明显。它们神秘莫测的气质和变化多端的法术，可以在与人的相互作用中带来情节走向上的更多可能，并作为关键节点或者构成节点的关键元素，推动作品主线向前发展。这些特点使这几种形象在“类人”的设定之外拥有了强大的自身魅力，并为创作者留下充足的创作空间，因此它们很自然地作为一类写作元素被保留下来，在之后的文学作品中继续发挥自己的作用。与神及人类英雄形象不同的是，除了早期神话和史诗中那些著名的鬼、怪和妖的形象会以固定的形象出现在其后的文学作品中之外，还有很多新的同质的形象在其后的文学作品中不断被创造出来。在第一种情况中，鬼、怪、妖和前面所谈到的神和人类英雄一样，成为一种符号化的写作工具，其中包含的创作者想象的作用有所减弱；但在后一种情况中，这些全新的形象仍然是创作者高度想象的产物，为文学作品带来了超现实的色彩。

由于鬼、怪、妖三种形象的特点相仿，定义又有所含混，所以它们相互之间并没有明确的界限。此外像幽灵、精灵、灵魂等类似的形象，都能被归类在这个范围之内。根据前面所讨论的创作动机的差异，可以把这类形象分为本体为动物的形象和本体为人类的形象。其中本体为动物的形象，不论外表有没有与人类的相似之处，都葆有一定的原生动物的特征。例如在古希腊有关俄狄浦斯王的神话中，出现了人面狮身的怪物斯芬克斯[①]的形象，它盘踞在忒拜城附近的悬崖上，用谜语考验来往的路人，回答不出问题的人就会被吃掉。斯芬克斯身上混杂了人和动物（狮子）的双重特点，虽然拥有高超的智慧，但未能摆脱肉食动物残暴嗜血的天性。法国叙事诗《列那狐传奇》中，创作者塑造了一系列拟人化的动物形象，用来影射人类社会中的各个阶层，但每个动物形象所对应的社会地位和行动特征，都或多或少地来自该动物本身的特点，比如孔武有力的狮子是森林实力最强者，伊桑格兰狼残暴凶狠，而狐狸列那则机警狡猾。另外一些以人为本体的形象，多数是由人的精神力量转化而成的，通常他们除了没有实体之外，在认知能力和行动能力上与人没有差别。例如在古埃及作品《亡灵书》中，记载了迪拜神官阿尼前往冥府的过程，详细地展示了人类死后所生活的世界的方方面面，其中还出

① 斯芬克斯在埃及神话和希腊神话中都有出现，它的形象不是一成不变的，有人面狮身、羊头狮身、鹰头狮身等多种说法，但本质都是不同动物形象的重新组合。

现了众多死者的灵魂形象。蒲松龄在《聊斋志异·聂小倩》[1]中，塑造了女鬼聂小倩的形象，她本身是人类女性死后幻化成的鬼魂，从外貌到性格特征都与人相同，甚至后来还能逐渐从鬼变回人，与宁采臣结婚生子。在不同地域、不同时期的文学作品中，这种鬼的形象出现的频率要远高于其他几种人造形象，因为人类的精神力与人的关系非常密切，创作者能够方便地借助这类形象，在文学作品所建构的虚幻的文字空间内召唤死者，复活死者，与死者交谈，从而满足自己怀念死者、思考生命终极意义的写作愿望。

四、小结：想象对现实的诗意阐释

随着神、人类英雄、鬼、怪、妖等形象的产生，整个客观世界中有生命的事物都被纳入了文学创作的范围之内，并在创作者想象的改造作用下向人类形象靠拢。通过这些形象，创作者全面地解释了客观现实中的种种未知现象，并且演绎了人类文明发展初期的重大变革。可以说，作为阐释者的人类，从一开始就放弃了忠实记录的道路，而是利用想象在虚拟时空中模拟现象和解释问题。

这个阶段的文学作品是由想象主导而非由现实主导，它并不是创作者的一种偶然的选择，而是人类社会历史发展中的一种必然的趋势。一方面，在生产力水平极其低下的情况下，仅仅靠描述性的语言记录现实不足以解答人类的好奇心，加上先民在为生存而奔波的过程中，确实发现了很多自己目前无法解决的难题，他们天真地把希望寄托在虚幻的力量上，幻想这些问题能够不攻自破，这是早期人类共有的朴素心态。另

① 《聊斋志异》的成书时间相对本章举例中的其他作品要晚得多，但由于中国的封建社会结构直到清朝末年才开始出现瓦解的迹象，因此仍然可以看作中国文学与西方文学并轨前，人类文明尚未充分发展时的作品。

一方面，这个时期的自然人终其一生都生活在极小的地域范围内，在他们心目中，空间就等同于眼前的部落或国家，缺少对整个世界的概念认识；时间就等同于部落或国家、个人的家族和祖先的发展史，没有过去、现在和未来的整个时间维度的概念。因此对这些近在眼前、一目了然的当下，人类往往缺少记录的冲动，反倒对现在自己所生存的时空到底是如何发展而来的等话题更有讨论的兴趣。因此，创作者从自己的认知出发，依靠想象的帮助，在文学作品中讲述自己所处的时空的来龙去脉，建立起一个完善的第二世界，作为当下第一世界的过去的来源，这是一种对客观现实的朴素而又充满诗意的阐释。

这个阶段的文学作品，多数具有相当高的想象浓度。创作者建构的第二世界，处在遥远的过去的维度，故事发生的地点即使地名不是杜撰的，也很少能表现出与现实地点一致的特点。作为故事主角的生物除了人类以外，往往包括大量具有超自然力量的神、英雄、鬼、怪、妖等形象，同时作为道具和背景元素的，还有很多超自然的、非生物的器物。作品往往笃信法术、巫术等虚幻的精神力量，并且在一定程度上关注人类社会的社会构成和早期的科学文化发展。总的来说，这些文学作品中想象元素出现的频率非常高，在物质世界和精神世界都有分布，并且相对集中在时间、空间、生物、认知这几大领域。想象元素的构造也较为简单，基本来自于对客观世界中已有事物的重新排列组合，并且具有一定的同质性。把握了这些规律，就基本理解了这类文学作品的核心创意，可以模仿这种思路建构相似的第二世界，并进行情节的设置和文笔的细化。这种简单的核心创意，很容易导致同类型文学的重复，加上文艺复兴之后，科学文化的快速发展冲击了人类原有的世界观，使类似题材文学作品的创作逐渐走向低潮，从而迎来了人类文明发展中另一阶段的文学创作。

第二节

直面现实的想象

——现实书写与心理想象

达尔文物种进化论的提出，使人类开始认识客观世界中的生物的真正起源过程；哥伦布发现新大陆的航海旅程，使人类逐渐描摹出自己所处空间的地理全貌……随着人类文明不断向前发展，原来神话和史诗中有关世界的创造、人类的诞生、人类文化的起源等问题的充满想象的解释渐被一一证伪，失去了它们曾在人类懵懂无知阶段具有的“临时”性说明工具的存在意义。原来必须经由神、人类英雄、鬼、怪、妖等形象发挥超自然力才能完成的事情，渐渐地单靠人类自己的能力也能完成了，于是这些形象也失去了它们帮助人类解决现世困难的存在意义。神话和史诗在人类眼中不再“真实可靠”，面对已经逐渐清晰的客观世界的版图，人类似乎更需要一些新的创作主题，去记录当下现实中人类的思想和行动，讨论社会现象背后的终极意义。

在创作者眼中，文学创作的目的已经悄然发生变化，他们不再执着于解释未知世界，而是开始关注已知现实，讨论已知现实的合理性。如果说在人类文明发展初期，文学作品关注的是外在的生存环境，那么紧随其后的人类文明的发展期，文学作品则更多关注内在的、与人类自身相关的各种问题。进行这些讨论的最终目的，很多时候不是为了精确地重现现实，而是想要通过对现实的描摹引出更深层次的思考，并从这种思考中找到能够改良社会弊端、使人类社会更好地向前发展的方法。

在这样的创作宗旨的指导下，留给想象发挥作用的空间十分有限。事实上，排除文学作品在成文过程中因为创作者主观接受和处理信息的方法不同而产生的细节上的偏差，文学作品中的大部分内容越来越接近于对客观现实世界的转述和再现。偶尔涉及想象的内容，也主要是前两个层面的想象的简单运用，而很少使用最高层面的想象（幻想）。这个时期的文学作品身上的想象色彩远远不及早期的神话和史诗，想象飞扬在场的功能往往只能在尊重现实的基础上有限发挥，作为对现实的补充和点缀。在这种前提下，本章讨论的主要目的并非强行将这类文学作品和想象扯上关系，而是试图通过对创作者创作动机及思路的揣摩，寻找导致这种创作上的现实化转向更深层次的原因，并讨论想象弱化后给文学作品内容和形式带来的影响。

在西方文学史中，这个阶段从文艺复兴之后一直延续到 20 世纪，其间出现了大量的文学类型和文学思潮，包含了非常多元的艺术诉求和指导思想。受笔力和篇幅所限，不可能逐一讨论这个时期的文学作品与想象的关系，而且由于这些作品的想象浓度普遍偏低，彼此之间很少有特别明显的差异，类比工作本身也没有太大的意义。要针对它们进行有效的研究和讨论，不妨以文学作品在内容上主要关注的方向为线索，从文学作品中的客观现实、文学作品中人类的情感、文学作品中人类的思维和心理三个方面切入，来展现这段漫长的人类文明发展期文学创作的全貌。需要说明的是，尽管中国文学一直到“五四”新文化时期才开始正式与西方文学并轨，但传统文学中的一些内容仍然符合处在人类文明发展期的创作者的主观诉求，因此在后面的讨论中，笔者会根据作品内容上的特点，把中国文学的相关作品加入其中，这些作品并不拘泥于时代的限制，既包括古代文学作品，也包括部分现当代文学作品。

一、想象与历史、现实

在当下时空中，人类的日常生活是全面而立体的，如果要对其进行客观精确的还原，文学作品就会徘徊在漫长的场景描述中停滞不前，文字无法准确传达出的触觉、嗅觉、听觉等感官系统的感受，也使这种还原在技术水平上难以实现。因此，当创作者试图在文学作品中描写现实时，遇到的第一个问题并不是如何“展现”现实，而是如何“选择”要展现的现实——在偌大的现实世界中挑选与角色塑造及主线情节有直接关联的部分；或者挑选那些虽然没有直接关联，但有助于提供故事背景、烘托场景气氛、侧面说明主线情节发生和发展的原因的部分。前一类被选择的“现实”，可以根据创作者要表现的情节和内容来确定，后一类被选择的“现实”，则完全依赖于创作者的主观选择。也就是说，当不同的创作者针对同一事件进行描述时，他们笔下的前一类现实几乎没有太大的差别，而后一类的现实则很可能南辕北辙。最终完成的文学作品在多大程度上贴近客观现实、与客观现实之间有哪些差异、不同的现实选择和语言表述造成的文本完成风格的差异等问题，都是导致现实题材的文学作品最终表现重点不同的主要原因，有时甚至间接决定作品质量。

在西方文学史中，最早在神话和史诗发展后期，创作者就已经开始自觉或不自觉地在作品中表现自己所理解的客观现实世界，尽管这种表现中还夹杂着大量通过想象创造的超自然元素。此后的主流文学作品虽然重视对现实的描摹和记录，但并没有形成关于文学作品是否要表现客观现实、如何表现客观现实等问题的系统的观点。直到 18 世纪现实主义文学思潮开始登上历史舞台，在作品中重现自然真实的客观世界成为明确的艺术追求，极大地促进了创作者对所要展现的现实的选取和在表现技术上的提高，也深化了文学创作与现实世界的相互关系。这种艺术

追求在后来的自然主义文学思潮中走向高潮，还原现实成为文学创作的最高追求。但创作者很快意识到，还原现实世界的写作目标迫使他们放弃了在构思过程中对客观材料进行事先选择的步骤，而采取事无巨细的全盘描写的方法，作品文本中充斥着琐碎冗长的环境描写和细节描写，反而降低了其可读性与艺术性。通过这些文学思潮指导下的创作实践，创作者对文学作品与客观现实的关系有了相当全面深入的认识和体会。后来的文学作品虽然不再以现实主义为最高准则，但其中情节和角色的背景设定往往离不开现实世界，关于这部分内容的切入角度的选取和叙事手法上的技巧使用，或多或少地借鉴了现实主义文学发展时期所积攒的前辈创作者的经验。

既然创作者的创作思路与客观现实之间是一个选择与被选择的关系，那么根据创作者所要表现的心境或者情绪的不同，选择描绘的现实世界的景象也会有所不同。比如，同样描写作者乘舟穿越长江三峡这一事件，在《闻官军收河南河北》中，杜甫当时因为唐朝军队战胜叛军、收复失地而感到欣喜，所以在他眼中，这趟“还乡”的旅途是非常欢乐的，于是有了“白日放歌须纵酒，青春作伴好还乡。即从巴峡穿巫峡，便下襄阳向洛阳”[①]的诗句，他专门选择描写自己白天唱歌喝酒的场景来记录这一趟旅途。而在《巴东三峡歌》中，作者有感于两岸猿声的凄惨，发出了“巴东三峡巫峡长，猿鸣三声泪沾裳”[②]的感慨，虽然我们并不能准确地说出这首民歌的具体作者和当时的创作背景，但从文字来看，作者的心境很可能是偏向郁闷不乐的，如此才可能在长江三峡两岸优美迷人的风景中，特意挑出听上去很像哭声的猿声来描写，并且被

① 上海辞书出版社文学鉴赏辞典编纂中心．唐诗三百首［M］．上海：上海辞书出版社，2019：125.

② ［北魏］郦道元．水经注［M］．陈桥驿、叶光庭、叶扬译，陈桥驿、王东注．北京：中华书局，2020：2728.

“哭声”深深触动，自己也悲从心来。由此可见，创作者对选材中相关事物的褒贬判断，主人公在具体场景中心情的喜乐，以及作品表现出的文字风格的高昂或低沉，都是造成作者对现实场景中各种元素的选择和描写有所不同的原因。不论创作者如何强调还原现实的重要性，他笔下的客观世界也只能达到一种变了形后的“客观”，描写的这些内容虽然是客观现实，但展现的却毫无疑问的是创作者眼中的主观现实。这种选择在创作者构思的时候就已经决定了，其中想象的第一个层面（记忆与联想）起到了非常重要的作用，它向创作者提供了全面的客观世界的基础信息材料，并通过对文学作品中心的把握帮助创作者选择合适的“现实”去记录和表现，尽管在最终的文学作品里，这种最低层面的想象所发挥的作用，很难从文本表述中找到明确的语言元素作为证据。

也就是说，创作者写作时的心境，能够决定作者选择向读者展示现实环境的哪些具体细节。当我们把目光从微观转向宏观时，就能发现在局部的创作心境之外，还存在一个整体的感情基调问题，在整体感情基调之上，还存在一个作者对现实的认知范围问题，它们会导致创作者对客观现实整体的满意程度和认识深度发生很大差异，并在更大范围内影响文学作品最终表现出的“现实”的全貌。概括地说，面对客观现实世界所提供的丰富材料，创作者的创作倾向从宏观上看基本分为三种，即记录现实、美化现实和批判现实。

当创作者能够对自己所处的客观现实世界有全面的观察和把握，并希望自己的作品尽量保持中立立场时，他往往会选择在作品中忠实地记录现实。在西方文学史中，能够体现这一倾向的最典型的作品是自然主义文学作品，此外还包括一部分现实主义文学作品。正如左拉所主张的那样，从创作者的角度来说，完全精确地再现现实需要我们秉持一种中立的、接近于科学研究中的观察态度，来自然而然地记录表象现实。他甚至希望采用科学实验的方法，把文学作品的创作过程

倒过来，看作将虚构的角色放到虚构的环境中后，对其行动和思考所作的实验性记录。这里实际上产生了一种逻辑悖论，因为不论是科学研究还是实验方法，都要求必须排除人为因素或者其他偶然因素对观察和实践过程的影响；而以文字为载体的文学作品，从诞生起就是一种纯粹主观的产物，任何一种处于文学作品的“第二世界”范围内的事物，不论与现实事物多么相似，其本质仍然是经过人类意识加工后的虚幻的对象，不可能符合科学研究和科学实验的要求。因此，自然主义文学思潮的艺术主张，严格来说是不可能实现的，但如果仅仅把它看作是一种创作上的目标，我们在具体的写作过程中是可以尽量向其靠拢的。例如，在福楼拜的《包法利夫人》中，作者采用了所谓的“客观而无动于衷”的写作手法，十分重视对客观环境、人物外貌、人物内心活动的细致入微的描写。作者强调了爱玛的性格变化与周围污浊的社会环境之间的关系，却并不在叙述中直接加入作者主观感情主导下的褒贬评判。左拉把客观描写自然的本来面貌等同于对自然的科学研究，热衷于在作品中强调人类遗传基因对主人公性格和行动的消极影响，甚至把自然等同于性，在《萌芽》《卢贡家族的家运》等作品中用较长的篇幅描写混乱的肉体关系，并把这种描写看作是忠实于自然的客观记录。实际上，左拉的这些相当主观化的现实描写，恰恰证明了他忠实的所谓自然，仅仅是他个人眼中的自然罢了，这种偏离原始目标的失败的实践也能够证明，精确而彻底地记录客观现实这一要求，在文学作品的创作中是不可能也没必要完成的任务。在中国文学史中，史传文学有着源远流长的历史，可以说在神话时代完结后，中国文学的发展几乎未曾走出过推崇现实的创作理念。在此暂且不对导致这种倾向产生的原因进行详细讨论，但可以明确的一点是，这种倾向反映在文学作品中的结果是，几乎所有的散文作品都以追溯历史事件或者记录现实事件为主要内容，其他体裁的文学作品，如诗词、戏剧、小说的创作，也大多都以展现客观现实为基调，只是在叙事过程中加入了人物情感、神仙鬼怪等一些其他元素。如在《史记》的创作中，作者司马迁有意识地尽量避免个人判断对叙事和议论的影响，坚持以收集到的现实资料为基础，还原汉代以前中国的历史主线。在作品的结构安排上，文学性的追求也完全让位于记录现实的要求，章节的划分以历史人物个人的经历为中心，对其一生所经历的重要事件都有记录。但是严格来说，即使是《史记》这样相当注重现实描写的作品，也依然难以摆脱创作者主观认识的影响。对于项羽等自己欣赏的历史人物，司马迁采用精细的笔墨对其进行重点介绍，其中的文字表述相较其他章节也显得更为精彩。但对于一些无法查证的、历史事件中的具体细节，比如人物对话、具体动作、场景布置等，作者则运用想象根据当时的情境加以适当补充。尽管历史典籍的写作以求真求实为基本原则，但像这样在局部范围内运用想象描写事件细节的现象，在具体文本的写作过程中非常普遍，这并不是由于创作者的创作宗旨发生了动摇，而是在真实的历史事件不可考证的条件下必然会发生的结果。

当创作者对现实的认识不够全面，或者虽然有全面的认识，但主观上只想谈论其好的一方面时，很可能会选择在创作中展现经过自己筛选后的、被美化了的现实。不论在西方文学史还是中国文学史中，这种现象都是很常见的。尤其是有些出身于统治阶级的创作者，其所想所见局限于眼前优渥的日常生活，便把这种生活当成是放之四海而皆准的社会常态，其笔下的文学作品自然也会呈现出一片祥和美满的景象。比如南唐后主李煜在亡国之前，其作品关注的主要内容无非是奢华闲适的宫闱生活，“客观地”记叙了自己赏花玩乐、纵情声色的“现实”。但实际上当时的社会战祸连绵、动荡不安，普通民众的生活非常困苦，与李煜作品中的景象有很大的差别。公平地说，李煜对现实的美化并非出于主观故意，而是基于他个人片面的人生经验所得出的错误结论。后来，在意识到家国沦陷的事实之后，李煜的眼界得到了开阔，很快便在创作上打开了新的局面。但更多的创作者则终生坚持自己对国家社会现状的信仰，在文学创作中有意识地对客观现实进行美化，借此维护自己的世界观。其中有些人是为了使自己的文学作品迎合他人（主要是统治者）和社会公认的审美标准，严格按照标准的要求来对现实描写进行取舍。例如 17 世纪法国的“贵族文学沙龙”中备受推崇的形式主义的文学风格，导致很多作品雕琢字句、堆砌典故，对封建社会和封建统治者进行不遗余力的美化。也有一些人虽然知晓社会历史和现状的恶劣程度或者大众对某人或某事的胜败功过的评判，却出于个人对社会现状或者是道德准则的不同理解，而坚持对其持褒扬和美化态度。比如在中国古代小说《三国演义》中，刘备及其代表的蜀国统治集团被塑造成代表天命正义的一方，而曹操代表的魏国统治集团则被塑造成阴险狡诈的一方。在局部战役的叙述中，作者不遗余力地为蜀国将领摇旗呐喊，而对其对手的胜利则表示不屑、进行诋毁，甚至人为地将史实移花接木，突出蜀国主将忠义神勇、仁政爱民的优良品质，以至于经过此后漫长的朝代更迭，小说中记载的杜撰的内容反而超越真相，成为大多数人所认可的“历史”，足见文学作品中的“主观现实”的强大效应。

与同时代的普通人相比，大多数创作者具有更高的文化水平和更重要的社会地位，因此常常能看到更广阔的社会现实，甚至进一步把推动社会进步的工作看作是自己的责任。怀着这种人生理想的创作者，自然而然地致力于挑选客观现实中黑暗的一面来展示，希望通过对该部分现实的描绘和批判，来引发人们的反思，呼吁更多的人参与到社会改造中来。这种创作倾向在西方文学史中几乎一直占据着主流，即使后来有些距离现实较远的作品已经把故事发生的舞台搬入遥远的虚幻时空，但是企图借作品来针砭时弊、映射现实和推动改革的初始意图仍然延续下来。

在众多文学类型和文学思潮中，这种倾向在现实主义的文学作品里表现得最为典型。从斯丹达尔的《红与黑》、巴尔扎克的《人间喜剧》、狄更斯的《大卫·科波菲尔》，到果戈理的《死魂灵》、屠格涅夫的《父与子》等作品，都是通过对典型人物和典型环境的描写，来揭露客观现实社会中黑暗丑恶的一面，从而达到批判现实的目的。从人类文明发展的历史维度来说，同样的社会组织结构或者社会事件，在不同的时代所获得的评价是不同的，有时候代表正义和进步的一方，有时候则代表邪恶或退步的一方。比如在启蒙主义思潮的影响下，丹尼尔·笛福在《鲁滨孙漂流记》中热情地赞扬了早期资产阶级身体力行、开拓进取的精神，而到了后来狄更斯的《大卫·科波菲尔》中，资产阶级俨然已经异化成迫害下层人民，几番把主人公逼得走投无路的批判对象。总而言之，批判现实的文学作品有着相对较强的时代特征，表达的是其时其人对社会现象的思考，通常具有积极的社会意义，但这仍然不能改变创作者在构思时采用的客观材料的主观性，以及在创作时所进行的主观论述过程失之偏颇的事实。

二、想象与情感表现

不管是作为人类的创作者，还是创作者在文学作品中塑造的作为人类的主人公，都具有自己私人的、独特的内心情感，不同于隐藏在意识中的、难以解读的思想状态和心理状态，这些情感是文学作品中除了主线情节和客观事物之外，能够通过人类的表情、动作、语言明确表现的元素，也是几乎所有以人或其他智慧生物为主角的文学作品中必然会出现的元素。因此，尽管严格来说人类情感可以归属于心理范畴，我们还是选择把相关内容单列出来，以进行更充分的讨论。

创作者本身具有一定的情感倾向，这种倾向往往隐藏在文学作品的文字表述之后，但却能直接影响构思和写作的全过程。在前面有关文学创作中对客观现实的描写的讨论中，已经能够看出，创作者主观感情倾向的不同，会导致其在作品里选择不同的视角、不同的方面来表现现实，最终塑造的“客观现实”可能会与真正的现实存在差异。实际上，一方面除了在现实描写这一领域之外，创作者的主观感情倾向对角色塑造、场景选择和文字表述等方面都会产生显著影响，甚至决定了文学作品的中心思想。如果作者喜欢一个角色，他对该角色的描写就会不自觉地增多，在文字表述上也更为流畅精炼，即使这个角色是反面人物，也会在作者的笔下散发出独特的魅力；相反，如果作者对一个角色持不理解或不喜欢的态度，即使这个角色是正面人物，作品的字里行间也能流露出作者对这个角色的回避和排斥，结果只能导致其形象的干瘪和缺乏说服力。比如在孙犁的《铁木前传》中，农村姑娘小满儿身上遗留了大量旧社会的不良作风，原本是作者计划批判的对象，但因为作者情感上对女性的欣赏和对乡村淳朴风情的推崇，使他在行文中提出的批评显得有些言不由衷，反而极其生动形象地描绘了她美丽的外貌和充满生命力的举止。作者原本想要肯定和赞扬的那些新式农民的形象，如九儿和傅老刚父女，尤其是试图改造小满儿却险些被成功勾引的“干部”，反而显得面目模糊起来。另一方面，文学作品中的场景选择和文字表述，能够对情节发展的氛围营造起到一定的辅助作用，并烘托角色的个人气质。当创作者的情绪低落时，往往会把作品的中心基调定在抑郁伤感的氛围上，即使其中出现欢乐的场景，主人公的关注点也会停留在那些负面的细节上，作品语言也会随之表现出灰暗的色调。但当创作者的情绪高昂时，情况就完全相反了，就算主人公命运凄惨，故事背景灰暗阴森，创作者也能关注其中那些美好的细节，从而给作品中的角色带来希望。比如在托尔斯泰的《复活》中，创作者深刻地揭露了俄国社会的黑暗现实，但由于他本人对革命的消极悲观的态度，使他把革命者塑造成为野心勃勃又冷酷无情、热衷于建造理想社会却不关心身边之人的生活疾苦的形象。相反，在尼古拉·奥斯特洛夫斯基的《钢铁是怎样炼成的》中，由于作者本人对无产阶级革命的胜利充满信心，使他笔下的主人公保尔·柯察金即使有着早年丧父、饱受虐待、入狱、离开恋人、参战受伤等一系列曲折悲惨的经历，却仍然时刻保持着坚定的信仰和顽强的拼搏精神，坚持为实现共产主义理想而不懈奋斗。但他对恋人冬妮娅和丽达表现出的冷漠和苛责的态度，实际上是有些违背人之常情的。

对于创作者来说，要在文学作品中表现主人公的情感，可以选择的切入点有很多，具体的语言表达会因创作者的个人喜好和作品内容及风格的需要产生很大差异。从构思上来讲，主人公的情感在文学作品中是确定的、客观的，属于“现实”范畴的元素；但如何表现情感，则是一种不确定的、主观的，属于“想象”范畴的问题，由创作者在具体的写作过程中决定。面对一个构思中的具体事件或场景，创作者可以选取的描写对象是有限的，主要包括人物的表情、动作、语言等。如何才能在有限的描写对象的范围之内，精准地反映出主人公内心的情感，成为摆在创作者面前的难题。对肢体表现的直观记录，仅仅是最基础的工作，适当运用比喻、对比、夸张等修辞手法，通过事件或场景中的细节引发创作者的联想和想象，才是帮助创作者描述角色情感、铺陈作品感情氛围的关键。例如在华兹华斯的诗歌《咏水仙》中，作者通过把自己比作“一朵孤独的云”来表达自己孤寂的内心情绪，这种情绪在作者看到美丽而遗世独立的水仙花时，转变成为找到了知音的欣喜，通过把水仙花迎风摇摆的情景形容为花朵的舞蹈这一细节生动地表现出来。孤独与云之间的联系，以及风中的水仙花和人类的舞蹈之间的联系，都是通过联想来烘托“我”的情绪转变的一种方式。在一些文学作品，尤其是浪漫主义文学作品中，当创作者对情感力量的大力推崇达到了能够冲破现实逻辑的地步之时，主人公的情感就成为在主线情节之外的另一种推动叙事前进的力量。这种结构全篇的方法，使人物情感更加纯粹化和绝对化，极大地增强了作品叙事上的感染力，但有时也难免使情节发展和人物塑造略显突兀。比如在雨果的《悲惨世界》中，神父的仁慈感化了逃跑中的冉·阿让，而冉·阿让的善良又感化了冷血的警察沙威，甚至令沙威悔罪自杀，这两个关键的转折点并非由外在环境和事件的变化而导致，而是主人公在情感驱使下主动做出的选择。但是，光靠精神和情感上的感化就能使二人在极短的时间内扭转自己的人生观和价值观，以至于做出自杀这样极端的选择，在给读者带来强烈震撼的同时，未免显得有些悖于现实逻辑了。

显而易见的是，与对客观现实的描写相比，创作者在表现主观情感的过程中更多地运用了想象。一方面，作品中对想象的运用基本停留在前两个层面的想象，而鲜少涉及第三层面的想象。这使其文字表述仅仅展现了表层的现象，却并不构成在作品中有重要意义的想象元素。另一方面，相关文字表述的形成，需要建立在对经验材料的积累和切入角度的选择的基础上，这些先期工作都需要想象的参与。综合看来，虽然文学作品在进行情感描写时很少使用想象元素，作品整体的想象浓度也保持在相对较低的水平，但其创作过程与想象仍然保持着密切的关系。

三、想象与心理探索

在西方文学史中，以目前的视野来看，到了 20 世纪，人类文明的发展逐渐进入相对完备的时期。频繁的战争和尖锐的社会矛盾使越来越多的人对自己周围的社会现象产生了强烈的困惑，从而进一步对人类的生存现状进行深入思考，并对现行的社会结构的形成和发展过程提出疑问。其中有些人成功地找到了解答困惑的方法，发展出一整套独立自主的哲学思想，有些人未能发现说服自己的理论，从而陷入虚无主义的悲观失望情绪中。在这个过程中，人类哲学和心理学理论得到了长足的发展，创作者很快不再满足于对现实的描摹和对情感的表现，不再满足于对叙事内容的扩展和对艺术创新的追求，而是试图把文学作品作为图解自己哲学思想或政治思想的工具，通过作品中描绘的图景来证明自己的主张，或宣泄自己的失望情绪。也就是说，在完成了对未知世界的回答、对现实世界的描述和对情感表达的丰富之后，不少文学作品所要表现的中心内容发生了向内的转向，开始尝试进行思想和精神上的探索。而这个时期业已成熟的各种文学体裁，以及发展已经相对完善的各种文学题材，还有丰富多彩的文字表述手法，客观上都为这种更注重形式而忽略内容和逻辑的写作方式提供了充足的准备。

以哲学思想的发展为线索，20 世纪文学在某种程度上可以被粗略地划分为现代主义和后现代主义两大文学思潮。如果说在这之前的各种文学类型和文学思潮，存在内容和艺术手法上的显著差异，那么这个时期的文学作品最大的特点就是在写作目标和表现对象上具有一定的趋同性，如关注人物的心理活动和思想认识、省略对具体事件或情节的详细说明、很少塑造具体人物形象等。其中现代主义文学主要活跃于 20 世纪上半叶，后现代主义文学主要活跃于 20 世纪下半叶；前者的关键词是“颠覆”和“统一”，后者的关键词是“消解”和“变异”。

现代主义文学思潮的出现，是对此前的文学传统的巨大颠覆，使文学创作发生了一场由内容到形式的革命。包括存在主义、未来主义、超现实主义、象征主义、意识流小说等在内的多种文学流派纷纷出现，不同的文学流派致力于创造属于自己的独立的艺术风格，并将其作为自己区别于其他流派的重要标志。但这种风格上的区别，并不能改变它们在思想内容上的共同特征，即讨论人类在人与社会、人与人、人与自然和人与自我四种关系上，表现出的矛盾、颠倒、扭曲和异化，以及精神创

伤和变态心理，贯穿其中的是创作者悲观绝望的情绪和虚无主义的思想。在这个时期，大多数文学作品关心的是对人物心理活动“完整而真实”的展现，由于人类的心理活动同样无法通过他人的感官系统直接感受到，创作者往往在作品中把心理世界作为平行于现实世界的“客观世界”来描述，它来源于现实世界，又随时能够超越现实逻辑。要在这个虚拟时空中展现人物的心理过程，需要创作者运用想象，对主人公的心理活动进行模拟，并把它转化为适当的文字表述出来。这种表述采用记叙、议论、抒情等表达方式，广泛应用比喻等修辞手法，通过对文体、标点符号、拼写方法和排列形式等元素灵活的应用，还原人类心理活动的全过程，并在其中融入创作者所认可的哲学思想或人生感受。例如，普鲁斯特在《追忆似水年华》中，采用第一人称进行叙事，用庞大的篇幅系统地展现了主人公马塞尔的心理世界。时空的界限在马塞尔的意识中被打破了，作者和马尔赛的身份界限也被模糊了，现实和想象交织在一起，作品中情节主线的发展完全被意识的自然流动代替。需要注意的是，尽管创作者的目的是展现人内心的真实，但这种真实是在想象的作用下通过文字表述出来的，而想象本身的不确定性和创造性，会使相同的思维、感受或者事件，在不同的创作者那里表现出完全不同的面貌，于是内心世界“唯一”的“真实”，在文学作品中只能表现为“多样”的“倒影”，这也间接证明，单靠语言文字只能接近思维和感受的真实，而无法真正记录和展现思维和感受本身。

后现代主义的文学思潮包括荒诞派戏剧、新小说、黑色幽默、魔幻现实主义等重要文学流派。它出现于 20 世纪五六十年代之后，这是资本主义高度发达的时期，同时也是人类怀疑精神最盛的时期。人们试图寻找自己的精神归宿，并坚持全方位、多角度地思考自我存在的意义和价值。创作者怀着对丑恶的现实世界强烈的质疑和对客观世界浓重的失望，试图消解文本的深度思想意义，通过混乱无序的心理描写来模糊作品的主旨，从而突出一种开放的、不确定的心理状态和客观环境。人类的形象在作品中被异化了，蜕变成一种构成情节的元素，或是应用于叙事的符号之一。不同流派的文学作品的主要区别在于其主导的哲学思想的不同，但在艺术风格上不再强求统一，而是呈现出很大的随意性，导致文本呈现出更为多元化的面貌。后现代主义文学作品对心理的描述，不再注重于表现前后相连的完整的心理过程，而是强调对片段化的、瞬间的感受的捕捉，相比于现代主义文学作品显得更加自由，增加了解读的难度。例如在罗伯·格里耶的《橡皮》中，复杂的政治谋杀案件在一个个单纯的场景罗列的过程中被展现在读者面前，不同时空的界限与现实和想象之间的界限不再存在。人物的行动和心理因此被拆分成零散的片段，其面目变得模糊不清，营造出一种充满了不确定性的气氛。如果说现代主义文学是想要用有序的语句、有完整意义的段落来还原内心的真实，那么后现代主义文学则干脆放弃了有意识的叙述手段和规则，用无序来表现无序，用混杂来还原混杂，从而达到还原内心真实的目的。当然这种放弃并非意味着真正的放任自流，看似随意的叙事文字背后，实际上隐藏着创作者在作品中更精密的布局和野心。

总的来看，创作者对人类心理层面的探索并没能得出确切的结论或系统化的说明，只能把它归结于一种随时变化的、既没有中心也没有界限的、混沌而又复杂的状态，这种状态其实可以被看作作为思维活动的想象本身。在这个意义上，可以说现代主义、后现代主义的文学创作完全变成了对思维和想象的本质的呈现。想象隐没在文本中，变成文本本身，在文学创作中被以最本真的状态记录下来。如果考查文学作品中的这些客观性想象元素，相对于现实主义和浪漫主义文学思潮，它们在时间和空间的架构和多重交错方面，以及在联想和比喻过程中涉及的超自然的喻体方面出现的频率更高，使这些作品与现实主义文学或浪漫主义文学相比具有较高的想象浓度，呈现出更为鲜明的想象色彩。但与前面

谈到的神话和史诗，以及后面将要论及的奇幻文学与科幻文学等作品相比，现代主义文学和后现代主义文学仍然没能脱离客观现实的束缚，它虽然是“心理”的，但也是“真实”的，可以看作是现实主义文学和浪漫主义文学在形式上异化、创新之后的产物，与幻想的距离还比较远。

四、小结：想象的弱化与理性的升华

如果说在人类文明的发展初期，人类是一种充满感性的生物，那么到了人类文明高速发展和完善的时代，人类的思维方式已经或多或少地被理性主义思维代替了。世界在人类眼中由模糊的形象逐渐精确为具体的科学理论和人文理论，失去了其原有的不确定性，也失去了可供想象发挥的空间。文学创作中想象起到的作用被弱化，导致文学作品的想象浓度下降，并维持在较低的水平上，仅仅在时间和空间范围内有较为常见的逸出。创作者的笔墨深入到客观现实的各个层面，既挖掘客观存在的空间和事物的深层意义，也关注人类的情感和心理的形成过程和原因，发誓要把整个现实世界通过各种方式展现在文学作品中。

这种变化诚然带来了文学创作在艺术表现手法和文字表述方式上的长足进步，但也大大增加了文本的复杂程度。到最后，真正的客观真实和心理真实被证实是无法在文学作品中实现的，文学创作仍然作为一种主观化的过程存在，但其所涵盖的领域在对相关问题的思考和实践的过程中得到了长足发展。很有意思的是，这种以关注当下现实为着眼点开启的文学创作过程，到头来却复杂到令人难以阅读，离人类的日常生活越来越远，同时也越来越使读者望而却步。比如阅读《橡皮》这样充满了多义性的文学作品，有时候反而比阅读《神曲》这样单纯只是描述想象世界的文学作品更困难。这种情况是创作者片面追求对微观现实、微观情绪和微观心理的真实展示导致的，而正因为这种微观视角与人类日常生活中普遍采取的宏观视角有所不同，才使最后形成的文学作品反过来离宏观现实越来越远，成为一种缺乏逻辑的、片段化和形式化的、严重缺乏可读性的“纯艺术”的作品，大大提高了作品的阅读门槛。到了当代，科技发展带来的文学创作的繁荣，更多文学作品的问世，给了读者更多自由选择的机会；生活娱乐形式的丰富，也提供了更多可以替代阅读的休闲活动，客观上造成参与阅读这类文学作品的读者越来越少，反而是情节性较强、人物性格鲜明、逻辑线索清晰的类型文学作品开始大行其道。从文学的长远发展来看，过于沉浸在艺术化的文学创作中是不明智的，毕竟这种艺术追求已经反过来破坏了文学作品本身的美感；但就此退回到类型文学那种在固定的背景设定和简单的事件连缀中进行模式化写作的状态，显然也是不明智的，这等于抛弃了在形式和内容上进行创新的可能。那么，是否能将艺术追求与套路叙事结合起来，在其中寻找一个兼具艺术性与可读性的折中路线，值得创作者思考和讨论。

此外值得注意的是，在 20 世纪后半叶，一些类型文学作品开始另辟蹊径，试图超越当前已经形成固定框架的各种类型的文学作品，在新的维度中开展写作。在这些文学作品中，创作者在客观现实世界之外创造了新的时空或事物，并以这种全新的“第二世界”为背景展开叙事，使文学作品重新表现出高扬幻想的新倾向。这些文学类型主要包括魔幻现实主义文学、奇幻文学和科幻文学，以及可以被看作是奇幻文学的一种中国式变体的仙侠文学，对此会在下一节重点讨论。

第三节

创造“现实”的想象

——映射世界与建构世界

当神话和史诗等文学作品填补了人类未知的远古时代和世界万物运行原理的空白之后，创作者又通过对现实世界的再现和思考、对人类内心情感和思想的面貌的描绘，来达到进一步还原现实世界和内心世界本真的目的。时至当代，能够被纳入文学作品描写对象的全部有实体的时、地、人、事，以及没有实体的思想、情感、科学、理论，都已经通过种种方式进入文本之中，并且形成了针对这些内容的固定的文字表述与结构套路；在此过程中，作为表达工具的不同语言文字的使用技巧和作品总体结构的组织建构技巧已经得到高度发展，因此文学作品不论在内容上还是在形式上，都呈现一种“饱和”状态：几乎所有具体的写作方向和写作技巧都已经被前人使用过，留给创作者创新和突破的空间越来越狭窄，新创作的文学作品必然在结构、文字、主线情节和中心思想等方面构成对已有文学作品的重复。当然，并不是说这种对前人的重复必然不会产生好作品，但不可否认的是，在前代名作已经分别在某一方面表现出登峰造极的成就时，必然使后续的优秀作品很难超越，创作者在不经意之间也很容易受到之前作品的影响，反而限制了自己的思路。总而言之，在新的时代背景之下，沿着已有道路继续创新变得越来越难，如何才能摆脱现有框架的束缚，寻找崭新的、能够自由发挥创作者想象的创作领域，从而推动文学创作在各方面的发展和变革，成为摆在创作者面前的一个重要问题。

既然“现实世界”的内涵已经几乎被挖掘完全，那么是否能在其中加入一些新的想象元素，从而开拓文学创作的新方向呢？这种杂糅想象与现实的、颇具创造性的构想虽然非常具有吸引力，但在实际操作中，将其投入应用并不容易。因为在人类文明高度发达的当下，不论是构成世界的客观事物，还是人类社会架构中各种有形或无形的元素，相互之间都有非常复杂的联系，牵一发而动全身，一旦对其中一处做出添加或修改，很可能需要让所有与其发生和发展有关的事物同样做出设定上的变更，甚至需要调整主线情节发生的时空——如此便使整部作品的背景设置距离客观现实越来越远了。而交代这些改变需要耗费繁多的篇幅，在拖延了叙事进程的同时，还很可能会带来细节上的漏洞。那么是否能干脆尝试着建构一个与客观现实世界没有直接关联的，仅仅存在于文学作品维度中的全新的“第二世界”呢？这种构想在创作者的作品中很快得到践行，创作逻辑超越现实逻辑，成为主导文字维度中新世界的运行的“上帝”，创作者能够决定作品中的时间背景和空间构成，能够塑造所有的智慧生物并掌握其生死，最终使新世界中的所有事物都围绕着创作者心目中的作品进行服务。尽管这样的“第二世界”不可能完全摆脱客观现实世界的影子，但其最突出的特点已经从客观现实转移到了由幻想所创造的想象元素身上，这种转移使文学创作真正实现了全新发展的可能。

新的创作趋向的产生，既是文学创作内部自身的发展规律造成的，也有外部客观环境的作用。一方面，第二次世界大战结束以后，全球范围内未曾发生过波及多个国家的大规模战争，人类社会的发展进入了相对稳定期，文学创作暂时不需要在艺术层面之外承担较大的社会责任，即使需要，这种责任也并非迫在眉睫、高于一切了。于是，单纯刻板地描写现实的作品渐渐形成了若干固定的模式，无法再满足创作者想要表

现的内容的要求。另一方面，科学技术的发展使人类清晰地认识到地球世界的不唯一性，广阔的宇宙和不断发展的航天技术，使“新世界”的建造在现实维度中不再是完全不可能的事。类似的这种科学技术取得质的飞跃之后，人类对未来世界产生了非常多的美好希望与遐想，如何去把它们一一实现，并趁此机会建立自己理想中的“新世界”，成为创作者非常关心的问题，于是也就自然而然地将其反映在了文学创作中。

本章选择的魔幻现实主义文学、奇幻文学、仙侠文学、科幻文学等文学类型或文学思潮，都可以被看作是在“影射现实世界”“创造幻想世界”的诉求下诞生的，也是其中最具代表性的几种趋势。由于这些类型文学本身仍处在发展完善的过程中，各自也有相对圈子化的读者群体，因此不论是在定义上，还是在具体文学作品的问题归类上，大都尚未在研究者中形成统一的、公认的结论，尤其是对于奇幻文学和科幻文学来说，过于脱离现实、对背景设定的重视超越对文学作品本身的艺术性的关注，一直是它们受到质疑的原因，以中国武侠文学为基础发展形成的中国仙侠文学，更是越发成长为一种几乎包罗所有想象元素的大杂烩。笔者在此无意于对这些容易引起争议的问题作出非黑即白的判断，而是选择以具体的代表性篇目为例，试图通过对这些作品中的想象元素的类别和数量的考查，分析想象在创作者的写作过程中起到的作用，以及这种作用背后反映的、创作者内心深处隐含的自我表达的目的。当这类作品中出现的虚幻事物和场景在若干年后真的变成了现实，当有一天人类真正踏入宇宙空间，面对新的未知领域之时，想象就难以避免地再一次走向了“饱和”状态。在此之后，人类是会再次步入描摹客观现实的轮回，还是借由已经取得的写作经验继续猜想未来社会中的未知世界，甚至文学本身会不会在人类社会继续向前发展的过程中被其他艺术形式替代而走向消亡，这都是当下无法预料的。从创作者的角度而言，究竟是让文学作品向前半步，与社会责任相切割，走向彻底的艺术娱乐境界或科学思想境界；还是继续专注于当下，将文学创作作为介入现实、揭露弊端和推动改革的有效手段，使作品沿着已有的题材和创作手法向前发展，也许只有时间才能给出答案。

一、魔幻现实主义：现实在幻想中的映射

严格地说，魔幻现实主义（magic realism）作为一种文学思潮，有其特殊的地域性，主要针对的是 20 世纪 50 年代前后在拉美兴起的文学流派，相关作家并没有形成统一的文学集团，只是在文学创作上表现出了相似的倾向，即吸收欧美现代派的创作手法，在对客观现实的描述中插入许多想象的元素，营造神奇、怪诞的场景气氛，使作品呈现真实与虚幻交织的画面，并通过这种方式形象地表现了拉美地区动荡不安的黑暗社会现实。关于拉美魔幻现实主义具体的翻译、定义、主要代表作家和发展进程等问题，目前还存在一些争议[①]，但并非本书关注的重点。在此提出这个概念，不是为了讨论其背后指向的特定时期和特定地域的文学作品，而是想要以融合现实和想象为切入点，对所有使用了相同或者相似的创作手法的文学作品进行分析，探讨其中所反映的想象与文学创作之间的关系。

---

① 例如在“魔幻现实主义”概念的翻译问题上，有研究者认为，因为魔幻现实主义（magic realism）中的“magic”一词，在辞典中没有明确的“幻想”和“幻觉”含义，所以将其翻译为“魔幻现实主义”并不恰当。（相关看法参考：陈光孚．魔幻现实主义［M］．广州：花城出版社，1986：1-18.）但笔者认为，这种观点的产生实际上与研究者内心深处推崇现实主义的潜在思想有关。“magic”具有的“魔术的”“神奇的”“突变的”等含义，本身就带有脱离现实逻辑的意味，富含一定的想象色彩。仅从英语和汉语之间的具体解释词汇未能明确对应出发，对“魔幻”一词提出疑问，试图弱化魔幻现实主义文学身上的幻想色彩而突出其现实性，是以相关作品的创作目的来否定其艺术手法的行为，这种相对主观的出发点无益于具体研究工作的展开。类似有争论的部分涉及其他多个方面，由于与本书主题相关性不高，在这里不再一一说明。

通过归类，可以从不少国家的文学作品中找到具有这种特点的作品，部分现代主义、后现代主义文学中的其他流派的作品中，也出现了类似的倾向。相比于传统的现实主义文学，这类作品中的“现实”在不断的扭曲、异化和切割之后，与真正的客观现实之间产生了巨大差异，但创作者创造的“第二世界”在总体建构上仍然与“第一世界”保持了一致性，两个世界范围内的大多数事物也存在明确的对应关系。创作者的创作目的与单纯的现实主义文学的创作目的相比，几乎没有任何变化，仍然是通过对当下社会现实的描写来还原真实、反思现状。

在拉美作家那里，拉美文化中包含的信仰文化、流浪基因、巫术传说，本身就是社会现实的一部分，因此将灵魂、巫术、传说等想象元素引入文学作品，未尝不是对创作者心目中的“客观现实世界”的一种反映；主人公时常表现出的孤独、固执、我行我素等特质，作为一种内在推动力，容易使小说的情节走向变得曲折离奇、违背常规逻辑，但这也是拉美人民性格中存在的一种倾向，是一种被创作者夸张过后的“客观现实”。也就是说，拉美作家笔下的魔幻现实主义文学，很可能并没有其他国家的读者心中认为的那么“魔幻”，客观现实在经过想象的扭曲之后，反而更加贴近了拉美社会现实中的那种混乱无序之感，放弃了部分“形似”而走向了“神似”。因此，区域文学思潮意义上的魔幻现实主义不管是在主观目的还是客观结果上，都反映和批判了“社会现实”。

当这种创作手法逐渐广为人知，且魔幻现实主义从一种区域文学思潮上升到融合幻想与现实的总体趋势的层面上的时候，情况就变得有些复杂了。一些其他地区的创作者或多或少地受其影响，开始在文学作品中加入类似的想象元素，并将其与自己所处的地区的现实环境联系起来，但由于其中大多数地区的文化背景并不像拉美地区那样，具备传承多年的、丰富的神秘主义资源，故所谓的“客观现实”，在他们笔下也就失去了统一的文化话语系统，在更大程度上产生了新的扭曲和改造。

也有一些创作者，尤其是处于除欧洲文学区域之外，生活在东亚文学区域、南亚东南亚文学区域、中东文学区域等西方“主流话语”之外的区域的创作者，当其作品中出现幻想与现实杂糅的内容之后，经常会被占据文学艺术批评主流地位的欧洲文学区域内的研究者归为类魔幻现实主义文学，与马尔克斯等人进行类比。这种归类是否合理，是一个值得商榷的问题。尽管这些区域的文学艺术创作在西方文明入侵之后基本被并入其发展轨道，但其本身具有的文化底蕴仍然是创作者进行文学创作时强有力的后盾。就像拉美魔幻现实主义实际上是在西方现代主义、后现代主义文学孵化下产生的，并非印第安人的传统文学一样，在被评价的过程中，很难说其他区域的创作者是否被西方文学所认可的拉美魔幻现实主义强行“马尔克斯化”了；但考虑到将幻想与现实相结合的方法毕竟只是一种创作手法而已，其他地域内的创作者未必真的是从拉美文学中获得灵感后才选用这种方法，其所采用的民族元素也全然不同，故其与拉美作家未必一定具有同质性。总而言之，作为创作手法的“魔幻现实”同样以展现和批判现实为写作目的，但相对于拉美文学中的魔幻现实主义，由于缺少“无序”的客观现实作为根据，创作者在其创作过程中往往需要调动更多想象。

作为最具代表性的魔幻现实主义文学作品，马尔克斯的《百年孤独》体现了这一文学思潮在创作上的主要诉求。本书运用想象元素的量化评价的方法对其进行文本分析（见附录 3），可以得到其想象浓度曲线（见图 3–1）。从所得的想象元素的量化统计结果和想象浓度曲线中，可以清晰地看出该作品极大程度上运用了想象。马孔多不仅是一个存在于作者幻想中的地名，还是一个具有生命力的、不断发展变化中的“活”的“故乡”。它拥有自己完整的历史文化，拥有世代在此繁衍生息的人民，经济上能够自给自足，政治上始终保持着追求独立的愿望，不断被外来者入侵却从未投降。在这里生活的人们勤劳勇敢却也单纯易怒，向往冒险但又惧怕失败，相爱的同时却也有着精神上强烈的孤独感。马尔克斯非常详细地设置了马孔多的“物质世界”，包括其内部的各个地点及其周边的环境，与人类共生的各种神奇的动植物，以及人们制造的那些灵巧的事物；他同时也为马孔多建构了非常完善的“精神世界”，它在科学文化各个领域都形成了自己独特的一套观念，并且借由这些观念抵抗着外来文明的入侵。通过想象，马尔克斯完成了这些事无巨细的大型设定，为故事中人物的命运和情节的发展提供了自由发展的独立舞台，这个舞台与客观现实世界的关系十分密切，但又通过各种超乎现实逻辑的细节来证明这并非客观现实。拉美地区复杂的历史文化，盘根错节的政治关系，以及拉美人民孤独怪异的特点，都在作品中突显出来。可以说，这是现实世界与想象世界虚实交织之后的一次完美融合。

反过来看，在采用了结合幻想与现实的表现手法的相关文学作品中，那些经过想象变形之后的“客观现实”有时也可能失之偏颇，反而使读者因此对自己不了解的现实世界的一些侧面产生误解。从布尔加科夫笔下生活在“莫斯科”的一系列污点人物，到马尔克斯笔下生活在马孔多的布恩迪亚家族，再到莫言笔下生活在东北高密乡的余氏家族[①]，俄国社会、拉美社会和中国社会中的黑暗现象和民族传统性格中的较为传统和落后的一面，通过幻想的夸张作用在虚幻的“第二世界”中被放大，而当下社会中进步的一面和民族性格中向上的精神，因为不是小说重点描写的主题，故未得到充分展现。在有着其他文化语境的读者看来，这些小说中的俄罗斯人民似乎有着明显的文化虚无主义的态度，生活在混乱无序的社会中的拉美人民则总是显得孤僻愚昧，而中国人民身上则具有一种农耕时代遗留的固执和落后，不论中国社会的经济如何发展、科

① 分别来自布尔加科夫的《大师与玛格丽特》、马尔克斯的《百年孤独》与莫言的《红高粱》。

技如何进步，看起来都依然缺乏思想上的独立意识。尽管随着时间的推移，这些国家的社会现状早已发生了翻天覆地的变化，但新闻报道对人类认知的影响力，远不如流传范围更广的文学艺术作品使人印象深刻，一些经典文学作品塑造的“整体印象”，仍然长久地存在于读者脑海里，在一轮又一轮的翻译传播和影视化改编中得到不断强调。诚然，批判现实的态度是创作者社会责任感的一种体现，但这种态度下产生的文学作品，在人类社会的发展进程中起到的社会作用，恐怕未必与创作者的初衷完全相符了。从这个角度来说，幻想的变形和创造作用在给予文学创作充分的自由的同时，也增大了误解产生的风险，不论是想要通过文学作品批判现实的创作者，还是想要通过文学作品来认识现实的读者，为了保证自己的目的得以实现，或许都应该对这种潜在的风险保持足够的警惕——文学作品无论如何强调写实，毕竟都经过了作家主观想象的加工，因此不能仅凭某一部或几部文学作品来揣测现实。

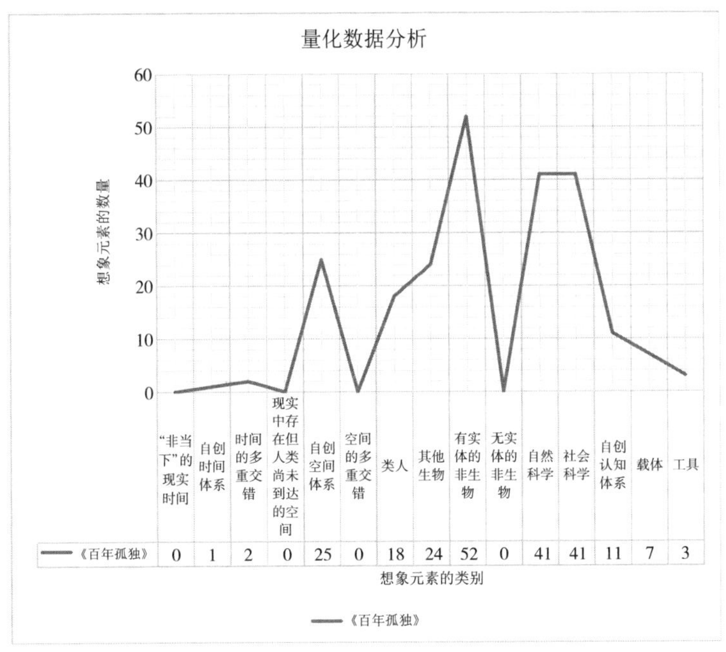

图 3-1 《百年孤独》的想象浓度曲线

二、神奇幻想：对第二世界的复古性想象

在欧美文学体系中，奇幻文学最终作为一种文学类型得到承认，经历了漫长曲折的过程，如何定义奇幻文学，怎样判断一部作品是否是奇幻文学作品，直到今天仍然很难有一个公认的明确标准。严格来说，西方奇幻小说的源头可以追溯到神话和史诗时期，后来中世纪的骑士文学与近现代的哥特文学，以及儿童文学领域的大多数童话作品，都可以看作是奇幻小说的一种前身和形式[①]。19 世纪作家崔华德·菲利普斯·洛夫克拉夫特、C.A. 史密斯、邓塞尼、亨利·赖德·哈格德等人的作品，吸收了很多神话元素，初步建立了完全脱离客观现实的“第二世界”的完整架构，成为现代奇幻小说的先驱。到了 20 世纪中期，英国作家 C.S. 路易斯的《纳尼亚传奇》和 J.R.R. 托尔金的《魔戒》受到广泛欢迎，为奇幻文学的创作提供了主题内容和写作手法上的示范。托尔金在其论文《论童话故事》中，从作为儿童文学的“fairy-stories”（童话 / 仙境故事）谈起，提出了“fantasy”（奇幻文学）这个概念以及“secondary world”（第二世界）的创作理论，奇幻文学作为一种文学类型，至此才得到正式确立，并催生了一大批优秀的奇幻文学作品[②]。

“fantasy”一词在英语中本身就有“幻想”的意思，用它来给奇幻文学命名，能够恰当地体现奇幻文学带给读者最直观的印象，即强烈的幻想色彩。无论研究者和创作者对“fantasy”的具体定义如何，得到广泛承认的是，在创作过程中建构与客观现实世界不属于同一时空的、具有系统完整架构和超自然元素的“第二世界”，是这类文学作品最重

① 陈思和，潘海天 . 新世纪小说大系（2001—2010）——奇玄卷［M］. 上海：上海文艺出版社，2014：1.

② FLIEGER V, ANDERSON D A. Tolkien: On fairy-stories［M］. New York: Harper Collins Publishers, 2014.

要的特点。在一片荒芜的文学作品中建构一个完整的新世界并非易事，创作者需要事先对从宏观到微观的各个层面进行非常细致的设定，保证这些设定之间不出现重大逻辑冲突，并确认这些背景设定能够为主人公的活动和叙事情节的展开提供充分而广阔的舞台。根据奇幻文学作品中的想象元素所集中出现的不同领域，奇幻文学领域内又出现了史诗奇幻、剑与魔法、现代奇幻、历史奇幻等不同亚类，但由于在不少奇幻文学作品中，想象元素经常相对平均地分布在各个领域，彼此之间又常有题材和内容元素相互交叉的情况，故很难从内容上将它们明确归类。

不妨回到创作构思的起步阶段，从“第二世界”的设定与奇幻文学作品内容之间的关系入手，按照二者产生先后的顺序，简单地把奇幻文学分为传统叙事文本型奇幻文学和故事沙盘型奇幻文学。[①]这种分类方式当然并非绝对，但是可以较为方便地运用于本文的讨论之中。

传统叙事文本型奇幻文学，主要包括20世纪初以来，以C. S. 路易斯、托尔金为代表的创作者创作的经典奇幻作品。在这类作品中，人物和情节仍然是构成作品的核心成分，“第二世界”则作为叙事背景发挥作用，服务于人物塑造和情节发展，作品在叙事中往往呈现出一种以时间为序的线性发展模式。作品内部没有单独的列出的章节或附录，对“第二世界”的具体设定进行集中论述；或者虽然有这部分内容，但相对较为简单，更多时候是在文本创作之余所积累补充的，主要还是服务于由固定作者创作的一部或一系列具体的文学作品，即设定的目的基本是为了作者自己的写作。也就是说，对这类奇幻作品来说，创作者往往是先有故事的整体构思，再在此基础上进行“第二世界”的相关设

① 武岳.“壳”与“核”的舞蹈——从内在一致性看中西奇幻第二世界[D].南京：南京师范大学，2011：6.

定；或者即使先设定再创作，却也未将设定本身视为文学作品构成中单独的一部分来看待，至少在作品最初问世时是如此。

故事沙盘型奇幻文学的创作顺序则刚好与前者相反。在这类奇幻文学作品中，创作者希望在作品中创造幻想世界的目标更加明确，往往会在创作中甚至创作开始前，对幻想中的“第二世界”的设定进行详细的设计和说明，并以此为基础，去确定时间和地点，添加人物和事件，从而延展出一个或多个故事。与此同时，设计“第二世界”的过程常常允许其他创作者参与，也允许其他创作者根据设定的成果，创作新的文学作品乃至其他艺术门类作品。这种先创作设定、再创作具体文本的文学创作方式，明显受到普鲁士军旗、桌上角色扮演游戏（tabletop role-playing game）等游戏模式和设计思路的深刻影响，多人共同参与的游戏方式、设定游戏背景、进行角色分配、选择具体的对抗模式等思路，被引入到文学创作中来。此外，随着 20 世纪影视制作技术的逐步发展，影视创作中的集体创作模式，以及事先对故事具体元素、人物形象性格、情节内容类型等进行设定的创作思路，还有具体拍摄时事先对摄制环境、灯光布景、服装造型进行全面设计布置的思路，事实上和同时期的文学创作模式，特别是奇幻文学创作的模式互相启发。这样一来，原本的目的是对作品中与“第二世界”有关的众多新名词进行集中解释和说明，以便读者在阅读过程中查阅而进行的设定，逐渐从原本的文学作品中彻底独立出来，甚至成为一种纯粹的“创造游戏”。由于这部分内容几乎抽取了作为奇幻文学支柱的全部想象元素，其本身的开放性也给更多同人作品[①]的创作创造了可能，因此完全可以把独立后的

① 同人作品，是指创作者利用他人作品中的人物、情节、背景等元素，创作出的新的作品。虽然在文学领域，在某一经典作品的元素基础上进行仿写和再造，是古已有之的，但现代意义上的“同人”概念，最早是从动漫游戏领域开始流行的，相关创作往往没有完整的著作权，并且一般不以盈利为目的。

“设定集”看作是一种文学作品，只不过它在形式上更接近于一本创作基础元素的“说明书”。不同的创作者均可以在这些“说明书”的基础上，在相同的“第二世界”的设定背景下进行创作，并在创作中为“说明书”添加更多个性化的元素。在这种类型的奇幻文学作品中，人物形象和情节发展反过来服从于创作者对“第二世界”的设定，按照设定中的规律和准则行动，创作者往往还会以展现“第二世界”的历史、地理、科技、人文为目的来安排叙事进程，从而在作品中对“第二世界”本身进行形象生动地说明。也就是说，此时在创作者和读者心目中，比起作为“万物之源”的设定文字来说，具体的文学作品有时反而变成次要之物了。事实上，传统叙事文本型奇幻文学和故事沙盘型奇幻文学之间的界限并不是绝对的，从经典的传统叙事文本型奇幻文学作品中，读者一样可以通过阅读提炼总结出一套有关作品设定的“说明书”，在其吸引下，往往会有更多的创作者加入进来，进行同人作品的创作。在奇幻文学的创作领域，这两种创作思路可以说是相辅相成、相互成就的。

总的看来，不论是在传统叙事文本型奇幻文学作品中，还是在故事沙盘型奇幻文学作品中，有关“第二世界”的内容都表现出越来越强烈的独立倾向。这种倾向严重动摇了以塑造人物和串联事件为核心的传统文学作品的基本写作方法，使绘画、声音、影像等除文字以外的新的表达工具开始融入文学创作，也使讲述故事的原始创作动机彻底让位给“创造新世界”的原始创作动机。这种专注于“创造”本身的新的创作思路，是游戏、影视、动漫等其他出现较晚的艺术门类与传统文学相互碰撞交流后所产生的一种必然结果，也是影视技术和电子网络技术等科学技术高度发达之后，对以文字为载体的、仅存在于二维平面上的静止的文学作品带来的意料之中的冲击。

客观来看，让人稍感意外的是，作为与“fantasy”或“幻想”关系最紧密的文学类型，奇幻文学作品似乎并没有更彻底地实现想象自

由，反而呈现出高度套路化的倾向，这种现象恰恰说明了想象思维与客观现实之间微妙的矛盾关系。一方面由于人类的认知全部是从客观现实中得到的，想象以人类作为主体，所能选用的只有人类认知中的客观现实材料，“超越现实逻辑”的前提是先有一个或显或隐的“现实逻辑”存在。或者说，承认“人会飞翔”的想象，本身也是在否定“人不会飞翔”的现实，认为施展点金术是一种“魔法”，本身也是在承认点金术在现实世界中并不存在。从这个角度来说，即使是作为想象最高层面的幻想，也很难完全摆脱现实的束缚，因此不难理解奇幻文学的“第二世界”架构中，那些处处与现实逻辑不符但又处处能与现实事物一一对应的背景设定。

另一方面，托尔金等人的奇幻创作，受到了神话史诗、骑士文学、哥特文学、乌托邦文学、以英雄故事为代表的民间传说、儿童文学中的童话等多类文学作品的影响，并在创作理念的层面上完成了对以上各类作品的继承和发扬。创作者在很大程度上放弃了“反映现实”与“批判现实”等宏观层面上的写作目的，而转向描写个体智慧生物在恢宏的虚幻空间中的冒险经历，并促使主人公在这些经历中不断思考世界的构成、探索自我存在的意义与价值。为了满足这一需求，作品中的“第二世界”需要摆脱当下的外界环境因素的影响，最大限度地远离现有社会环境，特别是发达的科学技术，并为主人公的成长提供足够的冒险空间，于是回到神话传说或封建社会中的遥远时代，进入不受科学逻辑束缚、崇拜超自然力量的社会状态，便是一个再理想不过的选择了。因此，奇幻文学作品中的“第二世界”可以看作创作者在“第一世界”的基础上进行复古性想象后创造出来的“新”世界，它虽然在大部分细节上均不同于远古时代的“第一世界”，但其中一些关于社会发展严重滞后、拒绝科学技术而推崇魔法和超自然的力量、大部分智慧生物过着极端困苦的生活等方面的描写，则暴露了“第二世界”与古典时代的“第一世界”之间的对应关系。当然这种选择未尝不是创作者对社会现状的严重不满，对自我价值的实现产生怀疑，渴望解释生命的终极意义等复杂思想导致的必然结果，这些幻灭情绪使创作者宁肯回到原始落后的远古时期，在虚幻时空中的未知世界里，实现自己的伟大抱负，即建设心目中的理想世界，尽管这种抱负一开始就只能在“幻想”的时空中才“足为外人道也”。

总之，幻想创造的“第二世界”架构中最大的套路，其实是作为幻想所有基础信息来源的“第一世界”本身。

下面以中国较有代表性的“九州世界”的设定集《创造古卷》为例，运用想象元素的量化评价表进行文本分析（见附录4），得出该作品的想象浓度曲线（见图3-2）。之所以选择《创造古卷》作为例子，有以下几点原因：首先，如前所述，虽然传统叙事文本型奇幻文学中的很多作品更加经典，但其中关于“第二世界”的设定，一般更多是由读者在阅读后从作品文本中总结出来的，创作者较少对其进行专门的论述，因此想象元素也随之散见于文本中。为了保证叙事的流畅度，创作者在作品中不可能交代有关“第二世界”的所有信息，与叙事无关的内容都不会被提及，或者即使提及也只交代其中与叙事有直接关联的信息，而很难面面俱到地介绍。对此类奇幻文学作品进行分析，相对较难全面认识奇幻文学建构的“第二世界”与想象元素之间的联系。其次，故事沙盘型奇幻文学具有完整独立的“第二世界”的设定，并已经通过文字形式确切地记录下来，不需要读者对其进行总结。这种专门的论述弥补了作品中没有交代完全的那部分设定的内容，并且囊括了所有已出现的和隐藏在文字叙事背后的想象元素，能够更直观地研究想象与奇幻作品之间的关系。此外，随着故事沙盘型奇幻文学的发展，独立创作常常被群体创作替代，出现了创作者共同参与设定、共同参与写作的新趋势。群体创作使“第二世界”的设定不再一成不变，而是在反复的修改和补充之中呈现出蓬勃的生命力，并为接纳更多的文学作品提供可能。这种创作生态是奇幻文学创作的最大特点，也是想象在现有文学作品的创作中发挥作用的最大极限，最能说明想象与奇幻文学创作之间的关系。这一类的设定体系，最著名的是由桌面游戏《龙与地下城》规则（The rules of D&D）[①]发展而来的基础设定，以其中的“第二世界”的设定为背景，出现了由多位作者分别创作的不同系列的奇幻文学作品[②]。但与“九州世界”的设定集《创造古卷》相比，前者主要还是为游戏服务的，小说只是其衍生的同人作品，翻译后的文本难以完全展现原作特色，又涉及较为复杂的版权问题；而后者则是专门为系列作品的创作而进行的“第二世界”设定，不论是设定集本身还是相关文学作品都是群体创作的结果，更为典型地体现了奇幻文学创作的特点，且“九州世界”的世界观设计相对开放，主要设计者大多允许其他创作者使用相关元素。加上创作者在系统学习和模仿西方经典奇幻创作模式的基础上，创新性地在设定中融合了东西方元素，使这个系列成为中国当代奇幻文学具有奠基意义的作品，故在这里选用后者作为量化分析的对象。[③]

---

① 该游戏的规则设定可参见《龙与地下城：玩家手册》《龙与地下城：怪物图鉴》《龙与地下城：城主指南》等。

（龙与地下城：玩家手册［M］. 奇幻修士会，译. 北京：万方数据电子出版社，2001.

龙与地下城：城主指南［M］. 奇幻修士会，译. 北京：万方数据电子出版社，2002.

龙与地下城：怪物图鉴［M］. 奇幻修士会，译. 北京：万方数据电子出版社，2003.）

② 其中较为著名的有玛格丽特·魏丝与霍西·西克曼合著的《龙枪编年史》《龙枪传奇》《龙枪传承》《夏焰之巨龙》等作品，以及理查·耐克的《修玛传奇》，R.A. 萨尔瓦多的《黑暗精灵》系列作品。

③ 本书在进行想象元素的量化评价时，对“九州”相关设定进行的引用和分析，仅出于学术研究的目的，所有设定的版权均属于原作者。

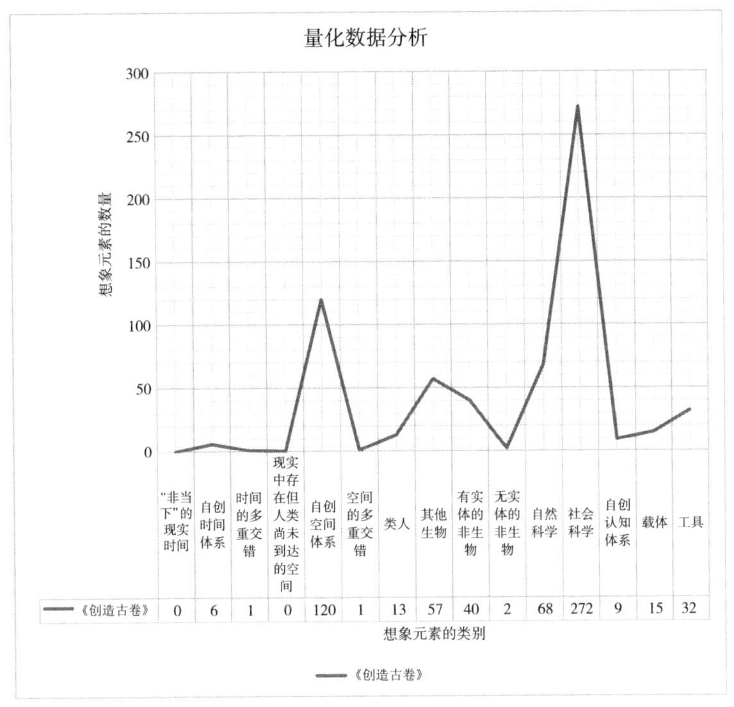

图 3–2 《创造古卷》的想象浓度曲线

从所得的结果可以看出，文本中一共出现了 15 类想象元素中的 13 类，考虑到“‘非当下’的现实时间”指标与“自创时间体系”指标只能二选一，“现实中存在但人类尚未到达的空间”指标与“自创空间体系”指标间只能二选一，故实际上文本中包含了所有类别的想象元素，充分体现了奇幻文学深度的“幻想性”。为了给创作者的叙事提供充足的可用资料，在与人物和情节关系最紧密的空间、生物、非生物、自然科学和社会科学这几个领域，设定集给出了数量繁多的想象元素，它们彼此之间构成了逻辑严密的设定体系。这并不是说“第二世界”的其他领域的想象元素不如这几个领域内的想象元素的数量多，而是因为其与作品的相关性不大，未得到创作者足够的关注并作出详细的规划而已。这种设定类别上的偏重，在奇幻小说作品《魔戒》《纳尼亚传奇》《时光之轮》《冰与火之歌》及《龙与地下城》中的“第二世界”的设定中均有出现，侧面反映了与文本紧密相连的“第二世界”和天然存在的“第一世界”在本质上的区别：是意识创造物质还是物质决定意识。归根结底，“第二世界”的设定在文学作品中只能接近于完整，却永远不可能达到完整，这是由“第二世界”本身的虚幻性决定的。

三、仙侠幻想：对第二世界的东方式想象

事实上，这里提出的“仙侠幻想”并非一种得到公认的文学概念或作品类型，当然也就很难为其划分出明确的分类界限，可以粗略地将其看成是中国神话传说，魏晋玄言诗和志怪小说，唐宋传奇、宋元话本、元明清戏曲中的行侠故事，清代侠义小说，现代以来的中国武侠小说和当代中国所谓的玄幻小说等文学作品的混合体。在这里，笔者之所以提炼出“仙”与“侠”这两个元素，目的是把这部分具有一定同质性的中国文学作品和文学现象单列出来进行讨论，从而探讨不同文化背景下，想象所催生的不同文学创作的思路和元素，并在其中寻找东西方幻想文学创作的共通性。

鲁迅曾在《中国小说史略》中谈到，保存至今的中国神话的数量不多，中国神话是由中国人传统的重实际、轻玄想的思想导致的，也是正统儒家文化避谈神鬼信仰的结果，亦是建立在神鬼不分、人神混杂的传统观念的基础上的。袁珂进而认为，在封建社会中拥有权威地位的儒家学者长期以来重视现实历史的记录和演绎，有意无意地将“神话转化做历史”，并将二者进行统一的“符合统治阶级利益的”改造，才是中国未能像其他文明古国一般出现系统丰富的神话的主要原因。[①] 从结果来看，如果说西方神话为欧美奇幻文学提供了丰富的、可以直接选用想

① 袁珂．中国神话传说：从盘古到秦始皇［M］．北京：世界地图出版公司，2012：10-11.

象元素的素材库，那么在有限的中国神话中，可供中国文学创作者利用并扩展的想象元素资源就显得少之又少了。祖祖辈辈的中国人也许并不都那么“重实际、轻玄想”，但至少在文学领域，“神思”毕竟只是一种技巧，记史录实、教化品德、展现君子的入世理想，往往才是中国古代文学创作更重要的功用。在可用的文化元素有限、创作动机缺乏的背景下，中国古代的文学创作者往往较少写作幻想浓度高的文学作品，因此现实主义的叙事思想在中国文学中占据主流，也就成了一件自然的事。

不过少归少，还是能够从古代文学作品中找出超现实的想象元素的踪迹。这些想象元素大多集中在“神鬼”与“异兽”两个领域，创作者在描述这些想象元素时，始终坚持把它们放在现实的“人间”里，或者至少保证“人间”与“异界”并行存在、分量相当。如果说“神”和“鬼”都是具有超现实力量的“超人”，那么“异兽”其实也是具有超现实形态和力量的、大多数时候具有与人相似的思维感情甚至能化为人形的“超人”。这些通过文学想象塑造出的超现实元素或形象，说到底还是和现实中的人世脱不开关系，它们共同构成了中国文学中所特有的想象符号。笔者倾向于使用“仙”[①]这个字，来概括这种中国式想象元素或创作思想的核心。

陈平原在《千古文人侠客梦》的序言《我与武侠小说》中谈到，中国人常常讲究“敬天命，尽人事”，既认为现实生活中的“天命”无法被违背或被超越，又希望通过不断与命运抗争的方式，尽可能地掌握人生的主动权。正因意识到现实人类的“脆弱与渺小”，才会创造出神佛，希望自己被这种超现实的力量拯救。又由于“无所不能的神灵未免过于虚幻，打抱不平的侠客更切近人间”，才使中国古代的文学创作者选择

① “仙”本作“僊”，右边部分的意思是人爬到高处取鸟巢，加上“人”旁，表示人升高成仙。这个字既可以指古代神话和宗教中修炼得道长生不死的人，或指能达到至高神界的人物，也可以被引申为超越凡品的人或事。考虑到“仙”的概念既是中国特有，又事实上与“超人”的意思不谋而合，故笔者在这里用它来总结这类想象元素和创作思想的核心。这种说法或许不太严谨，但主要是为了在本书中说明问题。

以小说为主要载体，通过想象创造了更具现实感的“侠客”形象，专为人间打抱不平。[①] 与神鬼异兽这些“超人”相比，古代文学中的侠客虽然由创作者通过想象塑造，但是他们身上的超自然色彩明显要淡得多。大侠往往比普通人更加勇敢豪爽、孔武有力，也可以被看作一种“超人”，不过这些“超人”在绝大多数时候依然被现实世界的自然规律和社会法则约束，既非刀枪不入，也不能操纵命运、超越生死。

在中国古代小说中，“侠”既是一种形象，也是一种精神。如果说大侠身上的现实色彩很浓厚，那么侠义精神作为一种现实中难以达到的、理想的人格精神，也许反而更像是由想象创造的超自然元素了。虽然侠客形象和侠客故事古已有之，但直到清代，以“侠”为中心的侠义小说才真正得到基本定型。到了 20 世纪，在广大读者的欢迎下，大量现代意义上的武侠小说崭露头角，武侠小说创作也逐渐走上繁荣之路。在中国大陆地区，虽因历史政治和地域区隔原因，武侠小说的繁荣发展曾经历过中断，但并未妨碍这股爆发于 20 世纪 80 年代的热潮一直持续到 20 世纪末。在以金庸、古龙、温瑞安、梁羽生为代表的新武侠作家笔下，大侠所属的宗派变得越发系统，武功日渐出神入化，原本为救民于水火而存在的侠客形象，也变得越来越丰富立体了。无数优秀的武侠小说，共同构筑了一个只存在于故事现实中的、通过想象创造出的东方式“第二世界”：江湖世界并不是一个独立于现实世界之外的实体世界，而是一种讲究独有的“江湖规矩”的人情世界。在江湖里，侠客的冒险既是为他人行侠仗义，也是为了实现自我人生价值，寻找人生的信仰与归宿。“侠”之精神不再仅仅是一种理想主义式的、拨乱反正的“外在”力量，而愈发向一种不断反抗现实局限的、追求人生目标的“内在”精神发展。或者可以说，侠义精神的内核正在从单纯地拯救他

① 陈平原．千古文人侠客梦［M］．北京：北京大学出版社，2018：4-5.

人，走向在拯救他人的同时进行自我拯救，这种变化也可以被看作是中国社会个体意识逐渐发展壮大在武侠小说领域的一种反映。

在 20 世纪，主流文学界的专家学者始终对武侠小说与生俱来的浓重通俗性多有诟病，认为“对于没有受过良好教育因而缺乏欣赏高雅艺术能力的城市大众来说，武侠小说正合适他们的胃口”，而部分武侠小说家“将消遣和取乐作为艺术的唯一目的”的倾向，构成了一种创作上的“问题”。[①] 进入 21 世纪后，随着网络文学的高速发展，传统出版媒介失去了决定文学作品能否问世的独家特权，文学专家学者的意见不再像过去那般能够轻易左右大众对文学作品优劣的评价。阅读、批评乃至创作的自由，实际上被转移至普通大众手中，这也使大众对文学作品的娱乐化需求不再构成“问题”，而逐渐成为一种传统文学界无法抵抗、只能接受的客观现实了。在写出“好看”的小说的目标的驱使下，以网络文学为代表的通俗文学创作迎来了空前的繁荣，言情、武侠、探案等中国古已有之的类型文学，以及科幻、奇幻、推理等从外国引入的类型文学，共同构成了网络文学丰富的分类，并在发展过程中表现出明显的融合倾向。在这种背景下，传统武侠小说逐渐式微，一种在继承“武”与“侠”元素的基础上，引入超现实的“仙”元素，并常常混合言情、奇幻、科幻、推理等元素的新的创作理念逐渐成形，在这里姑且称它为“仙侠文学”。[②]

---

① 陈平原 . 千古文人侠客梦［M］. 北京：北京大学出版社，2018：68-69.

② 在专业领域，如何为这种创作理念和作品命名是很有争议的。最主要的原因是，这类作品实际上是多种类型文学元素混搭后产生的结果，几乎没有进行实质上的创新，不同作品之间内容和风格往往相差较远。众多命名中，最常被使用的大致是“玄幻”“魔幻”和“修真”。但笔者认为，这几种命名或者无法较为全面地概括这些小说中最突出的内容元素，或者概念本身就存在被挪用和混用的风险（特别是“魔幻”，最早实际上是对魔幻现实主义中的“魔幻”的一种借用，“魔”又很容易让人联想起西方文学作品中的魔法元素，从而更提高了该分类被混淆的风险），故这里还是选用了“仙侠文学”来笼统地概括这类作品。

这类作品身上突出的大杂烩特点，给命名和分类带来了不小困难。与其试图用某种确定的类型概念，将其与作为整体的通俗文学切割开来，不如承认这类作品的分类边界本身的模糊性，转而去关注支撑这种创作思想的最核心的“仙”与“侠”元素。首先，这类作品创作理念最重要的源头是武侠小说，但相比于传统武侠小说，仙侠小说基本已经完全抛弃了现实世界这个元素，转而描写通过想象建构的“第二世界”的故事。仙侠小说中的第二世界虽然继承了江湖的许多特点，也同样为主角提供了行侠和成侠的环境，但往往不像江湖那样是现实世界中的“小社会”，而是一个彻底架空的异世界，因此含有更加丰富的想象元素，它既可以是仿古的，又可以是现代的，既可以是单一时空的，又可以是多重时空复合的。其次，仙侠小说中的第二世界，具有非常鲜明的东方特色，大量源自中国古代神话、民间传说和文学作品中的超现实的“仙”元素，和中国古代社会的文化思想元素一起，被创作者直接引入创作，使绝大多数作品中的第二世界在整体气质和社会法则等方面，都与中国社会，特别是中国古代封建社会高度相似，且根植于中国传统文化。当然相比于武侠小说，仙侠小说中的“侠义精神”变得更加复杂多元，行侠仗义的根本目的，大多数时候已经内化为实现主人公个人的人生理想，或建构主人公心目中的理想社会。最后，如果说武侠小说尚且试图在文本质量上保持一定的文学性，那么仙侠小说则几乎彻底放弃了这种努力，创作的最高目的即服务和娱乐广大读者。这种功利的创作理念，导致越来越多的仙侠小说热衷使用线性叙事，把精力都放在离奇曲折、一波三折的情节设计上，并不重视在第二世界设计上的创新。因此这些作品中的想象元素虽多，但创新性明显不足，不同作品间的设定明显具有相互借鉴的痕迹。但创作者往往不以这种重复性为问题，反而将其当作明确作品身上的“仙侠”标签的一种手段，去吸引爱好这一类型的文学作品的读者。

作为创作年代较早的[①]、较有代表性的仙侠小说，中国作家萧鼎的《诛仙》在具体叙事上保留了更多武侠小说的影子，在第二世界中超自然元素的设定方面也较为全面系统。考虑到在影响力和独创性上，近年来新问世的仙侠小说往往略逊一筹，显得不够典型，故虽然仙侠小说的流行趋势和更迭速度很快，但在这里还是选择以成书较早的《诛仙》为例，用想象元素的量化评价表对其进行文本分析（见附录5），得出该作品的想象浓度曲线（见图 3–3）。

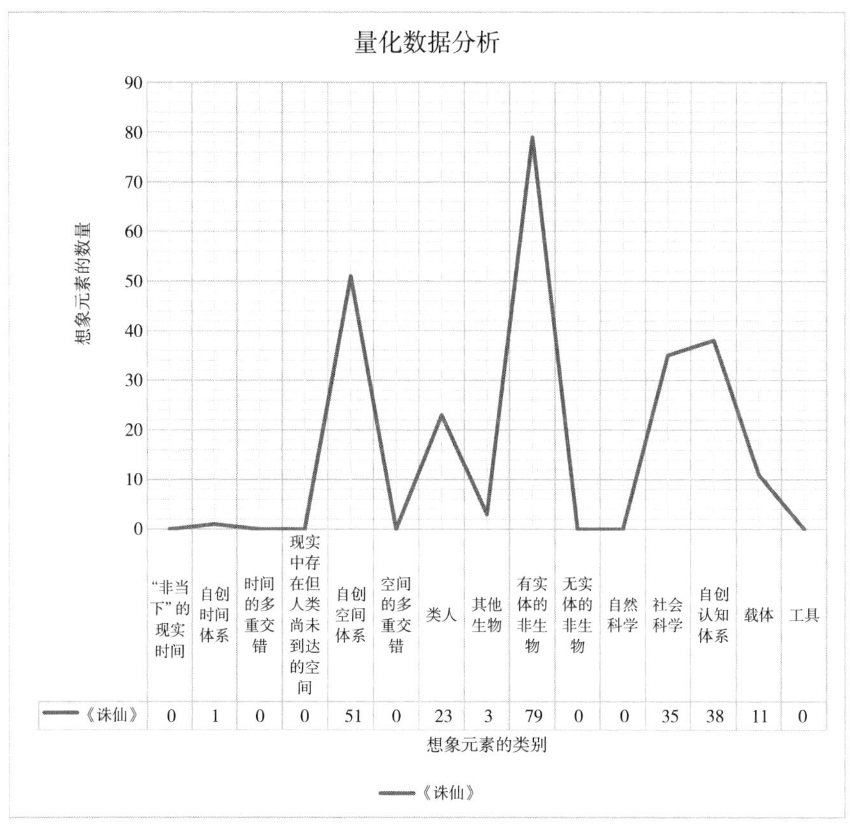

图 3–3 《诛仙》的想象浓度曲线

① 《诛仙》系列小说首版创作并发表于 2003—2007 年。

从所得的结果可以看出，文本中一共出现了15类想象元素中的8类，且为满足作品叙事的需要，作者对第二世界的地理地名、灵兽神兽、神器法宝、门派武功这几方面内容进行了集中设定，致使作品中的想象元素也随之向空间、生物、非生物、自然科学和社会科学等少数几个分类集中，但总的来说，小说整体仍表现出高度的幻想性。

对比主要沿袭自武侠小说的《诛仙》中的“仙侠世界”和主要在形式上模仿西方奇幻文学的“九州世界”，可以明显看出二者在文化背景和创作理念上高度相似，这也直接导致了小说《诛仙》与《缥缈录》等九州小说在叙事方式和艺术风格上的相似。由此也可以看出，西方奇幻小说和中国仙侠小说，实际上是根据在文学作品中建构“超现实的幻想世界”这一创作理念在不同文化背景下催生的具有高度同质性的文学类型，二者之所以乍一看在内容上相差甚远，从本质上说，是因为各自化用的西方文化背景和东方文化背景本身差别甚大，且各自所推崇的西方人文精神与东方侠义精神各不相同。因此，完全可以把西方奇幻文学与中国仙侠文学看作是两种相互独立、相互影响又本质互通的亚型，将西方奇幻文学、中国仙侠文学、科幻文学三者共同以广义层面上的“幻想文学”来命名，以更好地解决中文语境下“奇幻”“仙侠”“科幻”三者之间夹缠不清、混乱不堪的使用状况。幻想文学内部表现出的这种有趣的互文共生关系，也许正好从侧面反映了文学创作在当前人类社会中产生的超越地域和文化限制的一种同频共振。

四、科学幻想：对未来世界的想象

如果沿着西方文学史的时间发展线索上溯，那么完全可以把西方神话和史诗看作是现代意义上的奇幻文学和科幻文学共同的源头之一。如果说奇幻继承的是神话和史诗中超越“现实”的超自然元素，那么科幻文学则更多地继承了神话和史诗中表现出的对宇宙自然和世界本源的探索精神。一些对现实世界奥秘的原始认识凝结在创作者的想象中，催生了一些早期的具有“科幻色彩”的小说。但由于人类尚未萌生系统的科学思想，类似题材的写作很快进入了漫长的停滞期。随着 17 世纪哥白尼日心说的提出，在神学思想和骑士文学中的冒险精神的共同影响下，一些关于宇宙时空的猜想和冒险又开始在文学作品中出现；而英国作家托马斯·莫尔的《乌托邦》的创作，使多重世界的设定开始进入创作者的视野之中，这种“理想社会”中所隐藏着的作者“将来一定要将其建成”的愿望，很自然地将对未来世界的关注引入科幻题材的创作。到了 18 世纪中叶，西方世界爆发了工业革命，人类从此迎来科学技术快速发展的新时代，冒险精神带领创作者在虚构空间或宇宙时空中经历了更加跌宕起伏的旅程。19 世纪初期，英国作家玛丽·雪莱的《弗兰肯斯坦》的问世，标志着现代意义上的科幻小说正式登上历史舞台。此后类似的作品纷纷面世，科学思想和神秘主义思想并行，依靠想象的力量，创作者深入科学的“设定”工作，充满干劲地参与“建设”人类的未来。这种热情一直延续到 20 世纪，随着各种哲学思想的加入及图像和影视技术的发展，呈现出更加丰富的面貌，人类很快迎来了科幻小说的“黄金时代”（1940—1960 年）。等到创作者认识到“太空旅行”在短时间内的不可实现性，早期的乐观主义态度逐渐冷却，科幻文学的发展进入“新浪潮”时期（20 世纪六七十年代），创作者不再热衷于规模宏大的宇宙大战，而开始在创作中加入对作品形式、风格、审美等方面的要求，并开始将“是什么”的创造思维向“为什么”的逻辑思维转变。20 世纪 70 年代以后至 21 世纪初，科幻文学的发展已经基本成熟，背景设定和写作技巧的不断提升，以及科幻题材的电影、漫画等其他艺术形式的广泛传播带来的间接推广作用，使科幻文学的创作理念从欧美传播并逐渐流行至全球，不少国家涌现出了很多优秀的科幻文学作品。[①]但当第三次工业革命后的科技发展逐渐进入平台期、很难再出现大跨步地前进之时，科幻文学所描写的主题和内容也随之被限制，开始形成相对程式化的套路。但随着计算机技术和互联网的飞速发展，人类迎来了以利用信息化技术促进产业变革的工业 4.0 时代，“智能化”的发展方向为科幻文学提供了新的想象空间，也促使今天的科幻文学走向了新一轮的繁荣发展期。

客观地说，与生俱来的复杂的科学理论和高度的思辨色彩，使科幻文学存在一定的阅读和创作门槛。因此不论是在西方国家，还是在东方国家，科幻文学的发展都不免经历从小众到大众，从“圈子化”到“大众化”的过程，即首先需要经历一段“酝酿期”，完成对读者和创作者科幻意识的潜移默化地“培养”，然后才有可能迎来爆发式的大发展。这种“酝酿期”其实在所有新生的文学创作理念的产生和发展的过程中都存在，只是在科幻文学身上表现得更加明显，完成酝酿的速度也相对更快，这也从侧面反映出科技进步对包括文艺审美领域在内的整个人类社会运转的“加速”。

与奇幻文学类似，对科幻文学的研究同样绕不开有关科幻文学定义的讨论。如果说托尔金的“第二世界”理论为后来的各种奇幻文学定义奠定了核心理念上的基调，那么有关科幻文学的定义方法，则一直缺

① ［美］亚当·罗伯茨．科幻小说史［M］．马小悟，译．北京：北京大学出版社，2010.

乏较为统一的内核[①]，这在前面概述的较为多元化的科幻文学发展进程中也表现得非常明显。虽然对科幻爱好者来说，从直观上判断一部文学作品是否属于科幻文学作品并不难，但却难以将这些直观印象转化为精确的文字表述。科幻文学是否可以被看作是“科学”“幻想”和“文学”三种元素的简单相加？究竟作品内容在多大程度上参与了科学问题的讨论，以怎样的态度看待科学，才能够被纳入科幻文学的范畴？科幻文学中的“现实”与作为现实的客观世界之间的关系是什么？不同的研究者，对这些问题有不同的解答。围绕想象与文学创作的论题，在此不对这些观点作系统地分析和评判，而是回到科幻文学作品的创作目的和构思过程上来，探讨在创作者那里，科幻文学作品究竟有哪些恒定不变的“中心思想”。

首先，“科学”是科幻文学创作的中心议题。这里所说的“科学”，除了一般意义上的科学知识之外，还包括面对科学的态度。从科学知识包括的内容角度看，尽管理论上任何方面的科学知识都能够被应用于科

---

① 一些科幻文学的定义举例：

阿西莫夫的定义：科幻小说是文学的一个分支，主要描绘虚构的社会，虚构的社会与现实社会的不同之处在于科技的发展性质和程度。科幻可以界定为处理人类回应科技发展的一个文学流派。（吴岩．科幻文学理论和学科体系建设［M］．重庆：重庆出版社，2008：9.）

达科·苏恩文的定义：一种文学类型或语言组织，它的重要条件在于疏离和认知之间的在场与互动，它的主要策略是代替作者经验环境的想象框架。（［美］亚当·罗伯茨．科幻小说史［M］．马小悟译．北京：北京大学出版社，2010：2.）

达米安·布罗德里克的定义：科幻属于故事讲说类型，它原生于一种经历着生产、分配、消费和丢弃的技术——工业模式带来的认识论变化的文化。它具有以下特点：1）隐喻策略和转喻策略；2）来自集体构成的通用“元文本”的图符前景化和解释性图景，以及随之而来的不再那么强调“精细书写”和特征化；3）某些相比文学文本而言更能在科学和后现代文本中找到的优先性：具体而言，就是在优先某一主题的时候对客体的关注。（［美］亚当·罗伯茨．科幻小说史［M］．马小悟译．北京：北京大学出版社，2010：2.）

幻文学的写作，但实际上能得到创作者青睐的、可作为作品讨论的中心话题的科学题材是有限的，受到关注的话题主要有宇宙时空的探索，外星文明的寻找，计算机网络技术的发展，生命科学技术的突破，环境污染的整治，以及社会的分配原则、所有制结构、阶级构成、婚姻模式和繁殖方法等。与这些话题相关的科学问题都是与人类日常生活关系较为密切的热点，并且都具有一定宏观性或向宏观性发展的潜力，便于创作者利用对相关问题的设想来建构出相对宏大的叙事背景和复杂的事物关系，从而为人物塑造和情节发展提供基础。明确了这一点，就能理解对宇宙时空的探索题材为什么会被科幻文学的创作者喜爱：宇宙的空间如此广阔，还有哪种与科学相关的话题能比它具有更多发挥的空间和突破的可能呢？由于相关的科幻文学作品实在太多，有些研究者甚至认为，科幻小说的原型就是“关于星际旅行的小说”。[①] 当然随着人工智能技术的发展，探讨未来虚拟世界对现实世界的社会结构和人类的生活方式可能造成的冲击，也是当下科幻创作的热点之一。如果说宇宙是充满未知的客观存在，那么所谓的“元宇宙”似乎更像是作者可以任意发挥“已知”建构的主观世界。由于不必具有专业的计算机知识也能很好地完成创作，科幻文学的创作理念在这个话题内，也许表现出了部分向奇幻文学创作理念靠拢的趋势。与此形成鲜明对比的是，有些题材指涉的科学知识属于较为基础的学科，谈论的是人们在日常生活中对难以接触到的、单调刻板的微观领域的设想，例如基础理化实验、药物研制和细菌培养等方面的内容，一般在科幻文学作品的设定中处于辅助地位，很少被创作者当作作品中重点介绍的核心主题。此外，从创作者对科学知识的态度上来看，大致存在乐观主义与悲观主义两种态度。在早期科

① ［美］亚当·罗伯茨．科幻小说史［M］．马小悟，译．北京：北京大学出版社，2010.

学技术高速发展的时代，人类对自己的力量产生了盲目的自信，认为在宇宙范围内的自由行走是很快就能实现的事，不少科幻作品中充满了开疆扩土的热情。但当科学技术的发展证伪了其中很多设想，加上环境恶化和能源枯竭等社会问题给人类带来的反思，很快便使人类对科学发展产生的负面效应忧心忡忡。这种怀疑与对现实社会的失望情绪混杂在一起，使创作者试图通过对“负面效应”的设想，来对科学发展的潜在危机的发生做出警示。在当代科幻文学的创作中，这两种态度并非泾渭分明，不可否认的是，不论是乐观主义者还是悲观主义者，即使是在文本创作的最大困境中，都对人类战胜自我、战胜环境的可能性怀抱很大期望。此外，值得注意的是，对于判断一部分并未明显含有“科学”元素的幻想文学作品是否属于科幻文学的范畴，经常发生一些争议。甚至由于科幻文学产生的时间较早、影响较大，还有一部分研究者主张将奇幻文学看作科幻文学的一个分支。这些观点诚然有其依据，但从文学创作的角度来看，脱离了“科学”的“幻想”只能是幻想本身而已，与其他类型的文学作品也只存在想象浓度的高低的区别，而失去了可供标识的核心特点。

其次，人类社会的未来是创作者关注的核心方向。未来这个主题，经常遭到研究者的质疑，他们认为这种说法不能囊括那些将事件发生的时空设置为历史上的某个时期的一些科幻文学作品，这其实是过于拘泥于“未来”一词的意义而产生的一种保守的观点。实际上，当人们谈论“未来”时，指的不仅是一般时间观念上的未来，也是一种观念意义上的“未来”。例如，钱丽芳的《天意》中的主线情节，发生在中国历史上的楚汉争霸时期，其故事背景明显不是未来。但创作者在故事的结尾处，将所有的线索指向“外星人”对人类社会发展历程的干涉，这就与其时代背景产生了矛盾。事实上直到今天，人类也尚未找到外星文明存在的确切证据，作者所设想的这种情节，其实是作者在当下科学的发

达程度下、依靠当代的科学知识对未来可能被证明的外星文明的一种猜想，即使把时代背景设定在远古时期，也不能改变这种题材本身所携带的“未来性”特征。换句话说，故事发生的时间点不是决定科幻文学“未来性”的关键，想象元素的内容才是。从创作者的写作目的来讲，可以很容易地理解“未来性”产生的原因：针对“科学”的幻想，需要超越古代社会“现实”的科学逻辑，科幻文学作品中故事发生的时空，并非奇幻文学那样是全新设置的时空，而是客观现实时空在文本中的映射，这就意味着所有“现在”不能证实的科学幻想只有在“未来”才有实现的可能，于是科幻文学似乎只能是天生的未来设想者。不管创作者借用哪个历史时期作为装载这些设想的套子，都无法改变他们想要借此表达对人类文明未来发展走向的关切之情的目的，否则科幻文学与其他类型的幻想文学就没有什么差别了。

最后，科幻文学是一种正在不断变化发展的文学类型。在内容上，科幻文学讨论的热点话题，事实上与科技发展过程中的热点话题具有明显一致性，这使科幻文学在科技层面表现出强烈的自我革新意识，也因此在想象层面具有源源不断的发展变化的空间，成为一种具有强大生命力的文学类型。在作品文本的文学性方面，科幻文学与奇幻文学一样，都表现出一定的向纯粹说明性的“设定”发展的趋势。如果说奇幻文学创作者醉心于在作品中的新世界的各个角落里描绘五花八门的事物，那么科幻文学的创作者则沉浸于在作品中系统说明自己发明的新技术的原理和使用方法。这些幻想文学作品表现出的脱离文学性的倾向，是否代表了一种文学从内部走向消亡的趋势呢？是否真的有一天，当人类对所有经典或不经典的套路失去兴趣之时，文学存在的意义也会一同消失呢？虽然考虑到人类的寿命有限，短短百年还不足以让人类失去对套路的新鲜感，但这种思考本身就足以作为幻想文学的题材之一了——这也是“幻想”本身最大的魅力。

下面以美国作家阿西莫夫的科幻小说《银河帝国：基地》为例，以想象元素的量化评价表对其进行文本分析（见附录6），得出该作品的想象浓度曲线（见图3–4）。

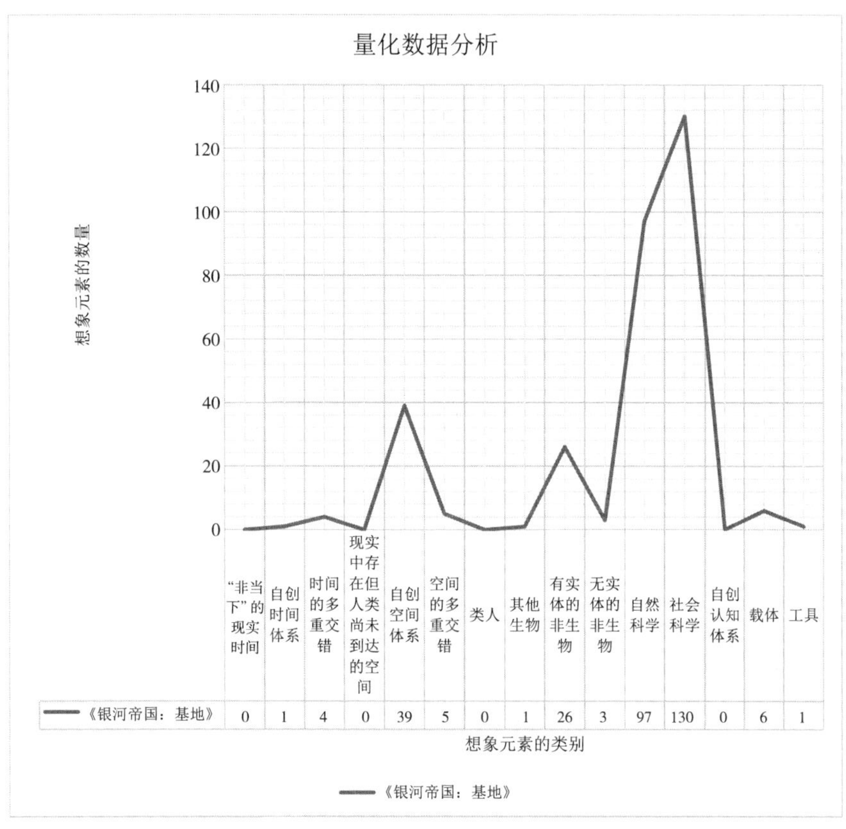

图3–4 《银河帝国：基地》的想象浓度曲线

作为一种典型的对宇宙空间进行探索的科幻小说，阿西莫夫在各个方面对人类的未来科技发展、生存环境和社会体制做出了详尽的设想，不同设想之间存在完整的逻辑关系，可以说《银河帝国：基地》是一部典型的含有极高想象浓度的科幻文学作品。作品包含的想象元素的类别，与创作者通过幻想创造的作品的核心设想涉及的领域有关，单看《银河帝国：基地》这一部作品，由于小说整体是根据“心理史学”

范围内的“谢顿计划”的建立和发展过程来构架全篇的，因此自然需要对宇宙的构成、星际旅行的实现、物理科学的发展、社会的政治经济结构等认知方面的想象元素进行大规模地设定和使用，但未涉及对生物物种领域的内容。同理如果是把生物科技领域的相关设想作为中心主题的科幻文学作品，想象元素在认知领域之外，还可能会向生物这一类别集中。除了这种特殊情况之外，一般科幻文学作品中想象元素分布的总体面貌，基本与《银河帝国：基地》保持了趋向上的一致性。但与奇幻文学相较而言，由于科幻文学描述的时空仍然是现实时空的映射，故其包含的想象元素的类别，一般还是比同等篇幅的奇幻文学作品略少，但二者都具有极高的想象浓度，而这类具有高度幻想性类型的文学作品都需要创作者在创作过程中最大限度地调用想象。

五、小结：从第一世界到第二世界——想象与历史、现实、未来

如果把托尔金“第二世界”理论中的“第二”这个限定扩大化，除西方奇幻文学作品之外，实际上任何文学作品中都存在一个由文字建构的、没有实体的“第二世界”，一个与客观现实世界即“第一世界”多少有所不同的“第二世界”。创作者在这些由想象创造的虚构世界中游弋，通过笔下的文字表达自己的思想、情感、世界观，表达自己对摆脱现实时空的束缚，走向真正的灵魂的自由的境地的渴望。魔幻现实主义文学、奇幻文学、仙侠文学和科幻文学的产生，就是这种渴望高度具象化的结果。在这些文学作品中，创作者真正实现了对第一世界所有内容的超越，其所塑造的人物、设置的情节、讲述的故事，除了遵循自己心中的原则之外，不再需要服从于任何既定规则的限制。在创作者笔下，故事的主角纷纷参与到足以影响“第二世界”历史的大事件中去，在幻

想的空间中发挥着重要的作用，或成为虚拟时空中的“英雄”，或在虚拟时空中实现自己的理想，或在虚拟时空中被命运掌控、随波逐流地体验人生百态。

不论是通过魔幻现实主义文学作品，在人为地扭曲和变形中刻画当下的人类世界，还是通过奇幻文学和仙侠文学作品，重现人类世界的历史状态，又或是通过科幻文学作品设想人类世界的未来，创作者所关心的问题已经不再局限于当下社会，而是开始从宏观的历史发展的角度来思考人类社会的发展轨迹。魔幻现实主义文学的创作者在作品中表现出了对自己所处的国家和民族生存现状的深刻的忧虑，这种忧虑暗含矛盾性，一方面渴望学习他国先进科学文化知识来改变本国的落后现状，另一方面又清醒地看到了这些发达的先进文化可能存在的潜在风险，即对环境的破坏和对人民精神的异化作用，因此表达出对取得“进步”之后的道路仍然感到疑惧的心情。奇幻文学和仙侠文学的创作者则表现出一种较为鲜明的反科学倾向，通过对作品中“复古性”的“第二世界”的设定，创作者成功地推翻了一切对客观世界的科学认知，将宗教、魔法、巫术、神仙、武功等神秘力量由虚幻变为“现实”，成为冥冥中决定人类社会命运的关键力量。也许在奇幻文学和仙侠文学创作者的潜意识里，认为与其徒劳无功地挽回科技发展带来的负面效应或战胜未来危机，不如回归科技的蛮荒时代，顺应自然规律而生活，并从开拓冒险的经历中寻找个体的存在价值，实现自己的精神追求。与此相反，科幻文学的创作者则怀着极大的热情去畅想未来科技的发展，但对于这些科技发展所引发的后果，则相对更多持有较为负面的看法。当科技领域取得革命性发展之时，现有的人类社会的结构及人类普遍的价值观很可能会受到严重冲击，从而彻底改变客观世界的面貌。这种改变是否潜伏着可能将人类社会引向灭亡的危机，是科幻创作者最担心的问题。即使不少创作者基于对“爱”等人类所具有的虚幻的精神力量的信任，去使用它

们强行化解危机，给予故事一个光明的结局，也无法改变科幻文学作品本身所传递的强烈的生存焦虑情绪。

总而言之，在人类文明已经高度发达的当今社会，尽管世界相当一部分地区的人类已经衣食无忧，具有在社会中实现自我价值的机会，尽管威胁人类生存的社会黑暗现象在大范围内已经不再存在，但仍然未能完全消除创作者内心深处对生存现状的忧虑。这种忧虑通过文学作品中对不同于“第一世界”的“第二世界”的塑造传达出来，与其说它是一种悲观失望的不良情绪，不如说它是人类在和平富足的时代，对可能发生的危机所持的一种冷静而警醒的态度、一种未雨绸缪式的思考。也许正是这种精神的存在，才使人类社会能够一次又一次成功地战胜危机，始终保持着前进和发展的不竭动力。

第四章

一种讨论：文学创作线索中的文学想象

从分析文学作品入手来讨论文学创作，实际上采取的是一种从创作结果出发，反过来分析创作过程的思路。与此类似的是，创作者最初学习文学创作技巧时，需要先从阅读理解文学作品出发，在学习模仿其他创作者作品的基础上，逐渐培养和提高自己的写作能力。

前文已经谈到，对文学创作的学习，似乎并不存在一种通行的、绝对有效的方法。在学习大多数其他知识或技巧时，只要掌握了定理、公式、计算和统计技巧，或者掌握了足够多的资料和基本的分析思路，就能够掌握解决所有同类问题的方法，并把学到的方法高效地运用于实践。而文学创作中没有这样的“公式”，初学者个人对文字和艺术的理解能力，以及个人运用语言文字的能力，往往决定了其在文学创作上的潜力。后者还可以通过努力在阅读和写作实践中逐渐提高，但前者似乎只能由创作者的天赋和悟性决定。因此，很多人认为文学创作是不可以直接通过教学而学习掌握的，这种看法有一定的道理。

一个优秀的创作者的创作思维虽不可以被复制，但其作品中具体的内容元素和写作技巧却是可以被模仿的——只要运用科学的方法，对他人的作品文本进行全面深入地分析和统计，完全可以对其进行同型复现。虽然这种复现往往不能在艺术上达到与模仿对象相同的水平，但多少能够将文学创作拆解成更易于被教授和学习的一门技术，为初学者提供一种直观的学习文学创作的方法，有效提高学习效率。不过应该看到的是，纯粹的模仿和复现必然会让作品失去独创性，这种做法对缺少文学天赋的创作者的帮助更大，对真正有创作天赋的创作者来说反而是一种限制。与其说指望这种模仿能够培养出成熟的作家或催生出优秀的文学作品，不如说希望这种模仿能帮助更多人掌握文学创作的基本方法，提升写作的基本能力。

从某种角度来说，文学创作思维最主要的构成和动力就是文学想象思维，这里所说的文学想象包括想象的三个层面，不仅指最高层级的幻想。本章将在前文的基础上，把对文学想象思维在文学作品中的体现的分析，扩展到对文学创作这一行为的分析中来，以文学创作为线索透视文学本身，从而更深入地展现想象与文学创作的关系，并试着寻找一种更切实可行的学习写作的方法。然而，这种对文学创作行为的拆解，虽能够帮助更多初学者进行创作，但却大大提升了创作中出现同质性作品的可能，限制了文学创作中的创新。当这种拆解被应用于人工智能程序时，文学创作的生态也即将从根本上发生变化，随之产生的“文学创作领域还存不存在原创性”，以及“我们还有没有必要在创作中坚持追求作品的原创性”等新问题，都值得讨论和关注。与此同时，文学领域内不同作品类型的相互融合，以及文学与以影视为代表的其他艺术门类之间的相互转化、相互融合，也是当代文艺领域的一个突出现象，势必会给传统的文学创作和文学想象思维带来挑战。

需要说明的是，考虑到在同样的创作理念或者内容题材的分类下，诗歌、散文等其他文学体裁的作品受到篇幅和写作手法的限制，能展现的内容相对有限，不像小说那样能够更全面地反映创作者的创作思路和行为模式。因此为了更好地说明问题，接下来本章的讨论基本以小说的创作为主要考察对象。进行这种不全面的分析，目的并不是要在学术层面得出某种确切的结论，而仅仅是想在创作层面找到一种解决相关问题的新思路。

第一节

元素—类型—元素

现在请大家把自己当成一名普通读者，从书架上或者互联网上寻找一部感兴趣的文学作品。当找到心仪的阅读对象之后，再去回想自己确定阅读对象的过程，不难发现自己筛选心仪书目的思路大概分为三种：一是寻找自己喜欢或感兴趣的作家的新作品，二是寻找自己喜欢或感兴趣的文学类型下的新作品，三是根据周围他人曾经的推荐去寻找对应的作品。不论最终的决定是根据哪种思路下的判断，可以肯定的是，在进入阅读前首先需要明确提出自己的阅读需求，然后才能根据需求一步步缩小目标范围，最终挑选出适合自己审美喜好的文学作品。

像这样的阅读前的准备工作，我们今天已经司空见惯，以至于很难留意到实现这种便捷的筛选的不易，也很难意识到这种筛选背后需要大量科学技术支持和社会资源支持。回顾文学史，如果说语言文字的出现真正赋予了文学生命力，那么印刷技术的发展革新和交通运输速度的提升，则给文学的传播插上了翅膀，互联网技术提供的更加开放、平等的发表平台和更加海量、持久的储存空间，以及计算机技术提供的便捷的文字录入、排版和复制方法，最终让文学作品的创作和获取彻底变得“轻而易举”。建立在这些科技条件和社会条件的基础上，过去常因地理、文化、语言、经济等有形或无形的区隔而阻断的文学作品或创作思潮的传播，如今已经很难构成问题了，在经济全球化的时代，文学在某种程度上也正在变得“全球化”。在有互联网的地方，过去“无书可读”“想读却读不到”的情况已经几乎不可能发生，读者也几乎不用再为了寻找一部作品而四处奔波，唯一的问题似乎变成了：当你彻底拥有了阅读自由时，你是否就一定能在无数文学作品中寻找到自己喜欢的作品呢？

实际上，文学创作和阅读过程的便捷，反而无形中加大了“选择”阅读对象的困难。这时作阅读准备时搜索作品的重要依据，几乎只有文学作品身上的类型标签。在过去，文学作品的分类意识早已存在，只是当个体读者能够获得的作品总量有限时，参不参与、明不明确作品的分类，往往不至于对作品的传播产生决定性影响；但现在有了互联网这一工具，个体读者能够将市面上无数文学作品轻易纳入自己的选择范围，这时假如创作者不做或做不好作品的分类，就极有可能直接导致作品不能被按“类”索骥的读者看到，对一部文学作品而言，“分类决定命运”有时并不算一种夸张的说法。

为了方便读者，不论线下平台还是线上平台，所有文学作品在上架前都已经标明了自己的分类，以帮助目标读者更加便捷地寻找到自己需要的作品。问题是，不论是读者还是创作者，想要仅靠这些粗略的分类就给作品定位，可不是一件容易的事，特别是在文学作品的内容和风格越来越复杂多元的现在，只用一个分类标签常常无法彻底说明问题，还需要通过更多二级分类、三级分类来进行精细化区分，而这些细分的亚类标签的名称，并不一定都是诸如作者国籍、作品语言这类的客观指标，也许是些边界清晰、定义明确的类型文学概念，而大多可能只是一种不同作品在内容或风格上有共通性的“元素”。比如，如果想要阅读一部中国现实主义长篇小说，仅有“中国”和“现实主义”作定位往往是不够的，还需要进一步选择目标类型：是阅读纯粹的现实主义小说，还是阅读加入了幻想元素的现实主义小说？如果是阅读前者，读者更感兴趣的是发生在中国古代、近代还是现当代的故事？故事的主要发生地

是城市、农村，还是城市和农村？小说的叙事是单线叙事还是多线叙事？小说的主角是人类还是动物？小说是否体现出某一种突出的中心思想？……以上构成小说的种种“元素”，虽然读者在选择阅读对象时未必一一考虑，但确实都可以作为读者进一步选择阅读对象时的具体参考。这些元素有些是客观明确的，比如作者国籍、作品语种、作品的体裁和篇幅、叙事人称、角色的数量和性别、故事发生的时代背景等，有些元素则是相对主观模糊的，比如语言风格、中心思想、叙事方法等。读者能够事先列出的元素越多，选择作品时的目标定位就越明确，也就越容易找到理想的阅读对象。

这时如果换个角度，从创作者的视角去思考这些由“元素”建构的“类型”，会很容易发现这种寻找作品定位的思路与文学创作本身的思路具有高度相似性。如果说文学创作是先选择类型元素，再进行作品创作，那么读者先阅读作品，再通过分析提炼作品包含的元素并区分作品类型的行为，实际上反过来既是对创作者创作思维的一种拆解过程，也是对创作者的文学想象思维的一种拆解过程。当在数代读者的阅读分析工作的基础上，试图建立一种考虑问题较为全面的、元素分类足够细致和科学的“寻书指南”时，我们所得到的未必不是一份内容完整、要素齐全，可供文学创作者直接应用于创作的“写作大纲”。

综上，文学创作者在创作前的构思过程，虽然只存在于创作者脑海中，难以被直接提炼学习，但还是可以通过寻找一些操作性比较强的具体方法，把不可见的构思转化为可见的“设定”，将其运用于创作。承接前文思路，在分析文学作品中的想象元素时，曾就想象元素的分类问题，提出过“想象元素的分类大纲”，主要用来总结分析文学作品中，经由第三个层面的想象即幻想创造的超自然元素。那么如果把这一思路进一步扩展，不再局限于第三个层面的想象，而把前两个层面的想象在文学创作中发挥的作用，以及对作品体裁、叙事、内容和中心思想的设计也考虑在内，是否能够得出一个较为全面的“文学创作的构思大纲”呢？不妨在图 4–1 中做一下这种尝试。

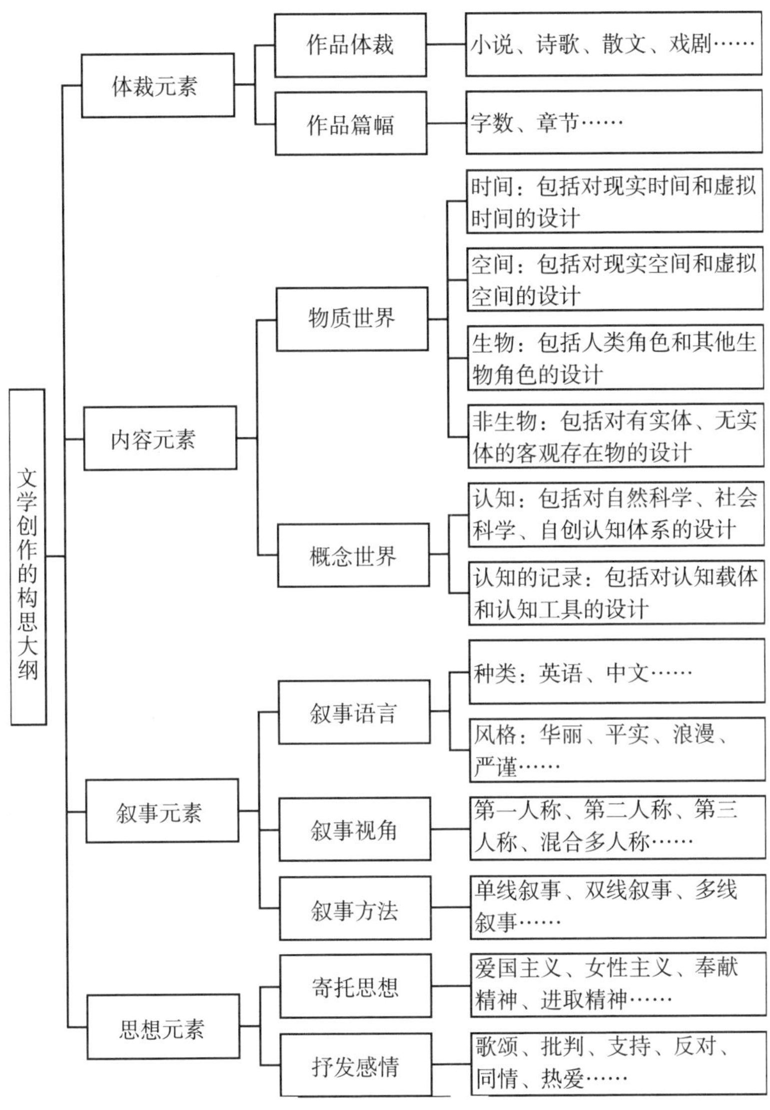

图 4–1　文学创作的构思大纲

如图 4–1 中所呈现的那样，在文学创作的构思阶段，事实上完全可以通过系统地总结，事先罗列出作品中需要设定的各方面“问题”，进而通过回答这些问题，罗列并完成对作品中希望涵盖的“元素”的定位，进而为创作目标“类型”的文学作品做好准备。在这个过程中，实际上把文学想象和构思的过程彻底具象化了，目的是把一切可以直接调用知识储备和写作天赋解决的问题，统统经由具体的分析落实在构思大纲中。大家可以发现，如果直接使用这样的表格大纲进行构思，会让文学创作的前期准备工作变得十分烦琐。特别是当想要写作篇幅较短、内容和叙事简单，也不追求思想深度的作品时，事先做这么复杂的全盘考虑似乎没有必要，其实这是因为创作者的写作能力足以驾驭以上这些简单的写作，所以并不需要倚仗“方法”的帮助。只有当创作者在写作时感到困难、意识到以自己现有的能力难以实现自己的创作目标时，通过借助科学的方法寻找“灵感”、制作写作大纲来指导写作，才变得非常必要。

以上这种方法虽然实用，但确实不够高效，它的根本目的还是为了打开创作者的创作思路，帮助创作者明确自己想要在作品中写什么。即使创作者通过这种方法，完成了对创作目标的精细定位，要把这种目标付诸实践也不是一件容易的事，需要创作者具备语言文字表述上的基本能力，才能将构思“落地”到具体的文本中。好在虽然文学创作的构思难找，但在语言文字表述上的写作能力却可以通过不断的阅读和实践逐渐提高，这样一来，虽然不能单靠对“方法”的培训来帮助创作者创作出具有一定艺术水平的文学作品，但至少能够先帮助创作者实现“创作作品”的基础目标，从而弥补部分创作者在写作天赋方面的不足。

在进入阅读之前，读者对阅读对象的元素和类型进行筛选，诚然能够选出更符合自己审美的作品，也正因为符合审美预设，读者对作品的阅读和理解自然也变得更为省时省力。但要反思一个问题，这种阅读习惯会不会反而将读者的阅读长期局限在熟悉的领域，从而失去了尝试阅读其他题材和类型作品的可能性？对那些读者从未读过的新类型的作品，或者因难以明确分类而未进入选择视野的作品，读者是否真的不会产生兴趣呢？反过来说，在这种背景下，文学创作者不管出于主动还是被动，为了吸引读者的关注，也不得不重视作品的类型定位，并且这种类型定位越来越表现出细节精致化、内容“定制化”的倾向，使创作者很大程度上失去了文学创作上的探索意识和创新精神。我们也许会发现一种奇妙的现象：文学元素的组合，决定了作品在读者眼中的类型，帮助读者提高了阅读效率；而作品类型明确的定位，反而限制了创作者的创作目标，抑制了创作者在文学元素层面的创新。从这个角度来说，前文中提出的“构思大纲”，其优点在于精细明确，缺点可能也在于精细明确。创作者即便借由这种方法完成构思，也难免会被精细化的构思限制，失去了写作过程中可能出现的“灵光一闪”，而后者有时恰恰是能够提升文学作品质量的关键所在。

第二节

模仿—创作—模仿

现在请大家把自己当作一个文学创作的初学者，准备开始写作。这时假如我们没有任何现实生活经验，也没有对现实生活进行过细致地观察，显然很难找到一个想写且有话可写的题材；假如我们没有对其他文学作品的阅读经验，也从未在阅读的基础上进行过句子、段落、篇章的写作练习，显然也不可能在技术层面上完成写作。换句话说，要完成文学创作，我们需要有两个层面上的能力准备，一是现实的生活经验，二是具体的写作技巧，而这两种能力的获得都离不开模仿。

前文已经谈过，创作者在创作前构思作品的过程，是在创作者的个人意识领域内完成的，自然也不可能超出创作者对世界的认知。不论创作者在构思中选择哪种题材、哪些元素来建构故事，也不论作者选择反映现实还是描绘想象，这些选择本身必然是建立在创作者的现实生活经验的基础之上，完全可以把这种过程看作对现实的模仿，只是这种模仿的目标未必是在作品中再现现实，也可以是在作品中批判现实、创造现实甚至超越现实。我们可以把以上过程看作文学创作活动中的第一重模仿。此外，作为一种艺术门类，文学的诞生和发展的历史十分悠久，今天所有的文学创作者，都是文学领域的“后来人”。在写作中，先要摸清文学写作的基本原则，并学习文学表达的基本方式。这些原则和方式常常是无形的，需要创作者在领悟的基础上，通过不断实践来掌握，需要创作者先去阅读和模仿他人创作的文学作品。阅读经验可以让我们了解更多样的文学题材、叙事方式和作品结构，模仿经验可以让我们锻炼语言表述和谋篇布局的能力，从而从根源上理解何为文学作品、怎样创作文学作品。可以把以上过程看作文学创作活动中的第二重模仿，这种模仿又可以分成两个角度，一是对其他作品内容元素的承袭，二是对其他作品写作技巧的学习。

例如，《西游记》作为中国古代长篇小说的经典作品，对后世许多文学创作者产生了深远影响。《西游记》中建构的天庭、人间、佛界分立的世界观，创作的唐三藏、孙悟空、猪八戒、二郎神等人物形象，以及描写的孙悟空大闹天宫、唐三藏过西梁女国等经典情节，共同组成了一系列丰富完整的"第二世界"设定，这种设定本身也成为后世文学创作者积累的重要阅读经验之一。在这些阅读经验的基础上，不断有文学创作者将《西游记》中的内容元素提取出来，或对其进行模仿续写，或对其进行重新演绎，或直接借用这些元素另外撰写全新的故事。于是明末清初出现了董说的《西游补》，也有作家创作了《后西游记》；当代有今何在的西游题材小说《悟空传》，陈渐的西游题材小说《西游八十一案》；清代李汝珍创作的《镜花缘》中关于女儿国的描写，也很可能受到过《西游记》中相关元素的影响。

又如，东汉班固创作《两都赋》，分为《西都赋》和《东都赋》上下两篇，这种分篇写作的形式，一定程度上模仿了西汉司马相如《子虚赋》和《上林赋》。在具体的写作中，两位作者在上下篇中使用的都是同一组人物，借人物展开叙事和议论，上下篇在题材和内容上相互承接，共同展现了汉王朝的繁荣强盛。此外，班固的《两都赋》还有对比西都长安和东都洛阳，论证改都洛阳的正确性的意思，这是司马相如作品中所没有的。东汉张衡进一步模仿《两都赋》，创作了《二京赋》，分为《西京赋》和《东京赋》上下两篇，在谋篇布局、叙事技巧和创作理念上均模仿了《两都赋》，同样对定都洛阳表示赞同。到了西晋，左思将这一创作理念和写作模式进一步扩展，创作了由《魏都赋》《吴都赋》《蜀都赋》共同组成的《三都赋》，其基本叙事模式仍与之前的作品相同，内容上变为尊崇魏都，颂扬曹操统一北方的功绩。从这些作品中，可以明显看到作家对前人写作技巧的模仿痕迹。

但是我们应该看到，纯粹的模仿要么容易陷入对现实的无聊记录，要么容易陷入对前人作品的全盘重复，甚至演变成一种抄袭，因此单靠模仿是无法完成文学作品的创作的。创作者只有在模仿的基础上，结合自己的所思所想，灵活运用模仿获得的元素资料和写作技巧，在写作中有所创新，才能完成一次有效的文学创作。这种创新可以仅仅是细节内容的变更，也可以是结构模式的变化。比如在前文的例子中，张衡的《二京赋》比司马相如的《子虚赋》《上林赋》增加了对比二京、阐述政见的意思；左思的《三都赋》改变了张衡和司马相如作品的上下篇结构，发展出了一种新的上中下篇结构。这些创新，本质上都是文学创作中“创作”思想的体现。

当新的创作者通过模仿学习，基本完成了生活经验和写作技巧的储备之后，创作者也就具备了进行文学创作的能力。其中部分有才华的创作者还会在已有的写作经验的基础上，逐渐寻找更多的创新点，甚至完成创作理念和写作方式上的一种彻底的革新。比如，在创作《弗兰肯斯坦》时，玛丽·雪莱最初只是为了完成一种写作游戏：她和丈夫雪莱、拜伦等人在一次聚会中决定一起进行创作，每人写一篇恐怖故事。但在具体的写作过程中，玛丽·雪莱在保持作品的恐怖基调的同时发挥想象，创新性地引入了关于科学家进行生命科学研究的设定，并以失败的科学实验作为全书的重要线索，描写了科学创造的人造人弗兰肯斯坦的故事。她对“科学”这一元素的成功运用，使小说表现出与其他恐怖故事不同的特点，从而成为“科幻小说”这一新的文学类型的开山之作，完成了对恐怖故事这种文学类型的革新和超越。

从这个角度来看，文学创作本身其实是在不断变化发展的。通过文学创作者的努力，每当有新的创作理念或新的写作技巧诞生时，必然会引发部分创作者的学习和模仿，而当这种学习和模仿积累到一定程度、所有可以变化的方向均已被创作者提出并尝试过之后，又必然会有创作者继续发挥想象，在实践中推陈出新，进而开发出其他新的创作理念或写作技巧，继续成为部分创作者们学习模仿的新对象。模仿和创作就这样在人类的群体写作中不断自我超越，让文学作品的内容越来越多元，类型越来越多样，表达方式越来越丰富。

以上关于模仿和创作关系的讨论，主要是为了提出文学创作的另一种方法，即模仿法。我们可以首先选择要模仿的目标作品或目标作家，然后对作品的类型选材或作家的叙事风格进行深入扎实的分析模仿，从而在学习对方的写作方法的同时，能较为容易地创作一篇模仿之作。接着不断重复这种过程，模仿更多目标作品和作家，至少从每个模仿对象身上学习一种创作理念或写作技巧，就完全可以逐渐通过积累，提高自己的写作能力。这种创作方法其实比前文提出的构思大纲法更为高效，因为存在一个生动可感的模仿对象，创作者可以直接对标作品开始创作；但它也有个明显的弱点，即大大加深了他人作品对自己的创作思路的影响，进而增加了对模仿对象的抄袭风险，也容易让创作者的写作思路被固化在模仿层面，难以在将来进行有效的创新。也就是说，文学创作上的模仿是有局限的，因为它实际上直接挪用了模仿对象的创作构思成果，完全放弃了作品构思阶段对文学想象等创作思维的培养。如果指望完全通过模仿来学习文学创作，而不在创作思维层面去充分展开想象，那么很可能成为他人作品的抄袭者和各种元素的拼凑人，更不可能在文学创作能力上有本质的提高。

但问题是，当模仿的主体不再是活生生的创作者，而变成了人工智能程序时，我们如何鉴定由人工智能进行的所谓“创作”的性质呢？要知道，人工智能的“创作”几乎完全建立在对作家和文学作品的模仿的

基础上，在方式上远比人类在创作中的模仿要更加简单直接，在模仿素材的积累方面也比人类强了几个数量级。如果说人类是通过文学想象展开构思、进行创作的，那么人工智能则更多是通过对文学作品数据库的统计、拆分和组合来实现“创作”的。在文学创作空前繁荣的今天，可供人工智能“模仿”的文学作品越来越多，当这些作品中的人物、情节、语言被切割、打乱和重组后，能够产生的变化也越来越多，人工智能的模仿也就变得越来越了无痕迹、难以辨认，在效果上越来越接近自然人的写作。此时文学创作者的最大优势，恐怕还是在个体写作中可能给出的“创新”，这种创新是人工智能程序的模仿难以实现的。

可是，文学创作领域的创新可能无休止地进行下去吗？文学想象在文学创作中发挥作用的潜力真的是无穷无尽的吗？即使创新无极限，文学创作的载体却始终只有语言文字，当前人使用过的内容元素和写作技巧不断增多，文学这一艺术门类可能的写作空间和生长空间就几乎已经被全部发现并发扬了。这时新的创作者哪怕主观上不去模仿任何作品，纯粹通过自主创作来写作，恐怕依旧能从文学作品的大数据中，找到至少在某方面与创作者的新作相似的已有作品。至此，人类的文学创作和人工智能程序的文学创作，实际上已经变得殊途同归——好在这种风险在今天还只是一种假设。

不过也应该看到，即使不能创造出新元素和新写法，文学创作和阅读的乐趣本身也不会消失。只是在未来，人类的文学阅读极有可能不必再依赖人类的文学创作，读者可以通过给出一些个性化的、具体的内容要求，利用人工智能程序创作出符合自己审美需要的文学作品，进而直接开始阅读。但与此同时，文学创作完全有可能从“为读者写作”的创作目的中跳出来，变成一种更加私人化的、为体验创作乐趣而创作的活动。从这个层面来讲，也许比起阅读，反而会有更多人会选择通过创作来体会文学之美。总之，只要人类的审美需求还在，文学创作就不会真正衰亡。

第三节

分立—融合—展望

作为人类审美活动的一种，文学作品的阅读和创作在今天所能提供的最大作用，也许还是愉悦人类的精神。问题是，假设我们是一个需要通过审美活动来消磨时间的人，现在能供我们选择的文艺门类、欣赏的文艺作品实在太多了。相对于需要花费精力阅读和理解、又只能局限在文字层面上的文学作品，能够直接提供视觉和听觉的双重享受、高效地传递信息、在短时间内完成叙事的影视作品，对大多数人来说明显具有更大的吸引力。值得注意的是，电子游戏这种将文学、绘画和影视等多种艺术门类融会贯通，并且大大增加了玩家的参与性的新型娱乐方式，同时也在不断大量争夺着文学和影视艺术的受众。事实上，文学作品的写作和阅读市场，早已受到了来自影视作品和电子游戏的直接挤压，特别是在眼下的年轻群体中，也许日常读小说的人不多，但日常看电视、电影和短视频、玩电子游戏的人却非常多。

作为两种分立并存的文艺类型，影视作品对文学作品的冲击，也许从 20 世纪下半叶就已经发展得如火如荼了。不过，由于影视艺术是一种更依赖现实条件的艺术门类，影视作品的创作不得不受影像的拍摄、剪辑、存储和传播技术的发展水平限制，致使创作者不能随心所欲地将创作理念、特别是构思中的想象元素随心所欲地加入其中，并将其通过拍摄在影视作品中得到实现。而制作影视作品付出的高昂成本，也让创作者不得不考虑回报，这种现实的考量，也对影视作品的创作构成了一

种无形的局限。很长一段时间内，文学作品与影视作品相比，依然具有自己独特的魅力，最突出的体现，就是文学创作能够将想象无拘无束地体现在作品中，而影视创作则显然难以做到。这种情况下，文学创作在题材类型和内容元素上的创新，明显要比影视创作更早、更快、更彻底。正因为文学相对于影视具有一种前瞻性，部分影视创作者转而在文学领域寻找目标作品，试图把作品中的文字世界转化成影像，进行一种二度创作，也就是一件自然而然的事情了。

在这种文学影视化运动的最初阶段，由于技术的限制，只能选择那些现实感较强的文学作品进行影视化改编，为的是在现实中能够通过布景和设计来复现文学作品的基本设定。化妆布景技术、拍摄技术和后期制作技术的新发展，才让更多的文学作品有了影视化的可能。因此，一些文学作品的创作时间和影视化时间相隔久远，比如《魔戒》的小说（出版于 1954—1955 年）和电影（首版改编电影上映于 2001—2003 年），《红楼梦》的小说（创作于 18 世纪）和电视剧（首版改编电视剧首播于 1977 年）。但是，随着影像技术发展的逐渐成熟，这种时间间隔在不断缩短，甚至逐渐可以实现同步创作了。比如同为西方奇幻小说的代表性作品，《哈利·波特》的小说（出版于 1997—2007 年）和电影（首版改编电影上映于 2001—2011 年）在创作时间上的间隔，与《魔戒》相比就短得多，后期甚至已经实现了系列小说新作的创作和小说旧作的影视改编同时进行的情况。从文学到影视的这种转化发展到今天，影视对于文学的依赖性早已变得不再明显了，文学作品有时甚至会反过来作为和影视作品同步公开或者稍晚公开的“改编”衍生作品，目的在于扩大影视作品的影响力，比如《北平无战事》的电视剧（首播于 2014 年 10 月）和小说（首版出版于

2014 年 10 月）。[①] 文学创作和影视创作，实际上正在相互融合、共同发展。这种融合对文学创作最直接的影响，体现在多人共同创作的模式的启发、设定意识的强化及对原作品知名度的进一步扩大。

当我们把文学作品中的故事、绘画作品中的人物场景设计和影视作品中的音画相互结合，再增加与使用者的互动模式，实际上就能构建一种电子游戏的雏形。虽然严格地说，很难把电子游戏称之为一种艺术，但应该承认的是，电子游戏确实在一定程度上满足了人类的审美需要，只是它同时还提供了更强大的娱乐功能和社交功能，跟传统艺术门类有较大区别。正因为电子游戏是一种能够满足多种娱乐需要的复合型作品，因此电子游戏的制作和传播，反过来进一步挤压了文学作品和影视作品的生存空间，这种竞争在今天尚不足以对文学、影视等传统艺术门类构成严重威胁，但未来是否依旧如此呢？

假如电子游戏的制作进一步发展，与虚拟现实技术为代表的其他技术相互融合，将来是否可以创造出一种在使用体验上可触可感的、在情节设定上可以自由选择的、能够在现实层面上确实营造出想象的“第二世界”的艺术形式或艺术作品呢？如果说现如今的人工智能程序已经在文学和绘画的层面实现了自由创作，那么今后的新兴科学技术是否也能够在感官和思维层面，进一步实现更加彻底的自由创作呢？以上这些问题，以“元宇宙”等概念为依托，本身也成为当今科幻小说讨论的热门话题之一。

不论是文学、艺术还是电子游戏，在创作目的上的共通之处，主要在于对思维意识的转化，在于把创作者想象中的“第二世界”通过某种形式或载体展现出来。我们不妨展望一种新型的审美娱乐方式：人类可以在现实中创造出一个属于自己的虚拟空间，在这个空间中，人类即造

① 类似的现象，在所有依赖纸媒传播的艺术门类和影视作品中都存在。比如日本特摄电视剧《奥特曼》，系列首部剧集作品首播于 1966 年，由内山守创作的奥特曼漫画《归来的奥特曼》则连载于 1971—1972 年，这仅是基于特摄剧中奥特曼宇宙的设定而创作的漫画作品之一。

物主，既可以根据自己的喜好建设环境、创造生物、寻找伙伴、体验故事，也可以随时随地从这个空间中跳出来返回现实。虚拟世界中的一切都是人类手中的沙盘，任何想象都可以直接在创作中实现，想象在这个沙盘中彻底摆脱了现实的束缚。

但从另一个角度看，极端的想象自由和创作自由，是否就一定能让人类获得更大的审美满足呢？思维层面上的想象和创作，实际上是需要消耗精力才能完成的，如果没有付出和参与，也就不可能获得成型的文艺作品或想象世界。对大众来说，文艺作品或互动对象身上最重要的功能，也许在于“娱乐”而非“创作”，大多数人缺少进入创作领域的动机，与其大费周章去承担造物主的责任，在第二世界中努力“创作”，倒不如直接阅读、观看或体验他人创作的故事，从对他人优秀作品的审美过程中获得精神上的愉悦。这样说来，科技带来的更多创作上的“可能性”，未必都会推动创作的发展革新；极端的创作自由，也许反而模糊了现实与想象的界限，把思维意识上的“想象”也变成了“现实”的一种，反过来损害了创作的魅力，剥夺了创作的乐趣。可见即使在创作领域，科学技术也同样是把“双刃剑”，如何运用科技发展带来的便利更好地去进行文艺创作，是一个值得人类去深思和展望的问题。

结语

想象与文学创作的可能性

“海客谈瀛洲，烟涛微茫信难求。越人语天姥，云霞明灭或可睹。”李白在游仙诗《梦游天姥吟留别》的开篇中，先借海外来客之口引出了东海三座仙山之一的瀛洲山，接着笔锋一转，借越人之口讲述天姥山的神奇缥缈。不论是“谈瀛洲”的海客，还是“语天姥”的越人，甚至包括“游天姥”的李白自己，实际上都是在进行一种文学创作，目的是用文字描绘自己想象中美轮美奂、神奇瑰丽的神山仙境。从某种程度上来说，从古至今的文学创作者也许都在扮演着类似“海客”的角色，他们在文学创作的世界里不断发挥想象，孜孜不倦地建构着自己的“瀛洲”，同时又将这仙境展示给阅读作品的读者，让所有读者都能从文学的世界中见识到“瀛洲”的美丽和神奇。

纵观整个文学史的发展轨迹，想象与文学创作的关系的发展似乎经历了一个“轮回”，这种“轮回”是与客观现实世界中人类文明的发展密切相关的。当人类尚未对现实世界形成科学认知时，创作者通过想象在文学作品中创造了一系列未知的神秘力量，从而解答了自己对万物运行原理的疑问；当人类文明逐渐向前发展时，创作者对客观世界的认知越来越深入，转而把关注的目光投向现实社会，而与想象的世界逐渐疏离；当人类文明发展到了高度发达的境地，人类掌控了足以创造新世界，同时也足以毁灭旧世界的力量时，创作者在某种程度上恢复了与想象之间的亲密关系，开始借助想象的力量对可能发生的危机做出预测并

探索解决之道，从而表达自己对人类文明的未来的展望。也就是说，真正给予想象发挥的空间和可能的，是人类对于认知中的“未知”领域的态度。它一方面使人类产生了浓重的好奇心，并在好奇心的驱使下动用一切可能的方法，通过猜想来解释未知领域；另一方面又使人类产生了深刻的焦虑感，怀疑未知的存在可能对人类文明本身的发展带来的威胁，转而在想象中表达这种忧虑。

不妨设想，当人类有一天真正将宇宙航行从设想变为现实，真正将时间穿越从理念变为行动，那么想象会不会再次失去它与创作者之间的密切关系，文学作品会不会整体跌落回对成为“现实”的高新科技的反思与批判？与宇宙的寿命相比，人类文明从诞生至今所经历的时间显得微不足道，设想如果未来人类社会幸运地在宇宙时空中得到永远的延续，那么文学作为一种得到人类社会广泛认可的艺术形式是否也能永恒存在呢？假如不能，那么在文学走向消亡之前，这种想象与文学创作之间的关系的变化，也许会随着时间不断“轮回”下去，直到在所有人类心目中都能达到完美境地的“新世界”成为现实，虽然理论上来讲这种可能微乎其微。

同理，鉴于想象本身带有的对现实逻辑的“超越”性，随着“未知”空间的缩小和消失，作为思维活动的想象的发挥在很大程度上被抑制了。想象持续不断地被高速发展的人类文明追赶，当旧的设想被证实或证伪，只有继续创造新的设想，才能保证想象持久的生命力，但这种创造正在变得越来越困难。也就是说，想象对客观现实的“超越”事实上并不是永无止境的，人类对肉眼可见的生存环境以及尚未到达的宇宙时空的认识越深刻，人类文明的发达程度越高，想象的素材越多，创造性想象能够发挥的范围就越窄。这似乎形成了一个悖论：一方面，想象在不断地前进和创新，不断创造出“超越”现实的新事物；另一方面，想象的创新能力却在不断下降，创作者或者减少了对想象的运用，或继续沿着现有的想象元素的方向将其进一步扩展，形成某种套路化的趋势。这种客观局限的存在，使得文学创作中对想象的运用遇到了一定阻碍。诚然，幻想层面上的想象并非文学创作的必需品，更不是评价文学作品优劣的根据，即使抛弃幻想，诚恳地描摹现实，也能出色地完成作为个体的文学作品。但就全体创作者的文学创作活动而言，幻想的缺失必然导致文学创作在作品题材、艺术手法及写作中心的选择上的缺陷，使文学创作失去了很多可能性，而能够引发创作题材及表现手法的变化、推动文学作品从内容到形式发生彻底的革新的种子，也许正孕育在这些可能性之中。故如何打破客观现实对想象空间的限制、如何坚持不懈地向“超越”现实的目标发起冲击，是摆在文学创作者面前的经久不变的课题。

于是不禁要思考一个问题，即文学创作领域的想象有它的极限吗？或者说，高度自由的想象有它自己的边界吗？可以肯定的是，在某一个特定的历史情境中，由于人类认知范围的限制，想象是有它的边界的，但在整个人类发展的进程中，在历史、现在和未来的发展变化过程中，正因为现实世界具有无穷无尽的可能，取材于现实世界的想象就具有了无穷无尽的可能，基于想象的文学创作也就有了无穷无尽的可能。只不过这种可能并不会自动出现在创作者的头脑中供其选择，而是需要创作者主动运用想象，坚持不懈地在未知的领域内创造新的事物，提出新的方向，思考新的问题。如果有一天，文学创作者不能再引领读者走进想象中的无穷无尽的新天地，那并不是因为创作者的想象力本身枯萎了，而是因为其被自己的贫乏与无知围困，丧失了在文学创作中不断突破的勇气。

参考文献

一、文学作品（第二章内想象元素的量化评价表下已列出的作品除外）

[1] 袁珂．山海经校注［M］．上海：古籍出版社，1980.

[2]［战国］庄周．庄子集释［M］．［清］郭庆藩，辑．北京：中华书局，1961.

[3]［战国］韩非子．韩非子［M］．高华平，王齐洲，张三夕，译注．北京：中华书局，2010.

[4]［西汉］司马迁．史记［M］．北京：中华书局，2006.

[5]［西汉］刘安．淮南子［M］．陈广忠，译注．北京：中华书局，2022.

[6]［三国魏］曹植．曹植集校注［M］．赵幼文，校注．北京：人民文学出版社，1984.

[7]［晋］葛洪．燕丹子　西京杂记［M］．无名氏，撰．北京：中华书局，1985.

[8] 彭黎明，彭勃．全乐府［M］．上海：上海交通大学出版社，2011.

[9]［南北朝］颜之推．颜氏家训［M］．夏家善，编．天津：天津古籍出版社，1995.

[10]［北魏］郦道元．水经注［M］．陈桥驿、叶光庭、叶扬译，

陈桥驿、王东，注 . 北京：中华书局，2020.

[11] [南朝梁] 萧统 . 昭明文选 [M] . 北京：民主与建设出版社，2021.

[12] [唐] 司空图 . 司空表圣诗文集笺校 [M] . 祖保泉，陶礼天，笺校 . 合肥：安徽大学出版社，2002.

[13] [唐] 白居易 . 白居易集笺校 [M] . 朱金城，笺注 . 上海：上海古籍出版社，1988.

[14] 上海辞书出版社文学鉴赏辞典编纂中心编 . 唐诗三百首 [M]. 上海：上海辞书出版社，2019.

[15] [宋] 苏轼著 . 苏轼文集编年笺注 [M]. 李之亮，笺注 . 成都：巴蜀书社，2011.

[16] [宋] 洪迈 . 容斋随笔 [M] . 呼和浩特：内蒙古文化出版社，2007.

[17] [宋] 沈括 . 梦溪笔谈 [M] . 侯真平，校 . 长沙：岳麓书社，2002.

[18] [明] 汤显祖 . 汤显祖全集 [M] . 徐朔方，笺校 . 北京：北京古籍出版社，1999.

[19] [明] 宋应星 . 天工开物 [M] . 杨维增，译注 . 北京：中华书局，2021.

[20] [明] 罗贯中 . 三国演义 [M] . 北京：人民文学出版社，2010.

[21] [明] 吴承恩 . 西游记 [M] . 北京：人民文学出版社，2010.

[22] [清] 曹雪芹 . 红楼梦 [M] . 北京：人民文学出版社，2013.

[23] [清] 蒲松龄 . 聊斋志异 [M] . 长沙：岳麓书社，1988.

[24] [清] 彭定求，等 . 全唐诗（第四册）[M]. 北京：中华书局，2008 : 1276.

[25] [清] 董说 . 西游补 [M] . 上海：上海古籍出版社，1983.

[26] [清] 无名氏 . 后西游记 [M] . 天才花子，评 . 长沙：岳麓书社，2000.

[27] 今何在 . 悟空传 [M] . 北京：光明日报出版社，2001.

[28] 钱莉芳 . 天意 [M] . 成都：四川科学技术出版社，2004.

[29] 妖风，等 . 九州创造古卷 [M]. 北京：北京赛迪电子出版社，2007.

[30] 莫言 . 红高粱家族 [M] . 上海：上海文艺出版社，2008.

[31] 姚海军编 . 经典的真身：最佳科幻电影蓝本小说选 [M] . 成都：四川科学技术出版社，2011.

[32] 刘和平 . 北平无战事 [M] . 北京：作家出版社，2014.

[33] 陈渐 . 西游八十一案 [M] . 重庆：重庆出版社，2018.

[34] 萧鼎 . 诛仙（珍藏版）[M] . 北京：中国华侨出版社，2019.

[35] [英] 莎士比亚 . 亨利五世 [M] . 梁实秋，译 . 北京：中国广播电视出版社，2001.

[36] [英] 莎士比亚 . 仲夏夜之梦 [M] . 曹未风，译 . 上海：上海译文出版社，1983.

[37] [英] 狄更斯 . 大卫・科波菲尔 [M] . 庄绎传，译 . 北京：人民文学出版社，2000.

[38] [英] 丹尼尔・笛福 . 鲁滨孙漂流记 [M]. 郭建中，译 . 南京：译林出版社，2012.

[39] [英] C.S. 路易斯 . 纳尼亚传奇 [M] . 陈良廷，等译 . 南京：译林出版社，2011.

[40] [英] J.R.R. 托尔金 . 魔戒 [M] . 邓嘉宛，杜蕴慈，石中歌，译 . 上海：上海人民出版社：2014.

[41] [英] 托马斯・莫尔 . 乌托邦 [M] . 戴镏龄，译 . 北京：商务

印书馆，1959.

[42] [英] 玛丽・雪莱 . 弗兰肯斯坦 [M] . 刘新民，译 . 上海：上海译文出版社，2014.

[43] 郑克鲁 . 外国文学作品选 [M] . 上海：复旦大学出版社，2008.

[44] [美] 欧・亨利 . 欧・亨利短篇小说选 [M] . 王永年，译 . 北京：人民文学出版社，2003.

[45] [美] 阿西莫夫 . 银河帝国：基地 [M] . 叶李华，译 . 南京：江苏文艺出版社，2012.

[46] [美] 罗伯特・乔丹 . 时光之轮系列 [M] . 李镭，译 . 上海：东方出版中心，2015.

[47] [美] 乔治・R.R. 马丁 . 冰与火之歌系列 [M] . 屈畅，胡绍晏，谭光磊，译 . 重庆：重庆出版社，2015.

[48] 龙与地下城：玩家手册 [M] . 奇幻修士会，译 . 北京：万方数据电子出版社，2001.

[49] 龙与地下城：城主指南 [M] . 奇幻修士会，译 . 北京：万方数据电子出版社，2002.

[50] 龙与地下城：怪物图鉴 [M] . 奇幻修士会，译 . 北京：万方数据电子出版社，2003.

[51] [法] 夏尔・佩罗 . 鹅妈妈的故事 [M] . 张小言，译 . 上海：上海译文出版社，2012.

[52] [法] 季浩夫人 . 列那狐传奇 [M] . 王刚，译 . 北京：朝花少年儿童出版社，2003.

[53] [法] 福楼拜 . 包法利夫人 [M] . 李健吾，译 . 北京：人民文学出版社，2015.

[54] [法] 左拉 . 萌芽 [M] . 倪受禧，刘煜，译 . 长沙：湖南文艺

出版社，1994.

[55] [法] 左拉 . 卢贡家族的家运 [M] . 林如稷，译 . 北京：人民文学出版社，1959.

[56] [法] 司汤达 . 红与黑 [M] . 郝运，译 . 上海：上海译文出版社，2010.

[57] [法] 巴尔扎克 . 巴尔扎克全集：人间喜剧 [M] . 北京：人民文学出版社，1986.

[58] [法] 雨果 . 悲惨世界 [M] . 上海：上海译文出版社，2010.

[59] [法] 左拉 . 萌芽 [M] . 黎柯，译 . 北京：人民文学出版社，2020.

[60] [法] 阿兰・罗伯 – 格里耶 . 橡皮 [M] . 林秀清，译 . 南京：译林出版社，2007.

[61] [奥] 弗兰茨・卡夫卡 . 变形记：卡夫卡中短篇小说全集 [M] . 叶廷芳，等译 . 北京：人民文学出版社，2018.

[62] [俄] 佚名 . 伊戈尔远征记 [M] . 魏荒弩，译 . 北京：人民文学出版社，1983.

[63] [俄] 果戈理 . 死魂灵 [M] . 满涛，徐庆道，译 . 北京：人民文学出版社，1983.

[64] [俄] 屠格涅夫 . 屠格涅夫集：父与子 [M] . 张铁夫，王英佳，译 . 上海：上海三联书店，2014.

[65] [俄] 列夫・托尔斯泰 . 复活 [M] . 安东，南风，译 . 上海：上海译文出版社，2011.

[66] [苏联] 布尔加科夫 . 大师和玛格丽特 [M]. 钱诚，译 . 北京：人民文学出版社，2013.

[67] [苏联] 奥斯特洛夫斯基 . 钢铁是怎样炼成的 [M] . 曹缦西，王志棣，译 . 南京：译林出版社，1996.

[68] 林太.《梨俱吠陀》精读[M].上海：复旦大学出版社，2008.

[69][印]毗耶娑.摩诃婆罗多[M].赵国华，等译.南京：译林出版社，2005.

[70][古希腊]荷马.伊利亚特[M].罗念生，王焕生，译.北京：人民文学出版社，1994.

[71][古希腊]荷马.奥德修纪[M].杨宪益，译.上海：上海译文出版社，1979.

[72]佚名.吉尔伽美什[M].赵乐甡，译.沈阳：辽宁人民出版社，2015.

[73]佚名.亡灵书[M].锡金，译.长春：吉林人民出版社，1957.

[74][哥伦比亚]加西亚·马尔克斯.百年孤独[M].范晔，译.海口：南海出版公司，2011.

二、专著

[1][美]F.梯利.西方哲学史[M].葛力，译.北京：商务印书馆，2015.

[2][美]杰克·齐普斯.作为神话的童话 作为童话的神话[M].赵霞，译.北京：人民邮电出版社，2020.

[3][美]亚当·罗伯茨.科幻小说史[M].马小悟，译.北京：大学出版社，2010.

[4][德]谢林.艺术哲学[M].魏庆征，译.北京：中国社会出版社，1996.

[5][德]黑格尔.美学：第一卷[M].朱光潜，译.北京：商务

印书馆，1979.

［6］［法］雨果．雨果论文学［M］．柳鸣九，译．上海：上海译文出版社，2011.

［7］［法］巴尔扎克．巴尔扎克论文学［M］．王秋荣，编．北京：中国社会科学出版社，1986.

［8］［法］萨特．想象心理学［M］．褚朔维，译．北京：光明日报出版社，1988.

［9］［法］茨维坦・托多罗夫．奇幻文学导论［M］．方芳，译．成都：四川大学出版社，2015.

［10］［英］E.M. 福斯特．小说面面观［M］．朱乃长，译．北京：中国对外翻译出版公司，2002.

［11］［晋］陆机．文赋译注［M］．张怀瑾，译．北京：北京出版社，1984.

［12］［南朝梁］刘勰．文心雕龙［M］．王运熙，周锋，译注．上海：上海古籍出版社，2010.

［13］［唐］皎然．诗式校注［M］．李壮鹰，校注．北京：人民文学出版社，2003.

［14］［宋］陈应行．吟窗杂录：上［M］．北京：中华书局，1997.

［15］［宋］严羽．沧浪诗话校释［M］．郭绍虞，校释．北京：人民文学出版社，1961.

［16］［清］王夫之．明诗评选［M］．李金善，点校．保定：河北大学出版社，2008.

［17］［清］王夫之．古诗评选［M］．张国星，点校．保定：河北大学出版社，2008.

［18］［清］叶燮．原诗笺注［M］．蒋寅，笺注．上海：上海古籍出版社，2014.

[19][清]刘熙载.艺概笺注[M].王气中，笺注.贵阳：贵州人民出版社，1986.

[20]朱维之.外国文学史：欧美卷[M].天津：南开大学出版社，2004.

[21]匡兴，刘洪涛.外国文学史：西方卷[M].北京：北京师范大学出版社，2010.

[22]王向远.东方文学史通论[M].北京：高等教育出版社，2013.

[23]袁珂.中国神话传说：从盘古到秦始皇[M].北京：世界图书出版公司，2011.

[24]袁行霈.中国文学史[M].北京：高等教育出版社，2014.

[25]钱理群，温儒敏，等.中国现代文学三十年[M].北京：北京大学出版社，2003.

[26]张健.新中国文学史[M].北京：北京师范大学出版社，2008.

[27]狄其骢，王汶成，凌晨光.文艺学通论[M].北京：高等教育出版社，2009.

[28]于龙川.神经生物学[M].北京：北京大学出版社，2012.

[29]张世英.哲学导论[M].北京：北京大学出版社，2002.

[30]孙时进，王金丽.心理学概论[M].上海：复旦大学出版社，2012.

[31]中国社会科学院外国文学研究所.外国理论家、作家论想象思维[M].北京：中国社会科学出版社，1979.

[32]张玉能.西方文论教程[M].武汉：华中师范大学出版社，2011.

[33]范明生.西方美学通史：第三卷[M].上海：上海文艺出版

社，1999.

[34] 胡经之.西方文艺理论名著教程[M].北京：北京大学出版社，2003.

[35] 刘若瑞.十九世纪英国诗人论诗[M].北京：人民文学出版社，1984.

[36] 朱立元.西方文论教程[M].北京：高等教育出版社，2008.

[37] 张少康.中国历代文论精选[M].卢永璘，等选注.北京：北京大学出版社，2003.

[38] 俞剑华.中国画论选读[M].南京：江苏美术出版社，2007.

[39] 李壮鹰，李春青.中国古代文论教程[M].北京：高等教育出版社，2005.

[40] 朱一玄，刘毓忱.西游记资料汇编[M].天津：南开大学出版社，2002.

[41] 朱一玄，刘毓忱.三国演义资料汇编[M].天津：南开大学出版社，2012.

[42] 北京师范大学中文系文艺理论教研室编.文学理论学习参考资料：上册[M].沈阳：春风文艺出版社，1981.

[43] 胡经之.中国古典美学丛编：上册[M].北京：中华书局，1988.

[44] 陈光孚.魔幻现实主义[M].广州：花城出版社，1986.

[45] 潘海天.新世纪小说大系（2001—2010）——奇玄卷[M].上海：上海文艺出版社，2014.

[46] 林聚任，刘玉安.社会科学研究方法[M].济南：山东人民出版社，2004.

[47] 彭懿.西方现代幻想文学论[M].上海：少年儿童出版社，1997.

[48] 谢开来 . 在幻想的冰山下：欧美奇幻文学的故事世界和文本系统 [M] . 北京：社会科学文献出版社，2022.

[49] 严晓驰 . 童话空间研究 [M] . 北京：作家出版社，2022.

[50] 骑桶人 . 鲲与虫：被禁锢的中国神话与文人 [M] . 西安：陕西人民出版社，2010.

[51] 陈平原 . 千古文人侠客梦（增订本）[M] . 北京：北京大学出版社，2018.

[52] 吴岩 . 科幻文学理论和体系建设 [M] . 重庆：重庆出版社，2008.

[53] 吴岩 .20 世纪中国科幻小说史 [M]. 北京：北京大学出版社，2022.

[54] 王向远 . 宏观比较文学讲演录 [M] . 桂林：广西师范大学出版社，2008.

[55] 比较世界文学史纲编委会 . 比较世界文学史纲 [M] . 南昌：江西教育出版社，2004.

[56] 鲁迅 . 中国小说史略 [M] . 北京：人民文学出版社，2022.

三、学位论文

[1] 宋国栋 . 想象的审美学分析 [D] . 长沙：湖南师范大学，2004.

[2] 张戎 .《纯粹理性批判》之先验想象力述评 [D] . 南昌：南昌大学，2010.

[3] 代凯飞 . 康德与胡塞尔认识理论中的想象问题 [D] . 合肥：安徽大学，2012.

[4] 宰政 . 想象的命运——以康德为中心的西方想象的展开 [D] .

郑州：郑州大学，2007.

［5］陈莹．论萨特的存在主义想象论［D］．长沙：湖南师范大学，2011.

［6］席雅琴．论想象在文学接受活动中的地位和作用［D］．杭州：浙江大学，2007.

［7］张饰玉．论卡夫卡创作中的悖谬［D］．吉林：吉林大学，2004.

［8］孙亚萍．百年孤独——魔幻与想象外衣下的现实表征［D］．济南：山东大学，2009.

［9］武岳．"核"与"壳"的舞蹈——从内在一致性看中西奇幻第二世界［D］．南京：南京师范大学，2011.

［10］巩亚男．中国当代奇幻小说研究［D］．苏州：苏州大学，2009.

［11］全南玧．中国现当代幻想文学研究［D］．北京：中国社会科学院，2010.

四、期刊论文

［1］李歆．想象思维的心理学描述［J］．美术大观，2009（7）：240–241.

［2］张世英．论想象［J］．江苏社会科学，2004（2）：1–8.

［3］黄传根．论亚里士多德的"想象"及其认知功能［J］．南昌师范学院学报，2015（5）：13–16.

［4］贾江鸿．笛卡儿的想象理论研究［J］．现代哲学，2006，（3）．

［5］雷德鹏．论休谟想象学说的内在张力［J］．现代哲学，2006（3）：108–113.

［6］周晓秋．黑格尔论艺术想象［J］．美与时代（下旬刊），2016（10）：23–25.

［7］吴海超．情感的直呈与理性的显现——华兹华斯与柯勒律治“想象与幻想”论之比较［J］．世界文学评论，2006，（1）．

［8］谢友倩．从综合到分析：狄尔泰对康德想象力的批判［J］．唯实，2012（1）：37–42.

［9］董滨宇．康德为什么重写“先验演绎”？——对《纯粹理性批判》中两版“先验演绎”的解读［J］．复旦学报（社会科学版），2015，57（3）：110–116.

［10］崔昕平．中西方艺术想象论的比较研究［J］．太原大学教育学院院报，2007（4）：61–63.

［11］张敬雅．《文心雕龙·神思》研究综述［J］．西华师范大学学报（哲学社会科学版），2015（1）：84–92.

［12］刘伟林．神思论［J］．华南师范大学学报（社会科学版），2011（4）：44–48.

［13］李颖．中国古代诗学范畴“兴会”论［J］．理论学刊，2006（12）：121–123.

［14］关晶，宋学清．文学想象在现实主义文学创作论中的悖反性存在［J］．理论与现代化，2012（4）：96–101.

［15］陈晓明，彭超．想象的变异与解放——奇幻、玄幻与魔幻之辩［J］．探索与争鸣，2017（3）：29–36.

［16］姜淑芹．奇幻小说文类探源与中国玄幻武侠小说的定位问题［J］．西南大学学报（社会科学版），2021，47（4）：198–208.

附录 1 《岗哨》中想象元素的量化评价

第一层面的分类	第二层面的分类	第三层面的分类（每个类别计 1 分）	第四层面的分类	列举	计分（每个想象元素计 1 分）
物质世界	时间	“非当下”的现实时间	历史时间	古代	2
			未来时间	1996 年夏末	
		自创时间体系	现实时空中的虚构时间体系		0
			虚拟时空中的虚构时间体系		
		时间的多重交错	时间的并行	外星人探索地球的过去与“1996 年夏末”的“现在”	1
			时间的穿越		
	空间	现实中存在但人类尚未到达的空间	地球范围之内		2
			地球范围之外	月球，冥王星之外的行星	
		自创空间体系	现实时空中的虚构之地	危海，静海，山峦，平原，三角洲，河流，海洋，悬崖，岬角，岩架，高原，皮科山，赫利山，亚利斯塔山，伊雷托思恩山，月球中心基地，观察塔	17
			虚拟时空中的虚构之地		

续表

第一层面的分类	第二层面的分类	第三层面的分类（每个类别计 1 分）	第四层面的分类	列举	计分（每个想象元素计 1 分）
		空间的多重交错	空间的并行		0
			空间的穿越		
	生物	类人	有人形	神灵	3
			无人形	月球智能生物，外星人	
		其他生物	动物		2
			植物	月球原始植物 / 退化植物，蔓生地衣	
			微生物		
	非生物	有实体的非生物	人等智慧生物制造的	岗哨（外部“小金字塔 / 那堵石墙 / 水晶般的神奇物体”为其保护罩，内部为机器）	5
			天然存在的	陨石，罅隙，矿物，宇宙尘	
		无实体的非生物	光	“石墙”发出的光圈保护墙，风暴海的大山脉发出的白色荧光	2
			磁场		
			温度等		

续表

第一层面的分类	第二层面的分类	第三层面的分类（每个类别计 1 分）	第四层面的分类	列举	计分（每个想象元素计 1 分）
概念世界	认知	自然科学	基础科学	地球科学：地质学 / 月球学，古代月球的地下喷发，古代月球上的雨，“我举目望着新月形的地球”； 物理学：物理力学	15
			应用科学	电子通信：月球与地球之间的无线电发送 建筑：金字塔结构； 机械工程：机械作用，重型运输机，高功率履带牵引车； 航空航天：超太空漫游，飞船，小型火箭，太空服，太空服内的制冷装置	
		社会科学	政治		3
			经济		
			文化	考察组（组织），祭司呼唤神灵（宗教），月球古代文明	
			教育		
			军事等		

续表

第一层面的分类	第二层面的分类	第三层面的分类（每个类别计 1 分）	第四层面的分类	列举	计分（每个想象元素计 1 分）
		自创认知体系	魔法		0
			巫术		
			精神力		
			武功等		
	认知的记录	载体	书籍		0
			声音与影像		
			其他自创物等		
		工具	模型		0
			文字等		
总计		10			52

附录 2 《女娲补天》《麦琪的礼物》《变形记》中想象元素的量化评价

Ⅰ《女娲补天》中想象元素的量化评价

第一层面的分类	第二层面的分类	第三层面的分类（每个类别计 1 分）	第四层面的分类	列举	计分（每个想象元素计 1 分）
物质世界	时间	“非当下”的现实时间	历史时间	往古之时	1
			未来时间		
		自创时间体系	现实时空中的虚构时间体系		0
			虚拟时空中的虚构时间体系		
		时间的多重交错	时间的并行		0
			时间的穿越		
	空间	现实中存在但人类尚未到达的空间	地球范围之内		0
			地球范围之外		
		自创空间体系	现实时空中的虚构之地	九州，冀州，淫水	6
			虚拟时空中的虚构之地	九天，黄垆，灵门	
		空间的多重交错	空间的并行	神域与人域	1
			空间的穿越		

续表

第一层面的分类	第二层面的分类	第三层面的分类（每个类别计 1 分）	第四层面的分类	列举	计分（每个想象元素计 1 分）
	生物	类人	有人形	女娲，鬼神，太祖	3
			无人形		
		其他生物	动物	鳌，黑龙，禽兽，蝮蛇，应龙，青虬，白螭，奔蛇	9
			植物	芦灰	
			微生物		
	非生物	有实体的非生物	人等智慧生物制造的	五色石，方尺，准绳，雷车，绝瑞，萝图	9
			天然存在的	四极，苍天，黄云络	
		无实体的非生物	光		0
			磁场		
			温度等		
概念世界	认知	自然科学	基础科学		3
			应用科学	天火，洪水，制定春夏秋冬（气象学）	

续表

第一层面的分类	第二层面的分类	第三层面的分类（每个类别计 1 分）	第四层面的分类	列举	计分（每个想象元素计 1 分）
		社会科学	政治		3
			经济		
			文化	真人之道，阴阳，逆气	
			教育		
			军事等		
		自创认知体系	魔法		0
			巫术		
			精神力		
			武功等		
	认知的记录	载体	书籍		0
			声音与影像		
			其他自创物等		
		工具	模型		0
			文字等		
总计		8			35

Ⅱ《麦琪的礼物》中想象元素的量化评价

第一层面的分类	第二层面的分类	第三层面的分类（每个类别计 1 分）	第四层面的分类	列举	计分（每个想象元素计 1 分）
物质世界	时间	“非当下”的现实时间	历史时间		0
			未来时间		
		自创时间体系	现实时空中的虚构时间体系		0
			虚拟时空中的虚构时间体系		
		时间的多重交错	时间的并行		0
			时间的穿越		
	空间	现实中存在但人类尚未到达的空间	地球范围之内		0
			地球范围之外		
		自创空间体系	现实时空中的虚构之地	公寓，杂货店，肉店，理发店	4
			虚拟时空中的虚构之地		
		空间的多重交错	空间的并行		0
			空间的穿越		

续表

第一层面的分类	第二层面的分类	第三层面的分类（每个类别计 1 分）	第四层面的分类	列举	计分（每个想象元素计 1 分）
	生物	类人	有人形	示巴女王，所罗门，麦琪	3
			无人形		
		其他生物	动物		0
			植物		
			微生物		
	非生物	有实体的非生物	人等智慧生物制造的	玳瑁梳子，表链	2
			天然存在的		
		无实体的非生物	光		0
			磁场		
			温度等		
概念世界	认知	自然科学	基础科学		0
			应用科学		

续表

第一层面的分类	第二层面的分类	第三层面的分类（每个类别计1分）	第四层面的分类	列举	计分（每个想象元素计1分）
		社会科学	政治		0
			经济		
			文化		
			教育		
			军事等		
		自创认知体系	魔法		0
			巫术		
			精神力		
			武功等		
	认知的记录	载体	书籍		0
			声音与影像		
			其他自创物等		
		工具	模型		0
			文字等		
总计		3			9

Ⅲ《变形记》中想象元素的量化评价

第一层面的分类	第二层面的分类	第三层面的分类（每个类别计 1 分）	第四层面的分类	列举	计分（每个想象元素计 1 分）
物质世界	时间	“非当下”的现实时间	历史时间		0
			未来时间		
		自创时间体系	现实时空中的虚构时间体系		0
			虚拟时空中的虚构时间体系		
		时间的多重交错	时间的并行		0
			时间的穿越		
	空间	现实中存在但人类尚未到达的空间	地球范围之内		0
			地球范围之外		
		自创空间体系	现实时空中的虚构之地	公司，时装店，医院，寓所，郊外	5
			虚拟时空中的虚构之地		
		空间的多重交错	空间的并行		0
			空间的穿越		

续表

第一层面的分类	第二层面的分类	第三层面的分类（每个类别计 1 分）	第四层面的分类	列举	计分（每个想象元素计 1 分）
	生物	类人	有人形	“甲虫”	1
			无人形		
		其他生物	动物		0
			植物		
			微生物		
	非生物	有实体的非生物	人等智慧生物制造的	画	1
			天然存在的		
		无实体的非生物	光		0
			磁场		
			温度等		
概念世界	认知	自然科学	基础科学		1
			应用科学	雾气	

续表

第一层面的分类	第二层面的分类	第三层面的分类（每个类别计 1 分）	第四层面的分类	列举	计分（每个想象元素计 1 分）
		社会科学	政治		2
			经济	医疗保险组织（商业行为）	
			文化	小提琴演奏	
			教育		
			军事等		
		自创认知体系	魔法		1
			巫术		
			精神力		
			武功等	变形	
	认知的记录	载体	书籍		0
			声音与影像		
			其他自创物等		
		工具	模型		0
			文字等		
总计		6			11

附录3 《百年孤独》中想象元素的量化评价

第一层面的分类	第二层面的分类	第三层面的分类（每个类别计1分）	第四层面的分类	列举	计分（每个想象元素计1分）
物质世界	时间	“非当下”的现实时间	历史时间		0
			未来时间		
		自创时间体系	现实时空中的虚构时间体系	马孔多的时间体系	1
			虚拟时空中的虚构时间体系		
		时间的多重交错	时间的并行	布恩迪亚家族各代成员所处时间的混杂（多次出现），“时间正在循环”	2
			时间的穿越		
	空间	现实中存在但人类尚未到达的空间	地球范围之内		0
			地球范围之外		
		自创空间体系	现实时空中的虚构之地	城市：马孔多，印第安人的村庄，马诺尔村，爪哇，古城列奥阿察； 自然环境：山岭，大海，沼泽，魔区； 地点：达萨罗尼卡港，卡塔林诺游艺场，教堂，秋海棠长廊，钟楼，土耳其人街，香蕉园，邮电局，修道院，电影院，首饰作坊，药房，花园，广场	25

续表

第一层面的分类	第二层面的分类	第三层面的分类（每个类别计 1 分）	第四层面的分类	列举	计分（每个想象元素计 1 分）
			虚拟时空中的虚构之地	阴间，死人国	
		空间的多重交错	空间的并行		0
			空间的穿越		
	生物	类人	有人形	非洲南端“温和的人”，六条胳膊的魔术师，所罗门王，巨人，海盗弗兰西斯·德拉克，普鲁登西奥的灵魂，死神，格林列尔多（西班牙民间诗歌中的人物），魔鬼，雷贝卡的幽灵，法利赛人（《新约》中的伪善者），耶稣，家神，金刚大汉，食人野兽，加冕国王，奥古斯都皇帝	18
			无人形	鲸鱼状的生物	
		其他生物	动物	金刚鹦鹉，牡鹿，蝾螈，蜥蜴，白色阉鸡，甲虫，黄蝴蝶，吃布料的骡子，壁虱，红蚂蚁，金丝雀，鬣蜴，苍鹭，鳄鱼，海龟，百灵鸟	23
			植物	罂粟花，喷上药水就能按人的愿望长出果实的植物，天竺牡丹，小黄花，羊齿蕨，薄荷，牛至草	
			微生物		

续表

第一层面的分类	第二层面的分类	第三层面的分类（每个类别计 1 分）	第四层面的分类	列举	计分（每个想象元素计 1 分）
	非生物	有实体的非生物	人等智慧生物制造的	观象仪，罗盘，六分仪，西班牙大帆船，记忆机器，隐身糖浆，标枪，“贞洁裤”，玻璃房子，音乐钟，永远存活的杏树，记忆机器，自动钢琴，自动狗熊，钟摆机器，圣坛，圣像，安息香树胶，小金鱼，女神像，金便盆，荣誉勋章，铁路，留声机，捕蝶网，锌顶木棚，贮水器，旗帜，便盆，“哥特式衬裤”，朗姆酒，指甲磨石，洁牙剂，媚眼水，内河轮船，宝石戒指，火漆印，波希米亚水晶玻璃器皿，手绘彩色花瓶，蔷薇船美女图，金框镜子，英国瓷器，摇椅，双翼飞机，十字架	52
			天然存在的	“热得烫手”的冰块，无法挪动的空瓶子，无火自沸的水，自己绕圈的摇篮，海龙，海蟑螂，栗树	
		无实体的非生物	光		0
			磁场		
			温度等		

续表

第一层面的分类	第二层面的分类	第三层面的分类（每个类别计 1 分）	第四层面的分类	列举	计分（每个想象元素计 1 分）
概念世界	认知	自然科学	基础科学	物理：磁铁造就的世界第八大奇迹，用放大镜做武器； 地理：子午线的确定方法的寻找，“地球是圆的”，梅尔加德斯的世界旅程； 化学：汞，朱砂，赛普洛斯硫酸盐，磷火，高锰酸钾，碱水，生石灰	43
			应用科学	气象学：刮走一切的飓风，浅蓝色雾霭，反复出现的暴雨，洪水； 医学：返老还童，各种瘟疫，包治百病的药物，疟疾，螺旋形软骨（猪尾巴），失眠症，食土症，健忘症，“顺势疗法”，拔火罐，抹芥末膏，寒热病，利尿剂，花柳病，绞肠痧，硫酸铜颜色的药丸，淋巴腺鼠疫症，不孕症，疖癣，肿瘤，止喘粉； 其他：银版照相术，工程师，农艺师，水文学家，地形测绘员，土地丈量员	
		社会科学	政治	自由党，保守党，竞选投票，联邦主义，停战协定，军事法庭，武装起义，总统，罢工，内战，工贼	

续表

第一层面的分类	第二层面的分类	第三层面的分类（每个类别计 1 分）	第四层面的分类	列举	计分（每个想象元素计 1 分）
			经济	农牧业：电气化养鸡场，种植园，屠宰场； 商业：临时购物券，彩票，专利权合同	41
			文化	古阿吉洛语，巴比亚曼托语，戏剧《狐狸的短剑》，奥雷连诺上校的诗篇，教皇，弗兰斯科人的古老歌曲，狂欢节，圣洁周，族徽，弥撒日，斋戒日，大斋第七天拯救灵魂的摄生方法，校歌，杂技团，早祷，晚祷，共济会，“勘探热”，复活节，沐浴程式，《解放的耶路撒冷》，弥尔顿诗集，诺斯特拉达马斯的《世纪》	
			教育	修道院学校	
			军事等		
		自创认知体系	魔法	炼金术，魔镯，幻灯，飞毯	11
			巫术	纸牌占卜，星象家	
			精神力	阿尔卡蒂奥的预言能力，那斯特拉马斯的预言，乌苏拉用手辨别颜色	
			武功等	迅速繁殖的牲口，飞走的蕾梅黛丝	

续表

第一层面的分类	第二层面的分类	第三层面的分类（每个类别计 1 分）	第四层面的分类	列举	计分（每个想象元素计 1 分）
	认知的记录	载体	书籍	吉卜赛人的神秘手稿与书籍，第一代布恩迪亚所写的武器使用《指南》，炼金术笔记和图解，第一代布恩迪亚绘制的地图，《圣经》《英国百科全书》，信件（情书）	7
			声音与影像		
			其他自创物等		
		工具	模型	炼金实验室设备	3
			文字等	梵文，密码诗	
总计		11			226

说明：

1. 本表中所列的想象元素，有不少是可以在客观现实世界中找到对应物的，从事物外形和性质本身来看算不上是幻想的产物，但由于作者运用这些元素是为了营造怪诞氛围，所取的是其背后的象征意义，包括其存在的环境、代表的文化含义、外形的美丽或丑陋、颜色代表的吉凶等等，故把它们看作想象元素更为合适。

2. 由于作品篇幅过长，量化标准表中的各项指标难免有所遗漏，因个人判断的不同可能会产生分类和性质上的异议，但数字所表达的总体趋势是相同的。

附录 4 《九州：创造古卷》中想象元素的量化评价

第一层面的分类	第二层面的分类	第三层面的分类（每个类别计 1 分）	第四层面的分类	列举	计分（每个想象元素计 1 分）
物质世界	时间	“非当下”的现实时间	历史时间		0
			未来时间		
		自创时间体系	现实时空中的虚构时间体系		6
			虚拟时空中的虚构时间体系	太阳纪，裂章纪，明月纪，印池纪，郁非纪，填盍纪	
		时间的多重交错	时间的并行	“历史”时间的插叙	1
			时间的穿越		
	空间	现实中存在但人类尚未到达的空间	地球范围之内		0
			地球范围之外		
		自创空间体系	现实时空中的虚构之地		0

续表

第一层面的分类	第二层面的分类	第三层面的分类 （每个类别计 1 分）	第四层面的分类	列举	计分 （每个想象元素计 1 分）
			虚拟时空中的虚构之地	殇州：殇州高原，冰原地海，天池山脉，蛮古山脉，暮澜江，冉河，虎踏河，殇中平原，珠链海，晶落湾，雪山城，黄花城，沿河城； 瀚州：彤云山，虎皮谷，溟朦海，雪嵩河，瀛海，火雷原，朔方原，阴雨原，青茸原，北都城，天拓海峡； 宁州：勾戈山脉，莫若山脉，鹰翔山脉，蓝湖，清溯河，渌水，北部冰川，朔漠，齐格林，厌火城，三寐河，月亮河，青都城，南药城，灭云关； 中州：锁河山脉，黯岚山脉，铭泺山，雷眼山，菸河，兰缀江，菸河平原，帝都盆地，殇阳关，海西丘陵，海西平原，楚唐平原，天启城，泉明，铭泺山猎苑； 宛州：南暮山，莫合山，九隆山脉，雁返湖，建水水系，西江，幻象森林，珍珠走廊，云望海峡，南淮城，宛南平原，寒云川；	120

续表

第一层面的分类	第二层面的分类	第三层面的分类（每个类别计 1 分）	第四层面的分类	列举	计分（每个想象元素计 1 分）
				宛州十城：沁阳，淮安，和镇，青石，白水，通平，柳南，衡玉，云中，绥中； 澜州：擎梁山，辟先山，销金河，遂顺川，泠江，夜沼，定南江，蘅江，水泽，云泽，黑森林，宝石窝，晋北走廊，夜北高原，若感峰，朱颜海，香螺溪，羊齿峰，秋叶城，八松城，天水城，夏阳城； 越州：雷眼山脉，北邙山，无诺峰，清余岭，大泽湖，波河，雷中平原，九原城； 雷州：雷州水网（帕帕尔河、逢南河、锡甫河、托曼多河、乔渡达默河），影烈海峡，塔吉哈伊雨林，毕钵罗港口，黄金祭塔； 云州； 地中三海：涣海，潍海，滁潦海	
		空间的多重交错	空间的并行	多条叙事线索的穿插	1
			空间的穿越		

续表

第一层面的分类	第二层面的分类	第三层面的分类（每个类别计 1 分）	第四层面的分类	列举	计分（每个想象元素计 1 分）
	生物	类人	有人形	夸父，羽人，蛮族，华族（越州生活的分支：真人、息人、商人），盘鞑天神，创造真神盘瓠，天神盘古	13
			无人形	鲛人，河络，九尾神	
		其他生物	动物	鸟类：密翅紫鵟，知更雀，松针鹂，麻雀，野鸽，乌鸦，喜鹊，山雀，燕子，雕，大风； 鱼类：逆鳞，回龙鲫； 爬行类：六角牦牛，大角鹿，腹鼠，旅鼠，旱獭，草原野牛，貂，獾，狰，岩羊，松鼠，黄羊，狐狸，驰狼，野兔，山猪，夜北马，倏马，山魍，专犁，大山猫，熊，香猪，豚鼠，河络骑鼠，虎蛟，耳鼠，唳螭； 昆虫类：粪龟子，蝇，蚊，冷玉灯，小胡蜂，花纹蛾	57
			植物	麝草，漆树，珧花，珊瑚礁，海藻，海草，海星，贝壳，紫杉	
			微生物	惜风	

续表

第一层面的分类	第二层面的分类	第三层面的分类 （每个类别计 1 分）	第四层面的分类	列举	计分 （每个想象元素计 1 分）
	非生物	有实体的非生物	人等智慧生物制造的	观天海镜，蜂蜡，棉袍，毡帽，盔甲，兽皮衣物，丝织衣物，马奶酒，古尔沁烈酒，羽族服饰（轻便紧贴、露出脊背），河络眼镜，魂印兵器，将风，雕像，石雕饰物，鲛绡，登山锹	40
			天然存在的	十二主星（太阳—谷玄，明月—暗月，密罗—裂章，印池—填蝁，岁正—寰化，亘白—郁非）； 九阙（殇阙、瀚阙、宁阙、中阙、澜阙、宛阙、越阙、云阙、雷阙）， 鹰嘴岩，天然铜矿	
		无实体的非生物	光		2
			磁场		
			温度等	荒，墟	

续表

第一层面的分类	第二层面的分类	第三层面的分类（每个类别计 1 分）	第四层面的分类	列举	计分（每个想象元素计 1 分）
概念世界	认知	自然科学	基础科学	天文学：星云，星团，星食，次星体，星值，皇极经天派，玄天步象派； 地理：宛州八景（雷鏊飞琼、驿路烟尘、江山梦晚、月影林音、淼南落英、长雁送日、流光绝影、古台残阳），地火，岩浆，火山喷发，洪水	68
			应用科学	历法：岁正历，明月历，星流纪年； 气象：雷州季节划分法（锦季、雨季、风季、醴季、叶季）； 建筑：合院，宫殿，木结构，台基，承重，斗拱，院落式布局，城市规划，蛮族帐篷，卡宏，羽人村落（相连的树屋），年木，树屋，空中城市，蕃塔，地下城（居住区、工作区、采矿区），卷棚式屋脊，创造之门，“库穆”石殿，岩石建筑，火塘，冰屋，“雄鹰殿堂”，山岳台，草巢，海底城市，浮游城市； 冶炼技术：“石中火”，“星焚术”，青铜冶炼术	

续表

第一层面的分类	第二层面的分类	第三层面的分类 （每个类别计 1 分）	第四层面的分类	列举	计分 （每个想象元素计 1 分）
				生物学 / 医学：多胞胎生，五感（视觉、触觉、听觉、味觉、嗅觉），魅的凝聚与衰竭（魅实、束魂、形魅、虚魅）	
		社会科学	政治	河络：阿络卡（河洛首领），夫环（执政官），苏行（教育和培养后代）； 蛮族：库里格大会，部落制度，蛮族六部落（青阳、阳河、澜马、朔北、沙池、九煵）； 河络：河络“叛离真身的迁徙”，母系氏族制度，宗教政治体系； 羽人：羽人等级制（无根民、无翼民、岁羽、儁羽、至羽、鹤雪士），城邦联合议事制度，城邦部落迁徙制，羽族十姓（风、羽、经、天、翼、鹤、雪、纬、云、汤）； 夸父：分散部落共和制，奴隶制（自由民、奴隶），夸父夜北七部（望漠、黑水、图颜、呼岚、素巾、狄别、热河）； 华族：中央集权政体，世袭制	272

续表

第一层面的分类	第二层面的分类	第三层面的分类（每个类别计 1 分）	第四层面的分类	列举	计分（每个想象元素计 1 分）
			经济	农业：种植业，养桑蚕，果园，牧场，食用菌培养，引水灌溉，渔耕，海底牧场； 工业 / 手工业：铸铁，制陶，造纸，锻工，染织，矿坑，作坊，铸剑，金银饰制造，石刻，手工艺品制造； 商业：华族货币体制，菸市司，羽族货币制度（1 金蕊 =10 银蕊 =100 珧 =1000 叶），以物易物（珠铭）； 分配制度：私有制，统一分配制； 税收制度：十一宗税法，三十税一制	
			文化	组织： 辰月："星辰与月"的旗帜，"古伦俄的光辉"，辰月教主，辰月教宗，教长团，辰月教徒（墟藏、执守、思玄、知闻、听义、目垂），"阳""阴""寂"，辰月徽记； 天驱：宗主制，宗主会，启示之君，鹰旗，"铁甲依然在"，天驱指环，天驱鹰徽，天驱武库；	

续表

第一层面的分类	第二层面的分类	第三层面的分类（每个类别计 1 分）	第四层面的分类	列举	计分（每个想象元素计 1 分）
				天罗：上三家（龙、阴、苏），天罗山堂，天罗家徽，九重天罗； “华贾会所”/华族商会/宛州商会：城市商业联会，城主，“宛”字商旗； 天然居； 长门修会：修士，夫子； 龙渊阁：修记，文部，游方，智者，上座； 鹤雪：鹤雪翎，鹤雪团； 影者：黑影刀，白影刀，“我身无形”； 宗教：元极道，蛮族巫师，元极思想，萨满，洋流崇拜理论，墟荒创世说，星辰崇拜； 风俗：起飞日，“七里朝天”，一夫一妻，一夫多妻，叼狼大会，蛮族丧葬制度（贵族的火葬与平民的土葬），地火节，试炼大会，成年礼，绰号，无婚姻关系（母亲养育孩子），夸父丧葬制（入山与猛兽搏斗）	

续表

第一层面的分类	第二层面的分类	第三层面的分类 （每个类别计 1 分）	第四层面的分类	列举	计分 （每个想象元素计 1 分）
				语言：华族语言，蛮语 / 荒文，羽人语，海洋鱼类语言，河络语，鲛人吟唱语言； 文学艺术：七行诗； 历史：巨岩文明，燹王朝，晁皇朝，“黄金时代”，贲朝，“烟霜十八年”，羽朝，“海盗横行时代”“武成中兴”，胤朝，“背离真神的迁徙”，钦达瀚王，风炎皇帝，羽烈王，“太清羽乱”，燮朝，端朝	
			教育		
			军事等	战役 / 会盟：“折节下交”“漫长战争”，北邙之盟，华羽战争，蛮夸战争，“雁返湖大战”“风炎第一次北伐”“风炎第二次北伐”，锁河山会盟，“九原易帜”，乱世同盟	

续表

第一层面的分类	第二层面的分类	第三层面的分类（每个类别计 1 分）	第四层面的分类	列举	计分（每个想象元素计 1 分）
				军队：羽族陆军（野羽、锦大风、幽笛甲戈、赤岚），人类步兵，虎豹骑，风铁骑，铁浮屠，“野尘军”，鹰旗军，离国赤旅，休国紫荆长射，楚卫国山阵，骑兵（轻骑兵、重骑兵），雷骑，出云骑兵，香猪骑兵，风虎铁骑，镜武士，驰狼骑，穆如铁骑，踏火骑军，海军，胄民，河络工兵，铎洛可，游骑兵，海语者； 建制：十人队，百人队，千人队，军功奖励体制，骑枪手，骑射手，刀骑武士，伍，什，佰，队，卫，阵，羽哨，杜库，莫沃，流帕什（首、继、中、末），兽牙战士，兽眼战士，兽心战士，兽魂战士； 装备：皮甲，甲链，鳞甲，板甲，布甲，冷锻鱼鳞钢甲，双层铠甲，锁子甲，护手甲，风翔甲，木叶兰舟，河络胸甲，河络战争机械	

续表

第一层面的分类	第二层面的分类	第三层面的分类（每个类别计 1 分）	第四层面的分类	列举	计分（每个想象元素计 1 分）
				长弓，长枪，长戟，长刀，长板斧，马刀，马枪，床弩，云梯，投石车，反曲复合弓，石锤，石斧，投石索，长矛； 布阵：枪阵，弓手大阵	
		自创认知体系	魔法		9
			巫术		
			精神力	秘术（寰化系、郁非系、暗月系），魅惑术，羽翔（精神力凝结成翼形），鲛人落泪化为珍珠，精神探索（魅），精神烙印	
			武功等		
	认知的记录	载体	书籍	《石鼓卷》《铁沁图说》，河络文献，《魂印书》《北氓古卷》《东陆三十年》《河络与夸父》《中州遗事》《九州纪行》《飞翔的羽人》《魅影声色》《蛮族考察报告》《永远的澜州》	15

续表

第一层面的分类	第二层面的分类	第三层面的分类 （每个类别计 1 分）	第四层面的分类	列举	计分 （每个想象元素计 1 分）
			声音与影像		
			其他自创物等	夸父地画，洋流图	
		工具	模型	星相学四定律：星辰运行的可推算性，星空的守恒量原则，星相学家的不可自算准则，“星流之源”； 元极道主张：（星辰的）六组基本冲突，十二组比邻关系，四组转化关系，万物演化顺序	32
			文字等	羽族象形字，河络文字，鲛族文字，华族文字，蛮族文字	
总计		13			636

注意：

1. 由于文本中涉及的想象元素数量较大，难免有所遗漏，但不会影响数据所表现的整体变化趋势。

2. 因为设定集不涉及具体人物和事件，故实际上并没有产生“时间的多重交错”和“空间的多重交错”，但考虑到在宏大的背景架构内，“九州”系列作品在叙事中几乎都涉及了多时并行的叙事线索和多地并行的空间线索，这里将此指标计入总分比较合适。

附录 5 《诛仙》中想象元素的量化评价

第一层面的分类	第二层面的分类	第三层面的分类（每个类别计 1 分）	第四层面的分类	列举	计分（每个想象元素计 1 分）
物质世界	时间	“非当下”的现实时间	历史时间		0
			未来时间		
		自创时间体系	现实时空中的虚构时间体系		1
			虚拟时空中的虚构时间体系	很早很早以前的不明时间	
		时间的多重交错	时间的并行		0
			时间的穿越		
	空间	现实中存在但人类尚未到达的空间	地球范围之内		0
			地球范围之外		
		自创空间体系	现实时空中的虚构之地		

续表

第一层面的分类	第二层面的分类	第三层面的分类（每个类别计 1 分）	第四层面的分类	列举	计分（每个想象元素计 1 分）
			虚拟时空中的虚构之地	神州浩土，仙境，阎罗殿堂，中原大地，洪川，河阳城，草庙村，南方赤水，南方诸钩山，西北蛮荒，南疆，砂舞迷宫，魔山山脉，蛮荒圣殿，七里峒，十万大山，镇魔古洞，东海，流波山，空桑山（山海经东山经），万蝠古窟，死灵渊，滴血洞，无情海，狐岐山六狐洞，毒蛇谷，黑石洞，火龙洞，死亡沼泽，青云山（通天峰、龙首峰、风回峰、朝阳峰、落霞峰、大竹峰、小竹峰），幻月洞，青云六景（虹桥、云海、翠屏、竹涛、月台、飞霞），青云观，玉清殿，守静堂，碧水潭，玄火坛，天香居	51
		空间的多重交错	空间的并行		0
			空间的穿越		
	生物	类人	有人形	阴灵，幽冥圣母，天煞明王	23

续表

第一层面的分类	第二层面的分类	第三层面的分类 （每个类别计 1 分）	第四层面的分类	列举	计分 （每个想象元素计 1 分）
			无人形	树妖，水麒麟，猪头妖兽，黑水玄蛇，三眼灵猴小灰，三腿兔子，黑白孔雀，无壳乌龟，有翼之蛇，饕餮，九尾天狐，六尾灵狐，三尾妖狐，九天灵鸟，烛龙，十三妖王（兽神、修罗鸟、白骨妖蛇），夔牛	
		其他生物	动物	七尾蜈蚣，寐鱼	3
			植物	千年三珠树	
			微生物		
	非生物	有实体的非生物	人等智慧生物制造的	诛仙剑，赤灵剑，寒冰剑，斩龙剑，十虎剑，白仙剑，天琊剑，少阳剑，吴钩剑，轩辕剑，七星剑，银白仙剑，赤焰仙剑，墨雪神剑，定神珠，琥珀朱绫，清凉珠，神木骰，江山笔，六合镜，毒血幡，血玉骨片，灭灵塔，墨绿道袍，三圣镇灵珠，莽古蜃珠，大黄丹，三清丹，辟谷丹，养元丹，明心丹，血玉膏	79

续表

第一层面的分类	第二层面的分类	第三层面的分类（每个类别计 1 分）	第四层面的分类	列举	计分（每个想象元素计 1 分）
				轮回珠，暗红仙剑，九阳尺，青灵石，玄火鉴，九寒凝冰刺，破煞法杖，大悲金轮，乾坤轮回盘，翡翠念珠，三日必死丸，浮屠金钵，金刚降魔杖 魔教四宝（嗜血珠、伏龙鼎、合欢铃、万毒归宗袋），赤魔眼，吸血叉，山河扇，缚仙索，伤心花，五岳神戟，观月索，离人锥，开天斧，乾坤清光玉戒，血玉骨片，朱雀印，万毒神印，斩相思，控妖笛，阴阳镜，血骷髅，缠绵丝，紫芒刃，灰色獠牙棒，黑心令，古尸毒，浮萍毒，腐毒苔，黑蟾散，苗人圣器黑杖，黎族圣器骨玉，黑火精珠，烧火棍（噬魂，由摄魂棒和嗜血珠合成）	
			天然存在的		

续表

第一层面的分类	第二层面的分类	第三层面的分类（每个类别计 1 分）	第四层面的分类	列举	计分（每个想象元素计 1 分）
		无实体	光		0
			磁场		
			温度等		
概念世界	认知	自然科学	基础科学		0
			应用科学		
		社会科学	政治		35
			经济		
			文化	青云门，道教，青云七脉（通天峰、龙首峰、风回峰、朝阳峰、落霞峰、大竹峰、小竹峰）， 天音寺，佛教，焚香谷，金刚门， 魔教，炼血堂，合欢派，万毒门，长生堂，鬼王宗；七脉会武：六轮抽签对决制度，八卦方位排列的擂台（乾、坤、震、巽、坎、离、艮、兑）	
			教育		

续表

第一层面的分类	第二层面的分类	第三层面的分类（每个类别计 1 分）	第四层面的分类	列举	计分（每个想象元素计 1 分）
			军事等	第一次正魔大战，第二次正魔大战，第三次正魔大战，第四次正魔大战	
		自创认知体系	魔法		38
			巫术		
			精神力		
			武功等	修真炼道：修行法门； 青云门：神剑御雷真诀，诛仙剑阵，御剑术，御冰术，通灵术，御岩术，缚神术，天机印，相术，收魂术，斩鬼神，七星剑式，诛心锁； 太极玄清道：玉清（引气、炼气、元气，驱物），上清，太清； 天音寺：金色法轮，六字大明咒，大梵般若奇功，焚香玉册，八凶玄火法阵，还魂异术，招魂引法阵； 魔教：血炼术，吸血大法，痴情咒，幽冥鬼火，鬼嚎破	

续表

第一层面的分类	第二层面的分类	第三层面的分类（每个类别计 1 分）	第四层面的分类	列举	计分（每个想象元素计 1 分）
	认知的记录	载体	书籍	青云门无名古卷，《神魔志异》（妖兽篇、灵兽篇、神器篇、百草篇、精怪篇、异兽篇），《异宝十篇》，魔教天书，鬼道法术书	11
			声音与影像		
			其他自创物等		
		工具	模型		0
			文字等		
总计		8			241

附录 6 《银河帝国：基地》中想象元素的量化评价

第一层面的分类	第二层面的分类	第三层面的分类（每个类别计 1 分）	第四层面的分类	列举	计分（每个想象元素计 1 分）
物质世界	时间	“非当下”的现实时间	历史时间		0
			未来时间		
		自创时间体系	现实时空中的虚构时间体系	基地纪元	1
			虚拟时空中的虚构时间体系		
		时间的多重交错	时间的并行	银河帝国时期，百科全书时期，宗教时期，行商时期的并行	4
			时间的穿越		
	空间	现实中存在但人类尚未到达的空间	地球范围之内		0
			地球范围之外		

续表

第一层面的分类	第二层面的分类	第三层面的分类（每个类别计 1 分）	第四层面的分类	列举	计分（每个想象元素计 1 分）
		自创空间体系	现实时空中的虚构之地	大角星区，蓝移区，织女星系，天狼星区，大角星系，红廊区，瓦沙尔裂隙，赫利肯星，辛纳克斯星，端点星，天狼星，南门二，金乌，天鹅座六十一号，仙女座三号，宙昂，红星，川陀，圣塔尼，阿斯康，西维纳，科瑞尔，观景室，登陆室，卸货月台，入境大厦，豪华旅馆，观景塔，太阳室，露天平台，“百科全书第一号基地”“全书广场”，会客室，市政厅公园，沙米亚草原，向阳高原，总讯室，太空船坞	39
			虚拟时空中的虚构之地	地狱	
		空间的多重交错	空间的并行	川陀，端点星，司密尔诺王国，安纳克里昂王国，太空航道的并行	5
			空间的穿越		

续表

第一层面的分类	第二层面的分类	第三层面的分类（每个类别计 1 分）	第四层面的分类	列举	计分（每个想象元素计 1 分）
	生物	类人	有人形		0
			无人形		
		其他生物	动物	巨鸟	1
			植物		
			微生物		
	非生物	有实体的非生物	人等智慧生物制造的	窗盖，气闸，透明玻璃，巨墙，隧道，“午膳”，毛玻璃屏幕，安全委员会制服，法槌，塑制雪茄盒，雪茄，铁笔，皮套，织女烟草，鼻烟，红地毯，扶手椅，公共影像电话亭，白兰地，针枪，卢奎斯酒，皮带扣，剃刀	26
			天然存在的	石油，煤炭，莉菈坚果	
		无实体的非生物	光	放射性灵光，王冠光环	3
			磁场		
			温度等	二十五摄氏度	

续表

第一层面的分类	第二层面的分类	第三层面的分类（每个类别计 1 分）	第四层面的分类	列举	计分（每个想象元素计 1 分）
“概念世界”	认知	自然科学	基础科学	数学：心理史学，“集合变换”“社会运算”“谢顿第一定理”“谢顿函数”“场微分”“科学避难所”； 物理学：光速，光年，宇宙射线，重力，光线指路，反重力装置，人工辐射日光浴，行星自转速率，核能发电，间谍波束，静电场，热力学，“秒差距”，核电厂，核能，炉心融解，放射性污染，发电厂，超波中继器，电磁场扭曲器，核能钢剪，核能钢刨，核能钢钻，力场防护罩，核能烤炉，核能洗衣机，核灯泡； 逻辑学：符号逻辑； 化学：化学实验室，毒气室，钢，铝，铁，铜，铬，钒，锡，钚，	97
			应用科学	矿物学：陨石漂移的力学数据，私人矿区； 航空航天：行星旅行，超空间跃迁，星船，太空游艇，旅游飞船，格里普特四号；	

续表

第一层面的分类	第二层面的分类	第三层面的分类 （每个类别计 1 分）	第四层面的分类	列举	计分 （每个想象元素计 1 分）
				材料学：永不污损的塑料，放射性合成物质，铑铱合金，石英 D 型管； 天文历法：星团，银河，恒星，恒星系，日照面，银河标准时间，银河旋臂，世纪，行星系统； 气象学：干季； 信息通讯：电脑钟，“时光穹窿”，影像电话，通话仪，次乙太； 考古学：考古学家，“起源问题”； 机械制造：起重机，专用电梯，电算笔记板，口袋型录音机，防谍设备，扫描装置，微缩胶片，蜂鸣器，掣钮，显像装置，新式地面车，高速空中飞车，发电机，显像板，金属转化装置，辐射烹饪炉，炼钢厂，计程飞车，三维新闻幕； 医学：医疗诊所，糖尿病，阑尾炎，灼伤	

续表

第一层面的分类	第二层面的分类	第三层面的分类（每个类别计 1 分）	第四层面的分类	列举	计分（每个想象元素计 1 分）
		社会科学	政治	行政体系：皇帝，总督，副提督，公共安全委员会，贵族派，官僚，主委，理事会，皇家总督，钦命代表，特使，总理大臣，外交代表团，外交大使，市议员，市议会，选民，“行动党”，摄政王，大公，安纳克里昂星郡，司密尔诺王国，“星舰与太阳”国徽，地方性政治，市政府，市政厅，宇航局，海关，签证，帝国公民权，特许状，行政许可令，国玺，议事规则，姑息政策，戒严令，顾问官，科瑞尔共和国，宣传部，财阀政治； 政治事件：加冕，革命，罢黜，遇刺，政变，结盟，弹劾，基地公约； 司法体系：律师，听证会，审讯，证人席，法警，死刑，流放，戒严令，监管，端点市宪章，牢房，公审，科瑞尔秘密警察	130

续表

第一层面的分类	第二层面的分类	第三层面的分类 （每个类别计 1 分）	第四层面的分类	列举	计分 （每个想象元素计 1 分）
			经济	农业：水耕区，烟草农夫，农民； 商业：太空旅行团，环球游览，行商，太空商船，行商工会，行商王侯，行商大会，行商平权； 货币：信用点，硬币，黄金， 经济萧条，行星开发率，星际贸易，贸易路线，纳税	
			文化	组织：端点星银河百科全书出版公司，太空船队，基地； 历史：叛乱，恩滕皇朝，银河文明，银河帝国，蛮荒时期，四王国时代，“第二帝国”“五大部族”； 风俗娱乐：庆祝基地建立五十周年纪念，烟火盛会，加冕典礼； 文学艺术：雕刻，黄金浮雕； 宗教：教长，法衣，教士，灵学问题，灵殿，“银河圣灵”，布道，“银河乐园”“圣训”，朝圣者，第沙雷克灵殿，宗教庆典，“灵助自助者”“教禁”，训诫，助理教士，“灵言”； 伦理学	

续表

第一层面的分类	第二层面的分类	第三层面的分类（每个类别计 1 分）	第四层面的分类	列举	计分（每个想象元素计 1 分）
			教育	数学博士学位，川陀大学，川陀图书馆，学者，教士培训，灵学院	
			军事等	星际战争，陆军上尉，手铳，军事基地，超级核弹，星际舰队，巡弋舰，远征舰队，核铳，中尉	
		自创认知体系	魔法		0
			巫术		
			精神力		
			武功等		
	认知的记录	载体	书籍	《银河百科全书》《端点市日报》，考古学著作，《圣灵全书》	6
			声音与影像	录像	
			其他自创物等	星图	
		工具	模型	“谢顿计划”	1
			文字等		
总计		11			313

后记：缘起与希望

写下这篇后记时，距离这部书稿最初开始构思已经将近9年。这9年里我从北京来到了广州，从一个纯粹的文学爱好者转变成了一个真正的文学创作者。按照一般学术著作的规律，也许后记应该简短些，重点记叙对本书内容的总结和反思，并感谢在这漫长的年月里曾经帮助过我的师友。但考虑到我目前以及今后的学术能力，这本书虽是我的第一本理论专著，但也极有可能是最后一本理论专著了。下面将谈论关于本书琐碎的构思过程，希望有缘读到本书的人可以听听我的故事。

其实跟纯粹的文学爱好者相比，我对文学的爱并不专一和虔诚，与其说自己是一个“中了文学病毒”的浪漫主义文艺青年，倒不如说是一个彻底的实利主义者。很长时间以来，文学和艺术一直是我看世界的窗口，也是我获得精神力量的重要源泉，但爱好仅仅是爱好而已，我更相信切实可行的人生规划。我当然也梦想过成为一名作家或者画家，可我对此既没有过什么具体的计划，也从来没打算过付诸实践。少年时代，尽管我热衷于利用课余时间阅读、写作和绘画，但我在文理分科时几乎毫不犹豫地选择了理科，在高考时亦选择了一所以工程建筑专业见长的大学，目的是掌握一门实际的技术，好在毕业后能够从事一份工资不错的工作。我在未来的职业选择上只有一个微小的要求：除了当医生，我愿意进入任何行业就职。但人生的际遇往往令人捉摸不透，我偏偏成了

一名临床医学专业的大学生，之所以能够坚持到毕业，依靠的纯粹是我顽强的毅力。

因为专业限制，如果我不打算继续读书做科研，或者继续读书做医生，就几乎只能在医药相关行业内寻找工作。这些工作的工资当然不错，但此时我的毅力已经达到极限，对自己能否坚持到退休表示怀疑。于是我产生了一种负气心理，过去为求稳妥的人生而选择的道路，当下看来是无论如何无法实现了，事已至此，不如至少试着去实现一个梦想。

2014 年 9 月，我抱着这种心态考入北京师范大学，成为一名现当代文学专业的硕士研究生，同时也成为当年刚刚成立的北师大文学创作方向的第一届硕士研究生之一。终于能够在心仪的课堂上自由地学些自己喜欢的课程，这是我以前从未有过的经历，我感到十分快乐，但同时也面临着一个非常艰巨的任务：如何选择硕士论文的题目并完成论文。

我缺少扎实的文学理论知识，阅读兴趣也集中在儿童文学、科幻文学和奇幻文学领域，对纯文学作品了解并不多。能够被主要从事儿童文学和创意写作研究的张国龙教授收入门下，在我喜欢的领域继续深入学习，对我而言是十分幸运的。张老师在理论课程学习和文学创作上都给了我非常大的帮助，是他最初建议和鼓励我充分利用知识储备，在自己熟悉的领域寻找研究课题，同时又引导我不必把选题局限在儿童文学领域内，自由地寻找自己想要研究的对象才最重要。

大学时代，我曾长期混迹在九州幻想和九州志论坛，也参加过《九州幻想》杂志当时在上海组织的一些创作和讨论活动。我对九州题材小说阅读和创作的热衷，除了基于对许多优秀的九州小说的喜爱之外，更多的原因其实是被不同作者共同创造的“九州世界”这一理念所征服，被“九州是天空中落下的第一滴水，我们希望它变成海洋”这句热血的号召所感染。当时的我阅历有限，只是浮光掠影地看过几部欧美奇幻电影，既不懂“奇幻”是什么，也不了解RPG和龙与地下城等词汇分别代表的含义，甚至都没读过托尔金的《魔戒》原著。我只是本能地希望去写能够“创造世界”的小说，又本能地想通过研究去追溯这种创作过程。当然，我在儿童文学和科幻文学领域也有一些想要研究的问题，但考虑到相关研究已经比较完备，如果在儿童文学或者科幻文学领域选题，我必须有更深一步的见解，掌握更多的资料，才能完成一篇合格的论文，这对于从未完整写过学术论文的我恐怕过于艰难。是的，即使是临床医学专业，我也没有写过科研论文，因为跟大多数专业不同，临床医学专业是以实践操作和理论考试相结合的方式进行毕业考核的。而与此不同的是，由于当时关注奇幻文学的研究者还不算很多，相关的论文也比较少，如果选择九州系列小说或者奇幻文学为研究对象，我就可以将论述的重点集中于相关资料的收集总结和具体作品的文本分析上，这样更能发挥我的长处。于是，我决定以《中国当代奇幻小说创作中第二世界的设定》为题，开始准备本书的撰写。

不过人生的计划往往赶不上变化，入读研究生的第二年，文学创作方向的老师们对我们的硕士论文写作提出了不同于其他方向的要求，希望我以“创作诗学”为主题，结合自己的创作经验，围绕文学创作进行选题，在学术上不一定拘泥于理论和文献，但最好要有自己创作上的见解。对半路出家的我来说，这样的选题要求难度更大，也意味着我必须放弃原来的准备。我和导师张国龙老师进行了好几次讨论，一直没能找到方向。其中一次讨论中，张老师偶然说道，幻想小说最大的特点是强烈的想象色彩，问我可不可以把“创作”一词放在自己熟悉的领域里，以想象与文学创作的关系为切入点做些讨论。这个建议突然让我找到了灵感，我甚至感到，对于在阅读和写作中不大拘泥于作品类型的我来说，这其实是我更想讨论的话题：作家是如何通过想象去创造文学世界的、文学作品又是如何去体现作者的想象的。

综合考虑后，我选择以《轮回与超越——论想象与文学创作》为题，将简单的数学统计方法引入文本分析，对想象和文学创作的关系展开讨论。经过两年的准备，我顺利地完成了硕士论文，也就是本书的第一稿。在写作过程中，我的导师张国龙老师在理论和结构方面给了我非常多的帮助，张老师允许我自由地表达自己的看法，同时又帮我想办法把这些观点落实到论文中去，这种信任对我来说非常珍贵，让我得以在论文的写作中进行了一些比较大胆的尝试。当时在文学创作方向执教的张清华教授、张柠教授、梁振华教授等诸位老师，亦在论文的写作和答辩中给我提出了很多宝贵的意见，帮助我在论文结构的可行性、想象元素的分类大纲、文学想象的浓度与文学作品的优劣之间的关系等方面进行了更全面的思考。当时在北师大执教的吴岩教授也对我硕士论文的写作提出了很多建议，为我进一步打磨论文提供了很大启发。特别是，尽管今天从学术角度回头看，我的论题过于宽泛，从整个文学史出发去寻找论据的做法，也显得有些漫无边际，但各位老师还是愿意把这当成是一个初入文学之门的年轻学生的“热情之作”，愿意对我的尝试表示肯定和鼓励，这让我十分感激。此外，在具体的写作过程中，我的同窗好友江雪在学术论文的规范写作上给了我很多帮助，室友李卓桐、尹玥、刘方圆为我提供了西方文学相关章节的许多例证作品的推荐和分析，与我同届的万芳、于文舲、曹玥、王瑜、于茜、王怡、郭茜、何庆平、张钰弦等文学创作方向的朋友，都曾就论文的选题和内容与我展开过多次讨论……这些年帮助过我的北师大师友不胜枚举，是大家无私的帮助，让我快速成长起来，我在此向大家真诚致谢。

硕士研究生毕业后，我来到广州文学艺术创作研究院，成为一名专业作家。在工作的几年中，文研院为我提供了很好的平台，让我得以接触传统戏曲、戏剧、评论等多个领域的工作，进一步开阔了眼界，也在想象和文学创作的关系上有了更加深入的思考。感谢文研院练行村院长、江少虹书记、李新华副院长、罗丽副院长、饶晖主任、黄曜华副主任等领导的关心和帮助，让我有机会把重新打磨后的硕士论文以《海客谈瀛洲：论想象与文学创作》为题，在我院“优创计划”的支持下出版发行。虽然这部作品讨论的话题较为小众，并不属于我院传统的优势研究领域，也许未必像其他研究一样能看到立竿见影的“实效”，但各位领导还是愿意给我这个机会，我对此非常感激。

在本书出版前，我在第一稿的基础上，对本书进行了部分修改和扩充。但因为种种工作计划上的临时变化，使得最终预留给本文的修改时间非常有限。在这短暂的时间内，我只能尽力按照我近年来所积累的新思路，对本书进行力所能及的完善，但即使如此，恐怕书中仍留有诸多错漏和遗憾，我在此对阅读本书的读者表示歉意。不过话又说回来，我毕竟是半路出家，在文学基础理论方面和文献资料的阅读掌握方面还是有所欠缺，选择以一种更像是创作经验讨论的方式完成本书的第二稿，是我在权衡下能做出的最好选择，希望本书能在文学创作层面给诸位读者一些启发。

长久以来，我从文学和艺术中获得了无穷的知识和力量，因而深知文字的力量，也因此能更加清醒地认识到以我有限的能力去驾驭文字将必然面对的困难和局限。我会时常问自己，我所掌握的知识能够带给读者收获吗？我所书写的故事能够使读者感到被理解和尊重吗？我的读者能够从文字中获得精神上片刻的愉悦和放松吗？

为了寻找这些问题的答案，或者说至少写出让自己满意的作品，我还需要继续在文学创作的路上不断探索下去。对我而言，文学的世界既是通过想象建筑的“现实倒影”，也是让我脱离现实的束缚，安放精神世界的归宿之所。现实世界广阔多彩，文学的世界则自由无际，创作者和阅读者即使素不相识，也能够在此相聚，寻找精神和情感上的共鸣，这种共鸣甚至不必被具体的载体所限制，亦不必完全同步，而是各有千秋又殊途同归，这在我看来，是一种其他艺术门类所不能替代的奇迹。

想要活在想象的世界里，活在自己喜欢的故事世界里，甚至活在自己创造的故事世界里，大概是很多文艺爱好者的头脑中都会偶尔闪过的想法吧？我想这也是在当下这个时代，越来越多的如我一般的读者不再满足于阅读，而是通过各种途径和方式参与到文学创作中来的原因。这种想法究竟是对失意的现实的逃避，还是在平淡的现实中所能找到的精神出路，抑或是鼓励我们战胜现实中的困难、更好地面对生活的方式呢？

我希望答案是后者。

各位的答案又是什么呢？

封文慧

2023 年 4 月 30 日于广州